Roter Lavendel

Ralf Nestmeyer ist Historiker und lebt in Nürnberg. Er gehört zu den renommiertesten deutschen Reisejournalisten. Nach zahlreichen Reiseführern und Sachbüchern – vor allem zu Südfrankreich – erfolgt nun sein Krimidebüt. Schauplatz: selbstverständlich die Provence. www.nestmeyer.de

RALF NESTMEYER

Roter Lavendel

PROVENCE KRIMI

emons:

Bibliografische Information der Deutschen Nationalbibliothek
Die Deutsche Nationalbibliothek verzeichnet diese Publikation
in der Deutschen Nationalbibliografie; detaillierte bibliografische
Daten sind im Internet über http://dnb.d-nb.de abrufbar.

© Emons Verlag GmbH
Alle Rechte vorbehalten
Umschlagmotiv: age fotostock/LOOK-foto
Umschlaggestaltung: Tobias Doetsch
Gestaltung Innenteil: César Satz & Grafik GmbH, Köln
Lektorat: Irène Kost, Biel/Bienne (CH)
Druck und Bindung: Pario Print Sp. z o.o, Kraków
Printed in Poland 2023
ISBN 978-3-95451-533-2
Provence Krimi
Originalausgabe

Unser Newsletter informiert Sie
regelmäßig über Neues von emons:
Kostenlos bestellen unter
www.emons-verlag.de

Schweiß stand ihm in kleinen Perlen auf der Stirn. Er schnappte hektisch nach Luft, während er mit einer Hand an seinem Krawattenknoten nestelte und immer wieder ein rasselndes Pfeifen ausstieß. Von einem Moment zum anderen wurden seine Bewegungen fahriger, unkontrollierter. Seine Augen weiteten sich und fixierten einen imaginären Punkt an der Wand des Abteils, so als suche er Halt. Zwei Mitreisende begannen bereits unruhig mit den Füßen zu scharren. Wie gelähmt verfolgte ich, wie sich der ältere Herr am Fensterplatz vergeblich gegen sein Unwohlsein aufbäumte, seinen Rücken gegen die Lehne presste und nach Atem rang, bevor er mit einem heftigen Zucken die Beine von sich streckte und zur Seite sackte. Sein Kopf war an die vibrierende Fensterscheibe gedrückt, wodurch sich seine Gesichtszüge verzerrten. Ein dünner Speichelfaden rann aus seinem leicht geöffneten Mund, der rechte Brillenbügel ragte schräg hinter dem Ohr in die Luft, und die Zeitschrift, die er gelesen hatte, rutschte wie ein verzögerter Schlussakkord mit einem dumpfen Laut zu Boden.

Nach einem kurzen Moment der Stille, der mir durch das gleichmäßige Rattern des Zuges umso eindringlicher erschien, ging die lähmende Betroffenheit meiner Mitreisenden nahtlos in fieberhafte Nervosität über. Niemand wollte sich so recht um den Mann kümmern, niemand wollte sich aus der schweigenden Anonymität des Beobachters lösen.

»Monsieur, ist Ihnen nicht gut?«, stammelte sein Sitznachbar.

»Ist er tot?«

»Nein, ich glaube, nur bewusstlos.«

»Er braucht einen Arzt! Schnell!«

»Hat er einen Herzinfarkt?«

»Keine Ahnung.«

»Vielleicht ist es ein Asthmaanfall?«

»Kann sein, ich weiß es nicht.«

»Mein Mann verständigt den Schaffner.« – Erst das energische Eingreifen eines Ehepaares, das im Nachbarabteil gesessen haben musste, ließ die Diskussion verstummen. Als vermutlich einziger Ausländer unter lauter Franzosen hielt ich mich zurück, blieb wortkarg, half aber, den bewusstlosen Mann über seinen Nachbarsitz hinweg in eine stabile Seitenlage zu bringen. Er atmete kaum wahrnehmbar, aber er atmete. Jemand hatte ihm Stirn und Mund abgetupft, so dass er friedlich zu schlafen schien.

Er war allein in Valence in den Zug gestiegen und hatte sich mir direkt gegenüber ans Fenster gesetzt. Er hatte bemerkt, dass ich ein deutsches Magazin studierte, und fragte mich, ob ich denn noch an einen deutschen Erfolg bei der Europameisterschaft in Portugal glaube. Dann tauschten wir uns ein wenig über die französischen und deutschen Chancen aus. Er war sich sicher, dass Frankreich seinen Titel erfolgreich verteidigen würde. Woraufhin ich mir einen ironischen Seitenhieb auf die misslungene französische Titelverteidigung bei der letzten Weltmeisterschaft nicht verkneifen konnte.

Quälende Minuten verstrichen, in denen ich immer wieder einen Blick auf den reglosen Mann warf. Er hatte eine Halbglatze; die Haare über seinen Schläfen waren weitestgehend ergraut und bildeten einen auffälligen Kontrast zu den Augenbrauen, die noch immer in einem kräftigen Schwarz leuchteten. Trotz seiner misslichen Lage strahlte er eine gewisse Würde aus, sein Anzug und seine Schuhe waren zeitlos, aber nicht ohne Stil; seine Brille hatte ihm jemand fürsorglich in die Brusttasche gesteckt.

Die sommerliche Hitze drückte mit Wucht durch die Fensterscheiben und machte die Situation noch unerträglicher. Es war ein alter Regionalzug, eine Klimaanlage existierte nicht.

Ich konnte mich nicht mehr auf meine Lektüre konzentrieren und sah zum wiederholten Male aus dem Fenster. Die Landschaft hatte sich verändert, die grünen Maulbeersträucher wurden durch die silbrig glänzenden Olivenbäume verdrängt, die vom Eintritt in die mediterrane Welt kündeten. Der Himmel leuchtete in seinem kräftigsten Blau, nur die Türme des Kernkraftwerks von Tricastin störten die Harmonie.

Offiziell befand ich mich auf einer Rechercherreise. Doch die Gründe, die mich in die Provence geführt hatten, waren vielfältiger.

Ganz bewusst hatte ich mich gegen den schnellsten Weg entschieden. Statt nach Marseille zu fliegen, fuhr ich mit der Eisenbahn in Etappen nach Südfrankreich, ließ Landschaften und Orte gemächlich an mir vorüberziehen. Wer mit dem Zug fährt, reist erdverbunden, verankert sich im Diesseits. Erst hatte ich in Lyon Station gemacht, war auf den Spuren der Weber durch die Traboules der labyrinthischen Altstadt geirrt, dann hatte ich das römische Vienne erkundet und mich an den satten Farben der Provinz erfreut. Ich wollte mir Zeit lassen, Abstand gewinnen, mich beruflich und privat neu orientieren. Ersteres aus eigenem Wunsch, Letzteres zwangsweise, nachdem meine Beziehung mit Bettina, meiner langjährigen Freundin, vor wenigen Wochen in die Brüche gegangen war.

Nach mehr als zehn Jahren, in denen ich mir als Mode- und Werbefotograf einen gewissen Namen gemacht hatte, verspürte ich immer weniger Lust, mich in der kreativen Scheinwelt der Werbebranche zu verlieren. Mein vierzigster Geburtstag nahte, und meine Abneigung gegen jegliche Form von Meetings und launische Artdirectors, gegen coole Locationscouts und zickige Models wuchs von Tag zu Tag, breitete sich über mein Leben aus wie ein roter Weinfleck auf einer Tischdecke. Ich fühlte mich ausgebrannt und war trotz der mitunter üppigen Honorare nicht gewillt, mein weiteres Leben im Scheinwerferlicht eines Studios zu verbringen und von Shooting zu Shooting zu hetzen.

Ein Zufall hatte mich in die Provence geführt. Vor ein paar Tagen, an einem der ersten warmen Frühsommerabende, hatte ich mich mit Lars Thonstedt, einem Fotografen, mit dem ich seit vielen Jahren befreundet bin, in einem lauschigen Biergarten verabredet. Wir trafen uns alle paar Wochen, um ein wenig zu plaudern und ein paar lockere Stunden miteinander zu verbringen. Lars kam ein wenig zu spät und stöhnte über den Ärger, der ihm durch seine gestohlene Kreditkarte entstanden war. Während ich ihm ein wenig von meiner wachsenden beruflichen Unzufriedenheit berichtete – über Bettina schwieg ich mich aus –, sprühte Lars geradezu vor Tatendrang.

Im Gegensatz zu mir erlebte er gerade einen beruflichen Höhenflug. Überraschend hatte ihn jetzt auch noch »National Geographic« beauftragt, eine Reportage über mongolische Nomaden zu machen. Das verlockende Angebot versetzte ihn allerdings in die missliche Lage, dass er einen anderen, längst zugesagten Auftrag für einen Kalender mit Lavendelmotiven nicht würde erfüllen können. Und just Anfang Juli, wenn der Lavendel in den kräftigsten Farben zu blühen beginnt, sollte sein Expeditionsteam in Dalandsadgad starten. Statt mit dem Auto über das Plateau de Valensole zu kurven, wollte er verständlicherweise lieber mit Kamelen durch die Wüste Gobi ziehen.

Als Lars mir scherzhaft vorschlug, er würde die Zeche übernehmen, wenn ich an seiner Stelle die Fotos machen würde, sagte ich zu seiner – und auch meiner – Verwunderung spontan zu. Er sah mich so ungläubig an, dass ich mein Angebot noch zweimal bekräftigte. Der Abend endete feuchtfröhlich, und wir verständigten uns darauf, dass ich an seiner Stelle durch die Lavendelfelder der Provence streifen würde. Eine bereits vorbereitete Motivliste würde er mir noch zufaxen.

Am nächsten Morgen erzählte ich meinem Assistenten Christian, meine Mutter sei im Urlaub schwer verunglückt, so dass ich in die Provence fahren müsse. Ich bat ihn, einen dringenden Produktionsauftrag für mich zu erledigen, die Post zu bearbeiten und mich bei meinen Kunden bis auf Weiteres zu entschuldigen. Um Christian nicht ohne jegliche Beschäftigung zurückzulassen, besprach ich mit ihm, dass er beginnen solle, die besten Modeaufnahmen der letzten Jahre zu scannen, da ich mein Archiv Stück für Stück digitalisieren wollte. Drei Tage später war ich reisefertig.

Er stöhnte zweimal kurz, dann schlug er die Augen wieder auf und schaute ein wenig orientierungslos in die Runde. Ich half ihm, sich aufzusetzen. Jemand reichte ihm ein feuchtes Tuch und eine Flasche Wasser. Er trank in großen Schlucken, dann murmelte er ein paar Dankesworte und eine Entschuldigung vor sich hin und verwies auf die Hitze und eine Kreislaufschwäche, die ihm seit Jahren zu schaffen mache. Das Angebot des Schaffners, einen Arzt in Avignon zu benachrichtigen, schlug er mit einem »non, ça va« aus. Die Stimmung im Abteil blieb gedämpft, eine Kommunikation kam nicht mehr richtig in Gang. Meine Mitreisenden vermieden es, sei es aus Höflichkeit oder Selbstschutz, zu dem älteren Herrn zu blicken, obwohl sich dieser schon wieder sichtlich erholt hatte.

Der Schatten der Bahnhofshalle hüllte das Abteil in mildes Licht. Alle schienen froh, dass der Zug endlich in Avignon angekommen war. Eile und Betriebsamkeit machten sich breit, vor den Ausgangstüren hatte sich schon eine Warteschlange gebildet. Mit einem fast klagend hohen Ton kam der Zug zum Stehen. Als der Mann aufstand, bemerkte ich, dass er doch noch etwas wackelig auf den Beinen war.

»Sind Sie sich sicher, dass Sie keine Hilfe brauchen?«, fragte ich ihn.

»Ja, aber Sie könnten mir vielleicht helfen, meinen Koffer aus der Ablage zu heben.«

Wir waren die Letzten, die das Abteil verließen. Obwohl er sich kurz dagegen verwehrte, trug ich ihm sein Gepäck auf den Bahnsteig.

»Danke. Das ist sehr nett von Ihnen.«

»Keine Ursache, wo wollen Sie denn hin?«

»Bitte?« – Ich musste meine Frage wiederholen, da er sie im Lärm der krächzenden Lautsprecherdurchsagen nicht verstanden hatte.

»Zum Taxistand. Ich habe ein Zimmer reserviert. Mein Hotel befindet sich in der Nähe des Papstpalastes.«

»Wenn es Ihnen nichts ausmacht, könnte ich mir mit Ihnen ein Taxi teilen, da ich mir noch ein Zimmer suchen muss«, schlug ich ihm vor.

Wir gingen langsam zum Ausgang und stiegen in eines der wartenden Taxis. Die Gasse lag schon im Schatten, als das Auto in einer engen Einfahrt vor dem Hotel hielt. Da mir die Fassade gefiel und es kein Kettenhotel war, erkundigte ich mich nach einem freien Zimmer.

Als mir Lars vorschlug, seinen Lavendelauftrag zu übernehmen, hatte ich mich spontan, doch nicht ohne Hintergedanken, zusagen hören. Ich kannte die Provence gut. Carla, eine Freundin aus meiner Zeit an der Münchener Fotoschule, hatte sich vor Jahren von ihrem väterlichen Erbe ein Mas am Rande der Haute-Provence gekauft. Der Kontakt zu ihr war nie abgerissen. Ich hatte sie seither mehrfach besucht und ihr bei der Renovierung des alten Gehöfts geholfen, anfangs das Dach mitgedeckt, später an der Fassade mitgestrichen und die Bruchsteine zu einer die Terrasse begrenzenden Balustrade aufgeschichtet. Auch jetzt war ich auf dem – wenn auch nicht direkten – Weg nach Raboux, zu Carla.

Zuvor wollte ich noch ein paar Tage in Avignon bleiben, denn ich mochte den morbiden Charakter der alten Papstmetropole, ihre fahlen Mauern, ihre versteckten Plätze und abweisenden Fassaden. Avignon ist eine Stadt für Melancholiker. Wer jemals die von parkenden Autos gesäumte Stadtbefestigung abgeschritten hat, weiß, was Monotonie bedeutet.

Der Aufzug ruckelte kurz, bevor sich die Tür öffnete und ich im dunklen Gang stand und nach meinem Zimmer suchte, das sich in einer Ecke am Ende des Flurs befand. Das Zimmer war größer als gedacht, allerdings war die Luft ein wenig stickig, so dass ich das Fenster und die Fensterläden sofort weit öffnete. Dann sah ich mich um: In der Mitte des Raumes stand ein breites, aber schlichtes Doppelbett. Der Bettüberwurf korrespondierte mit den Vorhängen, der Schreibtisch war dreieckig und in die Zimmerecke gerückt, gerade so, als wolle man jemanden dadurch abhalten, hier zu arbeiten. Das Bad wiederum war großzügig und überraschte mich mit einer offenen, begehbaren Dusche. Ich warf meinen Koffer auf die dafür vorgesehene Ablage, dann zog ich mein verschwitztes Hemd aus, duschte und streckte mich auf dem Bett aus.

Als sich die Nacht sanft über die Stadt gesenkt hatte, verließ ich das Hotel und schlenderte noch ein wenig ziellos umher, bis ich, versteckt hinter einer Kirche, ein kleines Restaurant mit einer einladenden Terrasse und sorgsam eingedeckten Tischen fand. Ohne die Menükarte studiert zu haben, entschied ich mich, hier zu Abend zu essen. Die Bedienung war charmant, der Service zuvorkommend. Entspannt lehnte ich mich zurück, beobachtete die anderen Gäste und sinnierte darüber, warum in Frankreich niemand abends allein zum Essen ausging. Ich war ein Exot unter Paaren und Familien. Vom Wein beschwert, zahlte ich und ging.

ZWEI

Das Fenster meines Hotelzimmers war noch immer weit geöffnet und ließ den Lärm der Straße herein. Ein beruhigender Geräuschteppich, der Geborgenheit ausstrahlt und das Alleinsein erträglicher macht.

Immer wenn ich allein in einem Hotel absteige, gehört es zu meinen ersten Handgriffen, das Fenster zu öffnen. Jede Stadt, jedes Viertel besitzt seine eigene Akustik, ein Lautprofil, das ins Zimmer fließt, manchmal als sanfte Kulisse, welche die Sinne betört, manchmal als Stakkato, das sich hämmernd in den Schlaf drängt. Die Erinnerungen an Städte und Ortschaften sind fest verwurzelt mit den Klangszenarien, die mich die Nacht hindurch begleiten und sich tief in meinem Gedächtnis eingebrannt haben. Selbst die verschiedenen Wochentage lassen sich im morgendlichen Halbschlaf ausmachen: das geschäftige Glück des Samstags, die feierliche Steifheit des Sonntags, der Montag mit seinem trägen Eifer, der sich nahtlos in hastige Betriebsamkeit verwandelt.

Ist das Fenster geschlossen, so überfällt mich ein bedrückendes Gefühl, das mich unruhig werden lässt. Auch das Gerumpel eines Aufzugs, zufallende Türen oder das Klackern der Absätze auf dem Hotelflur sind nur ein schwacher Trost, ein Surrogat wie die gesprächige Leere des Fernsehers. Es gibt nichts Schlimmeres als ein Zimmer zum Hinterhof in einem Neubauviertel; die Grabesruhe der monotonen Fassaden droht jeden Gedankenfluss zu ersticken. Sogar im Winter muss ich eine Verbindung zur Außenwelt herstellen. Weder Straßenlärm noch das unaufhörliche Quaken eines Frosches können mich davon abhalten; selbst schlaflose Nächte nehme ich dafür in Kauf.

Die Sonne stand bereits hoch am Himmel, als ich die dicken Vorhänge zur Seite schob, die das Zimmer ins Halbdunkel getaucht hatten. Ich war verwundert, wie lange ich geschlafen hatte. Das Zimmermädchen klopfte, ich stand auf und beeilte mich, das Hotel zu verlassen. Unbeschwert hangelte ich mich von einem Café zum nächsten und lebte zwanglos in den Tag hinein. Nur einmal, als ich zufällig an einem Internetcafé vorbeikam, war ich versucht, hineinzugehen, um meine E-Mails abzurufen. Minutenlang stand ich unentschlossen vor den großen Fensterscheiben, auf denen eine halbe Stunde Internet für einen Euro angepriesen wurde, dann machte ich auf dem Absatz kehrt, schließlich hatte ich meinen Laptop absichtlich zu Hause gelassen, um Distanz zu schaffen, Freiräume zu gewinnen.

Im Office de Tourisme besorgte ich mir einen Stadtplan und erkundigte mich nach einem Schwimmbad. Dann ging ich in eine Buchhandlung, blätterte in ein paar Provence-Bildbänden und machte mir Notizen. Um den Papstpalast machte ich einen weiten Bogen; seine harsche Fassade schreckte mich ab, ließ mich frösteln. Weitaus besser gefiel es mir, im Schatten der Platanen auf dem holprigen Pflaster durch die Rue des Teinturiers zu flanieren. Die Straße der Färber hatte sich längst zu einem alternativen Zentrum entwickelt. Die moosbefleckten Wasserräder standen still, und in die alten Färberhäuser waren Antiquariate und Trödelläden, Restaurants und Cafés eingezogen. Am Abend saß ich in einer zum Szenetreffpunkt avancierten ehemaligen Druckerei, auf einer Bank mit zerschlissenen Lederpolstern. Auf ein einsames Dîner in einem vornehmen Restaurant hatte ich keine Lust, lieber sah ich mir selbst in einem mit stumpfen Flecken besprenkelten Wandspiegel beim Essen zu.

Es ist nur ein schmaler Grat, der das Alleinsein von der Einsamkeit trennt. Schon eine flüchtige Geste am Nachbartisch kann genügen, um die eigene Unvollkommenheit zu realisieren, den Schutzpanzer aufzusprengen. Wenn man längere Zeit alleine unterwegs ist, gewöhnt man sich seltsame Verhaltensweisen an. Manche führen Selbstgespräche, andere ritualisieren ihren Tagesablauf und erklären die Monotonie zum engsten Vertrauten. Das Schweigen wird zur Last, die Gedanken erstarren, vor allem abends, wenn niemand da ist, mit dem man Erlebnisse und Erfahrungen teilen kann. Allein der Umstand, sich mehrmals hintereinander ein Restaurant für das Abendessen suchen zu müssen, wird zu einer steten Herausforderung. In den letzten

Jahren hatte ich meine imaginären Zwiegespräche immer mit Bettina geführt, hatte ihr meine Sorgen und Nöte gebeichtet, sie an meinem Leben Anteil haben lassen; und dies oft schonungsloser und offener, als wenn sie mir gegenübergesessen hätte.

***

Am nächsten Morgen stand ich früh auf und ging hinunter zur Hotellobby. Ich überlegte, ob ich das Hotelfrühstück verschmähen und mich mit einem Café crème und einem Pain au chocolat in das nächstbeste Straßencafé setzen sollte. Unschlüssig blickte ich in den Frühstücksraum und musterte das Buffet samt Croissants und obligatorischer Orangensaftkaraffe.

»Monsieur« – ich sah mich suchend um, als mir der Mann aus dem Zug freudestrahlend entgegenkam, mich begrüßte und sich als Michel Perras vorstellte. »Ich wollte mich noch einmal bei Ihnen für Ihre Hilfe bedanken.«

»Keine Ursache.«

»Doch, doch, das war sehr nett von Ihnen. Es freut mich, dass Sie auch in diesem Hotel abgestiegen sind«, sagte er und forderte mich auf, mich zu ihm zu setzen.

Obwohl ich zu jenen Menschen gehöre, die eine Zeitungslektüre jeder morgendlichen Kommunikation vorziehen, nahm ich sein Angebot nach einem kurzen Moment des Zögerns an.

Die Fußballeuropameisterschaft bildete den Einstieg zu einer angeregten Konversation, die auch private Themen berührte. Er lobte mein Französisch, was aber bei Weitem nicht so gut war, wie er behauptete, und erzählte, dass er wegen seiner Kreislaufprobleme vorsorglich mit dem Zug gefahren sei. Seine Frage, ob ich in der Provence Urlaub machen wollte, verneinte ich und berichtete ihm von meinem Kalenderauftrag und der Auszeit, die ich mir in Südfrankreich gönnen wollte. Er, so ließ er mich mit leicht gesenkter Stimme wissen, sei in einer familiären Angelegenheit unterwegs. Aus diesem Grund wolle er sich in Avignon mit einem Bekannten treffen.

Dann sah er mich an, sein Oberkörper schwankte fast unmerklich vor und zurück, bevor er sich nach einem kurzen

Moment des Zögerns aufraffte, mich zu fragen, ob ich heute Abend Zeit hätte. Ich bejahte, woraufhin er sagte, er würde sich freuen, wenn er mich zum Essen einladen dürfte.

Die Hoteltür öffnete sich. Geblendet blinzelte ich in die warmen Sonnenstrahlen und griff nach meiner Sonnenbrille. Ich hatte alle Zeit der Welt, um durch Avignon zu streifen. Carla weilte in Nîmes, um eine Ausstellung vorzubereiten. Erst in zwei Tagen wollte sie mich auf dem Rückweg nach Raboux auflesen und mitnehmen. Ich ließ mich treiben, lief an protzigen Stadtpalästen und versteckten Kirchen vorbei, deren Simse mit Vogelexkrementen übersät waren.

Zufällig stand ich vor einer breiten Rampe, die mich im Zickzack hinauf zum Rocher des Doms führte. Auf dem mächtigen Felsklotz erstreckten sich die hängenden Gärten, eine ruhige Oase mit Bäumen und Wasserspielen. Ich setzte mich auf eine schattige Bank und ließ mir eine Schale Erdbeeren schmecken. Ich drehte eine Runde durch den kleinen Park und stand vor ein paar Denkmälern und Büsten, die Verstorbene ehrten, deren Namen ich nicht einordnen konnte. Ich rätselte, was Jean Althen, einem 1709 in Armenien als Hovhannès Althounian geborenen Agrarwissenschaftler, zu dieser Ehre verholfen haben mochte. Von einer Aussichtsplattform blickte ich hinunter auf die Dächer der von ihrer Vergangenheit einbalsamierten Stadt.

★★★

Die Restaurantterrasse war bereits zur Hälfte gefüllt. Wir bekamen einen Platz im hinteren Bereich zugewiesen. Schon am Nachmittag hatte ich mir überlegt, weshalb sich Monsieur Perras mit mir zum Essen verabreden wollte. Dass ich ihm am Bahnhof mit seinem Gepäck geholfen hatte, konnte nicht allein der Grund sein. Ich beobachtete ihn, während ich in der Speisekarte blätterte. Er wirkte ein wenig nervös und erkundigte sich zweimal, ob ich wirklich keinen Aperitif trinken wollte.

Nachdem die Bedienung unsere Bestellung aufgenommen hatte – beide hatten wir uns für das günstigste Menü entschieden –, kam er relativ schnell auf sein Anliegen zu sprechen. »Vor zwei Monaten habe ich ein seltsames Päckchen zugesandt bekommen. Es enthielt ein Konvolut von Briefen und anderen Schriftstücken, ein paar Zeitungsausschnitte sowie ein paar Dutzend alte Schwarz-Weiß-Fotografien. Das Päckchen hatte keinen Absender, ebenso wie der Begleitbrief, in dem mir der anonyme Verfasser mitteilte, er habe die Unterlagen im Nachlass seines Onkels gefunden, der sie wohl seit Kriegsende verwahrt haben müsse. Er glaube und hoffe, die Dokumente fänden so den richtigen Empfänger. Gleichzeitig entschuldigte er sich dafür, dass er seinen Namen und seine Identität nicht preisgeben möchte. Zudem erwähnte er in seinem Brief zwei Namen, die im Zusammenhang mit dem Tod meines Vaters stehen könnten.«

Er machte eine kurze Pause, schenkte mir und sich ein Glas Wasser aus der Karaffe ein und fuhr fort: »Als ich die Fotos sah, war ich wie elektrisiert. Ich ahnte sofort, dass ich damit einen Mosaikstein in Händen hielt, durch den sich das Tor zu meiner eigenen Vergangenheit öffnen könnte. Sie müssen wissen, ich hatte von meinem Vater zuvor nie ein Bild gesehen. Nicht einmal seinen Namen hatte ich gekannt. Aber als ich die Bilder in Händen hielt, wusste ich sofort, dass es sich bei dem Mann, der als Einziger neben meiner Mutter mehrfach auf den Fotos zu sehen war, um meinen Vater handeln musste. Er war noch vor meiner Geburt gestorben. In der Familie wurde das Thema gemieden, denn über Fragen zu meiner Herkunft lag ein nebulöser Schleier – ich wusste weder wo noch wie mein Vater ums Leben gekommen war. So bin ich erst als Halb- und nach dem frühen Tod meiner Mutter als Vollwaise aufgewachsen. Die ganze Schulzeit über hegte ich insgeheim die Hoffnung, mein Vater sei noch am Leben und würde eines Tages kommen und mich zu sich holen.«

Ich wagte nicht, ihn zu unterbrechen, und nickte ihm aufmunternd zu. Nachdenklich begann er weiterzuerzählen: »Im Gegensatz zu meinem Vater besaß ich von meiner Mutter zahlreiche Bilder und Dokumente. Sie war mir vertrauter, wenngleich ich keinerlei Erinnerungen an sie habe. In den Ferien hatte ich oft in den dicken Familienalben mit den sorgfältig eingeklebten Bilderecken geblättert, die mein Großvater in einem Glasschrank seines Arbeitszimmers verwahrte. Aufnahmen von ihrer Kommunion, steife Klassenfotos, aber auch Bilder von Sonntagsausflügen, die die Familie an die Kreideküste von Étretat und nach Chartres zur Kathedrale unternommen hatte.

Aus Erzählungen wusste ich zudem, dass meine Mutter eine Zeit lang in der Provence gelebt haben soll. Kurz vor der Landung der Alliierten hatte sie unverhofft eines Tages abgemagert und ausgezehrt vor der elterlichen Tür gestanden. Mein Großvater soll sie fast nicht erkannt haben. Über die Gründe, weshalb sie zurückgekehrt war, schwieg sie sich hartnäckig aus. Auch später, als sich nicht mehr verheimlichen ließ, dass sie in anderen Umständen war, soll sie kein Wort darüber verloren haben, was sich in den zurückliegenden Monaten ereignet hatte. So weit es ging, vermied sie jeden Kontakt mit der Familie oder Freunden. Die meiste Zeit schloss sie sich in ihr Zimmer ein, nur selten erschien sie zu den Mahlzeiten.

Von ihrer Anwesenheit kündete nur ein hartnäckiges Hüsteln, das sich alsbald als Tuberkulose herausstellte. Ein paar Wochen lag meine Mutter im Krankenhaus von Caen und entging dort durch Zufall einem Bombenangriff, der am 18. Juni 1944 die Tuberkulosestation zerstörte. Sie wurde als geheilt entlassen, doch die Krankheit hatte ihre Kräfte aufgezehrt, und die Schwangerschaft schwächte sie zusätzlich. Man betrachtete es als ein kleines Wunder, dass sie ein gesundes Kind zur Welt brachte. Ich weiß nicht, ob sie sich selbst darüber gefreut hatte, aber ihr Mutterglück währte leider nur kurz: Im darauffolgenden Winter raffte sie eine schwere Grippe dahin.«

Gedankenverloren rückte Monsieur Perras sein Mineralwasserglas ein Stück zur Seite. Bis jetzt hatte er keinen Schluck getrunken, und auch jetzt schien er keinerlei Durst zu verspüren. Mit leiser, getragener Stimme, so dass ich mich ein Stück vorbeugen musste, berichtete er mir, dass er lange gebraucht habe, um den Mantel des Schweigens zu lüften. Gezeichnet mit dem Stigma, ein uneheliches Kind zu sein, wuchs er in einem Klima der Angst und Schuld auf. Den Großteil seiner Schulzeit verbrachte er in einem Klosterinternat in der Bretagne. Beten und Lernen, lautete das Motto, das die eifrigen Mönche mit strengem Regime und Nachdruck predigten. Doch wenn er nachts in den Schlaf zu flüchten versuchte, dachte er nicht an Gott, sondern sehnte sich danach, dass seine Mutter und sein Vater kämen, um ihn in den Arm zu nehmen.

Nur in den Ferien hatte er Kontakt zu seiner Familie, und jedes Mal, wenn er seine Großmutter ansah, hatte er den steten Verdacht, dass sie ihm vorwarf, überhaupt auf die Welt gekommen zu sein. Das Kainsmal der unehelichen Geburt lastete auf ihm. Und obwohl ihn Fragen nach seiner Mutter und seinem Vater quälten, war er zum Stillschweigen verdammt; man schärfte ihm ein, nicht darüber zu sprechen. Um das Ansehen einer Fille-mère, einer ledigen Mutter, war es in der Nachkriegszeit nicht zum Besten bestellt. Hin und wieder gab es von den Nachbarn ein paar spitze Bemerkungen, die sich zu dem unausgesprochenen Vorwurf verdichteten, sein Vater sei ein deutscher Soldat gewesen.

Noch weit über seine Kindheit hinaus litt er darunter, fühlte sich als Sohn eines »Boche« geschmäht und gedemütigt, selbst mit seiner ersten Frau habe er darüber nie geredet. Das mag aus heutiger Sicht verwundern, aber man darf nicht vergessen, dass es kurz nach Kriegsende links des Rheins kaum einen größeren Makel gab, als deutsches Blut in den Adern zu haben. Und niemand sprang ihm zur Seite, um die Vorwürfe zu entkräften.

Die Beziehung zu seiner Großmutter, die sich fortan um ihn kümmerte, war nicht einfach, allzu oft herrschte sie ihn an, ließ ihn ihren Unmut spüren. Wer weiß, hätte sein Großvater, den er als warmen und herzlichen Menschen in Erinnerung hatte, nicht seine schützende Hand über ihn gehalten, vielleicht hätte sie ihn einem Fürsorgeheim überantwortet. Nachdem sein Großvater wenige Wochen nach seiner Kommunion gestorben war, führte seine Großmutter ein strenges Regiment, wenngleich ihr hinsichtlich seiner Zukunft testamentarisch die Hände gebunden waren.

Es schien mir, dass er seine Kindheit, sein früheres Leben wie in einem Bilderbogen an sich vorbeiziehen ließ. Hin und wieder stockte er kurz, dann erzählte er eindringlich weiter: »Lange Zeit hatte ich es vermieden, Erkundigungen über meine Eltern einzuholen. Es mag seltsam klingen, aber allein der Gedanke daran verletzte mich. Jegliche Fragen blockte ich ab und fühlte mich so, als hätte mich der Zufall ins Leben geworfen. Erst später, als ich längst erwachsen war und als Anwalt in Paris arbeitete, habe ich begonnen, nach meiner Herkunft zu forschen. Je älter ich wurde, desto mehr wurde mir bewusst, wie sehr mich diese Ungewissheit bedrückte und an meiner Seele nagte. Doch meine Bemühungen blieben ergebnislos. Zu dürftig waren die Fakten.

In meiner Geburtsurkunde steht lapidar: ›Vater unbekannt‹. Ansonsten gab es nur Gerüchte und Heucheleien. Trotz wiederholten Nachfragens hatte mir meine Großmutter versichert, sie wisse nicht, wer mein Vater sei. Sie habe ihn niemals gesehen und besitze daher keinerlei Informationen über ihn. Ich sträubte mich gegen diese Vorstellung und wollte ihren Beteuerungen keinen Glauben schenken. Ich misstraute ihr und war davon überzeugt, dass sie mir, aus welchen Beweggründen auch immer, etwas verheimlichte.«

Das Essen war vollkommen in den Hintergrund gerückt. Gebannt lauschte ich seinen Ausführungen. »Jahrzehnte später kam dieses Päckchen, das alles veränderte. Als ich es öffnete und den Inhalt vor mir auf dem Tisch ausbreitete, begann sich der Boden unter meinen Füßen zu drehen. Wie ein gewaltiger Sog öffnete sich das Tor zu meiner Vergangenheit. Ich war hin und her gerissen zwischen Euphorie und Verbitterung. Ich konnte nicht verstehen, warum mich meine Familie belogen und mir die Lebensgeschichte meiner Eltern vorenthalten hatte. Können Sie sich vorstellen, wie man sich fühlt, wenn sich die eigene Vergangenheit vom einen auf den anderen Augenblick als ein Gebilde aus Lügen und Halbwahrheiten erweist und man mühsam um die eigene Identität ringen muss?

Tagelang war ich wie paralysiert. Dann trieb mich der Wunsch an, die Wahrheit zu erfahren, den wenigen Hinweisen zu folgen, um mehr über meinen Vater und seinen frühen Tod zu erfahren. Ich wusste weder, wie und wo sich meine Eltern kennengelernt hatten, noch, welche Beziehung sie geführt hatten.

Jahrzehntelang hatte ich mich gefragt, wer mein Vater war. Als ich dann seinen Vornamen erfuhr und erstmals Bilder von ihm sah, war ich überwältigt, suchte nach Ähnlichkeiten, versuchte mich wiederzuerkennen. Ich wollte mir vorstellen können, was für ein Mensch mein Vater gewesen war, was er gefühlt und gedacht hatte. Ich hatte die vorhandenen Bruchstücke zusammengesetzt, trotzdem blieben immer noch Fragen offen. Und so beschloss ich, in die Provence zu fahren und Licht in das Dunkel meiner Vergangenheit zu bringen.«

Es war spät geworden, als wir uns schweigend auf den Rückweg zum Hotel machten. Die Rezeption war noch besetzt, der Nachtportier nickte uns freundlich zu. Wir gingen zum Aufzug und fuhren mit dem Lift hinauf zu unseren Zimmern, die sich zufälligerweise auf der gleichen Etage befanden.

★★★

Der strahlend blaue Himmel kündigte einen herrlichen Sommertag an. Ich spazierte hinüber zur Kartause von Villeneuve an das andere Ufer der Rhône, die sich träge wie ein breites silbernes Band gen Süden schob, in der Ferne glänzend, von Nahem matt und brackig. Ein Ehepaar war mit seinem Hund unterwegs, der in seiner verspielten Laune einen Lastkahn aus voller Kehle anbellte. In Villeneuve-lès-Avignon war Markttag, die Stände säumten einen breiten Boulevard. Ich hatte den Trubel und die Menschenmassen hinter mir gelassen und genoss nun die Stille des verschachtelten Klosterkomplexes, der mir mit seinen drei Kreuzgängen fast wie eine kleine Stadt erschien.

Auf dem Rückweg trottete ich an einer verfallenen Einfriedung entlang, die hier und da notdürftig mit Draht geflickt war. Ich hielt inne und erspähte einen verwilderten Park. Am anderen Ende ragte ein doppelstöckiges Herrenhaus mit Türmchen auf, dessen Fenster mit Querlatten vernagelt waren. Die Bausubstanz schien unangetastet; nur die zugehörige Lebensart war verschwunden, als hätte man den Teppich darunter weggezogen. Der regenbereite Himmel, durch dessen Wolkendecke noch ab und an ein paar Sonnenstrahlen brachen, beschleunigte meine Schritte – es sollte mein einziger Ausflug über die Stadtgrenzen hinaus bleiben.

Zurück im Hotel schlug ich die blau-gelb gestreifte Tagesdecke zurück und knüllte die Kopfrolle zusammen, da es kein Kissen gab. Im Dämmerlicht der Holzjalousien schlief ich schon bald erschöpft auf dem breiten Bett ein. Es war seit Jahren das erste Mal, dass ich einen Mittagsschlaf machte. Ich schlief tief und traumlos.

Ein sachtes Klopfen an der Tür weckte mich.

»Monsieur?«

Ich brauchte zwei Sekunden, um mich zu orientieren, dann klopfte es erneut.

»Monsieur – sind Sie da?«, hörte ich jemanden undeutlich fragen.

»Oui!« Ich stand auf, streifte mir meine Jeans über und öffnete die Tür.

Zu meiner Verwunderung stand Monsieur Perras vor mir.

»Entschuldigen Sie bitte. Darf ich Sie kurz stören? Ich weiß, ich bin wahrscheinlich ein wenig aufdringlich, aber ich möchte Sie um einen kleinen Gefallen bitten.«

Ich bat ihn mit einer einladenden Geste herein. Als er in meinem Zimmer stand, bemerkte ich, dass er eine zusammengeschnürte Mappe unter dem Arm hielt. Er wirkte ein bisschen hektisch und nervös.

Ohne große Umschweife fragte er mich: »Wären Sie so nett, dieses Päckchen für mich zu verwahren, bis ich es mir morgen wieder abhole? Ich möchte es an einem sicheren Ort wissen.«

Verwundert blickte ich auf das zusammengeschnürte Paket.

»Selbstverständlich, warum nicht?«, sagte ich in einem ungezwungenen Ton.

»Seien Sie unbesorgt, ich will Ihnen keine Drogen unterschieben«, witzelte er. »Wir kennen uns zwar kaum, aber irgendwie habe ich das Gefühl, dass ich Ihnen vertrauen kann und diese Dokumente bei Ihnen gut aufgehoben sind.«

Ich blickte ihn aufmunternd an, und er erzählte mir von dem bevorstehenden Treffen mit einem Bekannten und erging sich in ein paar vagen Andeutungen von einem Verdachtsmoment, dessen Hintergrund ich nicht recht einordnen konnte. Etwas schien ihn aufzuwühlen, aber vielleicht täuschte ich mich auch.

Schließlich ergriff er meine Hand, drückte sie fest und verabschiedete sich von mir.

Nachdenklich und etwas irritiert schloss ich die Tür und legte das Päckchen in die Schreibtischschublade.

Inzwischen kannte ich Avignon bis in den letzten Winkel hinein, es gab kaum eine Gasse, durch die ich nicht schon gelaufen war. Selbst eine Erkundung der Stadtmauer hatte gestern auf meinem Programm gestanden, obwohl mich parkende Autos und Straßenkreuzungen auf ganzer Strecke gängelten. Erst wollte ich mir nur einen kleinen Abschnitt der Stadtmauer ansehen, doch dann bin ich auf dem zugeschütteten Graben einfach weitergelaufen, immer weiter, getrieben von dem seltsamen Verlangen, die physische Präsenz dieses mächtigen Bauwerks einzuatmen, dessen Bedeutung mit dem Mauerschutt der einstigen Stadttore hinweggekarrt worden war.

★★★

Der Tag zog sich in die Länge. Ich hatte das Hotelzimmer bereits am späten Vormittag räumen müssen. Seither lief ich durch Avignon, in dessen Straßen es Stunde um Stunde schwüler wurde. Bunte Plakate kündeten vom Beginn des Festivals. Obwohl es noch zwei Wochen bis zur Eröffnung waren, hatte ich den Eindruck, dass sich die Stadt füllte, spürbar lebhafter wurde. Als ich an einem der vielen kleinen Theater vorbeikam, steckte ich ein Programm ein, wer weiß, vielleicht würde ich ja zusammen mit Carla einen abendlichen Ausflug zum Festival unternehmen.

Wir waren am frühen Nachmittag in einem Straßencafé auf der Place Crillon verabredet. Ich blickte zum wiederholten Mal auf die Uhr und musterte ungeduldig die Passanten, dann schlug ich meine Beine übereinander und vertiefte mich wieder in die »L'Équipe«, deren Berichte und Analysen hauptsächlich um die Fußballeuropameisterschaft kreisten. Einzig der in Kürze beginnenden Tour de France waren noch zwei Doppelseiten samt Etappenplan gewidmet. Lance Armstrong drohte auch dieses Jahr wieder keine ernsthafte Konkurrenz im Kampf um das

Gelbe Trikot. Ich trank meinen Café noir in kleinen, langsamen Schlucken.

»Hallo, Lavendelfotograf!«

Carlas ironische Begrüßung riss mich aus meiner Zeitungslektüre. Wir umarmten uns herzlich. Carla – sie trug ihre schwarzen Haare jetzt kurz geschnitten, was ihr eine angenehm maskuline Note verlieh – brachte eine flüchtige Entschuldigung hervor, stöhnte aber noch im gleichen Atemzug über den Stau, in den sie auf der Autobahn geraten war. Aufgedreht von dem Treffen mit dem Museumsdirektor des Carré d'Art – in knapp zwei Wochen würde ihre Ausstellung »Public Sleeping« in Nîmes eröffnet –, ließ sie mich kaum zu Wort kommen. Ein Gewitter braute sich zusammen. Wir zahlten und gingen zu ihrem Auto, dann fuhren wir noch kurz zu meinem Hotel, um mein Gepäck zu holen.

Kaum hatten wir Avignon verlassen, verdunkelte sich der Himmel zusehends, Blitze zuckten in schneller Folge in das anschwellende Grollen hinein. Wir beeilten uns, das Verdeck ihres Cabrios zu schließen. Die ersten dicken Tropfen leuchteten schon auf den schwarzen Ledersitzen. Noch bevor wir die Stadtmauern verlassen hatten, prasselte ein heftiger Regenschauer auf uns herab. Der Scheibenwischer ackerte mühsam; seitwärts krochen die Regentropfen zu fahrigen Schlieren verzerrt über die beschlagenen Scheiben, während Häuser und Felder unter den tief hängenden Wolken schemenhaft vorüberjagten.

Schweigend steuerte Carla durch die Regenfront. Die schlechten Straßenverhältnisse erforderten ihre volle Konzentration, während ich die Zeit nutzte, meinen Gedanken nachzuhängen. Ich konnte mir keinen rechten Reim darauf machen, wie ich die Vorkommnisse der letzten Tage einzuschätzen hatte. Vor allem meine letzten Stunden in Avignon waren recht turbulent verlaufen.

Den letzten Abend hatte ich in einem Restaurant hinter dem Rocher des Doms verbracht, das ich durch Zufall bei meinen Spaziergängen entdeckt hatte. Ein Szenetreff mit angegliedertem Kino. Obwohl ich allein war, ließ ich mich von der lockeren Atmosphäre anstecken und flirtete ein wenig mit einer dunkelhaarigen Frau, die zu einer Gruppe am Nachbartisch gehörte. Als ich leicht angetrunken ins Hotel zurückkehrte, stand die Tür zu Monsieur Perras' Zimmer einen Spalt breit offen, so dass ein schmaler Lichtstreifen in den dunklen Flur fiel. Da er sich bisher nicht mehr bei mir gemeldet hatte, wollte ich ihn fragen, ob ich ihm seine Unterlagen zurückbringen kann. Ich klopfte mehrmals, dann drückte ich die Tür sachte auf. Eine Wandleuchte brannte, doch zu meiner Verwunderung war das Zimmer leer, das Bett zerwühlt, der Mülleimer umgeworfen, aber keine Spur von Monsieur Perras. Weder sein Koffer noch irgendwelche Kleidungstücke erinnerten an seine Anwesenheit. Einzig eine zerfledderte Zeitung auf dem Nachttisch und zwei leere Plastikwasserflaschen zeugten davon, dass hier jemand gewohnt haben musste. Zur Sicherheit warf ich noch einen Blick ins Badezimmer, aber auch das Bad war bis auf zwei über den Boden verstreute Handtücher leer. Ich wunderte mich, warum Monsieur Perras gegangen war, ohne dass er seine Dokumente von mir zurückgefordert hatte. Dann zog ich die Tür ins Schloss und ging in mein Zimmer. Noch lange stand ich am Fenster und starrte in die dunkle Nacht.

Nach dem Aufstehen erkundigte ich mich an der Rezeption, doch auch das Hotelpersonal konnte mir nicht weiterhelfen. Niemand wusste, wieso und wann Monsieur Perras abgereist war. Da das Zimmer bereits im Voraus per Kreditkarte bezahlt worden war, bestand kein Interesse, irgendwelche Nachforschungen zu betreiben. Als ich mein Gepäck abholte, unternahm ich einen letzten vergeblichen Versuch, Erkundungen über sein Verbleiben einzuholen, und wurde von der Rezeptionistin mit einem charmanten »Je suis désolée« vertröstet.

DREI

Carla gehört zu meinen ältesten Freundinnen. Mit unserer Clique waren wir früher nächtelang durch die Münchener Szenekneipen gezogen, bei schönem Wetter hatten wir die Nachmittage im Englischen Garten verbracht, im Winter gingen wir oft zum Skilaufen. Nach Abschluss der Fotoschule hatte Carla anfangs wenige Jahre für ein – inzwischen legendäres, längst eingestelltes – Lifestylemagazin gearbeitet, sich dann aber zunehmend vom Tagesgeschäft zurückgezogen und eigene Projekte verfolgt, zumeist angesiedelt zwischen Kunst- und Reportagefotografie. Mit ihrem Bildband »Spuren der Ohnmacht«, in dem sie Menschen in Ostdeutschland porträtierte, die durch den Beginn und den Verlauf ihrer Arbeitslosigkeit psychisch und physisch gezeichnet waren, hatte ihre Arbeit auch überregional Anerkennung gefunden. Die Kritik war begeistert von der subtilen Art und Weise, wie sie den Verlust des sozialen Status und das schwindende Selbstbewusstsein einfing, die sich unübersehbar in der Körperhaltung und Mimik der Porträtierten ausdrückten. Mit der Überschrift »Die hängenden Schultern der Wiedervereinigung« bejubelte die »Süddeutsche Zeitung« das Buch im Aufmacher ihres Feuilletons.

Doch dann wurde Carla durch private Schicksalsschläge aus der Bahn geworfen: Erst starb ihre Mutter überraschend an Leukämie, wenig später verunglückte ihr Vater beim Gleitschirmfliegen. Vermutungen, er hätte bewusst den Tod gesucht, kursierten. Ob Unfall oder Selbstmord – die Frage konnte nie geklärt werden. Finanziell abgesichert – ihr Vater war ein erfolgreicher Unternehmensberater gewesen – verreiste Carla für längere Zeit, bevor sie mir eines Tages unverhofft schrieb, sie hätte einen alten Bauernhof in der Provence gekauft und werde fortan die meiste Zeit des Jahres in Südfrankreich leben. Ich wusste, dass sie als Kind fast jedes Jahr die Ferien mit ihren Eltern in der Provence verbracht hatte, und vermutete, sie wollte so ihre Erinnerungen nähren.

In der Ferne donnerte es noch immer dumpf, als wir in Raboux ankamen. Das Gewitter war ungewöhnlich heftig gewesen; die Straßen glänzten rotbraun von der feuchten, aus den Weinbergen gespülten Erde. Carlas Haus lag ein paar hundert Meter abseits vom Dorf, ein ungeteerter Feldweg führte in einem weiten Bogen den sanft ansteigenden Hang empor. Kaum waren wir von der Straße abgezweigt, spritzte das Wasser in einem breiten Schwall aus den knöcheltiefen Pfützen. Zwei Hunde stürmten vor Freude kläffend neben unserem Auto her, bis es mit einem Knirschen in der mit Kies bedeckten Einfahrt hielt.

»Wenn du möchtest, kannst du wie das letzte Mal im roten Zimmer wohnen. Ich habe dir ein paar Handtücher hingelegt, das Bett musst du allerdings noch beziehen. Ich versorge jetzt noch schnell die Hunde. Aber du kommst sicher zurecht?«, fragte Carla und verschwand um die Ecke, ohne meine Antwort abzuwarten. Ich nickte ihr stumm hinterher, ging auf die Terrasse und ließ meinen Blick über den breiten Talkessel schweifen, der nach Westen hin von einem karstigen Gebirgszug begrenzt ist, hinter dem die fahle Kuppe des Mont Ventoux am Horizont aufragt. Jedes Mal wenn ich zu Besuch in Raboux war, durchströmte mich ein tiefes Glücksgefühl. Die Erinnerungen an die feucht-fröhlichen Abende, die ich mit Carla und anderen Gästen an dem schmiedeeisernen Tisch verbracht hatte, stimmten mich wohlig auf die kommenden Wochen ein. Ich begann mich langsam auf meine Lavendelfelder zu freuen.

Das »rote Zimmer« war das schönste der drei Zimmer, die Carla ihren Gästen zur Verfügung stellte. Es lag im Obergeschoss des an einen Hang gekauerten Hauses und verfügte dadurch sogar über einen separaten Eingang und ein eigenes Bad mit einer abgemauerten Dusche. Es war ein Eckzimmer, bot genügend Platz und verbreitete durch zwei breite bodentiefe Fenster selbst an tristen Wintertagen eine heitere Atmosphäre. Vom Schreibtisch aus konnte man die Dächer von Raboux sehen, die sich um den Kirchturm scharten wie eine Herde um den Hirten. »Rot« gestrichen war nur eine einzige Wand, in deren Mitte ein breites Metallbett stand, dessen leicht gebogene Fußsäulen, gekrönt von versilberten Dekorkugeln, dominierend in den Raum ragten.

Carla hatte in jahrelanger Arbeit das verfallene Gehöft umgebaut. Es war kein provenzalisches Landhaus, wie man es sich gemeinhin vorstellt; Carla war es gelungen, die vorhandenen Räumlichkeiten auf ihre persönlichen Bedürfnisse zuzuschneiden, ohne die lokalen Bautraditionen zu vernachlässigen. Organisch und minimalistisch zugleich. So hatte sie alle Wände im Erdgeschoss mit einem Gemisch aus Kalkfarbe und Sand aus dem nahen Fluss überzogen. Abgesehen von der Küche bestand der Boden aus knarrenden, wurmstichigen Dielen statt aus blank poliertem Stabparkett. Hier und da sorgten ein paar lappig getretene Teppiche für eine angenehme Nachlässigkeit. Selbstredend durfte aber ein Atelier samt Labor nicht fehlen, das seinen Platz in der einstigen Scheune gefunden hatte.

In Raboux fühle ich mich stets schnell heimisch. Während ich in Hotels immer aus dem Koffer lebe, schichtete ich hier meine sauberen Kleidungsstücke in ein offenes Wandregal. Dann ging ich ins Bad, wechselte mein verschwitztes T-Shirt und ging hinunter in den Salon.

Wir saßen vor dem breiten Kamin und tratschten über gemeinsame Bekannte. Ich gratulierte Carla nochmals zu ihrem Erfolg, auch in Frankreich als Fotografin Anerkennung gefunden zu haben. Ich war mir sicher, innerlich schwelgte sie vor Stolz und Vorfreude, doch war sie bemüht, es sich nicht anmerken zu lassen. Sie wich aus, spielte ihren Erfolg herunter. Ich wusste damit umzugehen, doch wer Carla nicht gut kennt, empfindet diese Zurückhaltung leicht als unangemessen und irritierend. Über meine Unzufriedenheit wollte ich nicht reden; lieber lästerte ich über die Werbeszene und amüsierte Carla mit ein paar Anekdoten. Zynismus als Selbstbehauptung. Fragen zu Bettina blockte ich ab, nur vage ließ ich Differenzen anklingen.

Die Küche war bereits vom Duft einer mit viel Knoblauch und Rosmarin zubereiteten Lammkeule erfüllt. Zur Feier des Tages hatte Carla die Flasche Châteauneuf-du-Pape geöffnet, die ich in Avignon gekauft hatte. Das satte Rot schimmerte dunkel in unseren Gläsern.

Beim Nachtisch eröffnete mir Carla, dass sie schon morgen nochmals nach Nîmes fahren müsse. Es war ihre bis dato bedeutendste Einzelausstellung, und die Hängung der Bilder erforderte ihre Anwesenheit. Zusammen mit dem Kurator wollte sie vor Ort die beste Präsentationsmöglichkeit festlegen. Anschließend müsse sie noch nach Paris, um Termine für ein neues Projekt wahrzunehmen. Es war ihr spürbar unangenehm, mich schon so bald wieder verlassen zu müssen, aber ich versicherte ihr, dass ich allein zurechtkommen würde. Das meinte ich auch so. Ich kannte Raboux und das Haus, und mit Carlas altem, klapprigem Renault, den sie mir dankenswerterweise zur Verfügung gestellt hatte, war ich mobil.

Spät in der Nacht beugten wir uns über meine gelbe Michelin-Karte, und Carla markierte alle Dörfer, von denen sie wusste, dass ich in ihrer Umgebung Lavendelfelder finden würde. Der Leuchtstift schabte über das Papier, neonbunte Fährten hinterlassend. Sie schwärmte von einer Lavendeldestillerie, die sie einmal besucht hatte, und kramte noch zwei französische Bücher über die provenzalische Symbolpflanze hervor, deren Lektüre sie mir ans Herz legte.

★★★

Lange hatte ich gezögert, doch dann siegte meine Neugier: Nachdem ich die Paketschnüre gelöst hatte, hielt ich noch einmal kurz inne. Ich kam mir vor wie ein Gast, der heimlich in Schränken und Schubladen spioniert, und fühlte mich durch mein Vorgehen kompromittiert. Vorsichtig öffnete ich das Päckchen und fand darin, wie angekündigt, eine abgeschabte Kladde mit diversen Schriftstücken, vergilbte Seiten einer Tageszeitung und einen braunen Umschlag, aus dem alte Fotos herauslugten.

Die Kladde enthielt mehrere Briefe in aufgeschlitzten Kuverts und ein verknittertes Oktavheft, das ich kurz durchblätterte, um mich danach den Bildern zu widmen. Aus einem fasrigen Umschlag ragte ein Päckchen mit Schwarz-Weiß-Fotografien, die an den welligen Rändern bereits leicht braunstichig waren. Bedächtig durchforstete ich den Stapel. Es waren zum Teil Porträtaufnahmen wie aus einem Familienalbum, manchmal leicht unscharf, gelegentlich überbelichtet. Ein paar Landschaftsaufnahmen und Alltagsszenen aus einem Dorf oder einer Stadt befanden sich auch darunter. Auf eine Hand gestützt, beugte ich mich vor, um die Bilder besser betrachten zu können.

Mit Fotopapier und Bildsprache kenne ich mich aus: Es waren Amateuraufnahmen. Sie stammten wahrscheinlich aus den dreißiger, möglicherweise auch aus den frühen vierziger Jahren. Sie waren, wenn ich die Vegetation und die Form der Rundziegel der Häuser richtig deutete, in der Provence oder in einer benachbarten Region aufgenommen worden. Ungewöhnlich erschienen mir die Aufnahmen von einer Gruppe bewaffneter Männer, die wie Landarbeiter gekleidet waren. Sie hatten sich in zwei Reihen aufgestellt, die vorderen kauerten in der Hocke. Selbstbewusst grinsten sie in die Kamera, bei einigen lugte eine Zigarette aus dem Mundwinkel. Quer über die Brust und an den Gürteln baumelten Munitionstaschen und Handgranaten, drei Männer reckten Gewehre in die Höhe. Die meisten trugen Armbinden, auf denen ein Abzeichen oder drei Buchstaben prangten, die ich nicht genau erkennen konnte, denn diese Aufnahmen waren wohl versehentlich auf einen alten Lastwagen fokussiert, der im Hintergrund stand.

Zwei Personen waren mehrfach, aber nie zusammen abgebildet: ein Mann mit Geheimratsecken, einem sorgfältig gestutzten Kinnbart und runder Nickelbrille sowie eine dunkelhaarige, schlanke Frau, die an ihrem einnehmenden Lächeln und den buschigen Augenbrauen, die in der Mitte zusammenzuwachsen schienen, leicht wiederzuerkennen war. Sie schätzte ich auf Ende zwanzig; er dürfte ungefähr zehn Jahre älter gewesen sein.

Sorgsam breitete ich die Bilder auf dem Bett aus. Eines der Fotos weckte mein Interesse. Es zeigte den Mann, wie er mit ausgestreckten Beinen unter einem Olivenbaum saß und sich bequem nach hinten auf beide Hände stützte. Er trug ein helles Hemd, dessen Ärmel über die Ellbogen gekrempelt waren, und lächelte in die Kamera. Eine Weinflasche, Brot und Käse waren auf einem Tuch ausgebreitet – eine scheinbar idyllische Picknickszene. Als verstörend empfand ich das Gewehr, dessen Schaft an den linken Oberschenkel des Mannes gelehnt war. Die

Waffe wirkte auf mich bedrohlich, aber vielleicht täuschte ich mich und es war nur ein sonntäglicher Jagdausflug.

Noch ungewöhnlicher war allerdings eine Aufnahme der Frau: Sie stand breitbeinig am Rande einer einsamen Straße und hatte die linke Hand lässig in die Tasche einer groben Baumwollhose geschoben; über der rechten Schulter baumelte ein Gewehr an einem Gurt, und vom Arm halb verdeckt war ein Zielfernrohr zu erkennen. Ein breiter Ledergürtel betonte ihre schmale Taille, obwohl sie sich sogar ein Hemd samt Pullunder und Krawatte in die Hose gestopft hatte. Sie grinste spitzbübisch und entschlossen zugleich und machte bis auf ihre dunklen Locken, die unter einer barettähnlichen Mütze hervorquollen, einen sehr burschikosen Eindruck.

Als ich noch einmal meinen Blick über die Bilder wandern ließ, fiel mir auf, dass sich zwei Aufnahmen der Frau von allen anderen Fotografien unterschieden: Sie waren geschickt inszeniert, die Proportionen stimmten, die Lichtverhältnisse waren perfekt ausgenutzt. Auf dem einen Bild stand sie in nachdenklicher Pose an eine Hauswand gelehnt und blickte gedankenverloren ins Leere, auf dem anderen beugte sie sich lasziv in die Kamera. Ihre Mimik und Körperhaltung ließen auf eine selbstsichere Frau schließen, die sich ihrer Wirkung wohl bewusst war.

Die Tür fiel scheppernd ins Schloss des Renaults. Ich startete den Motor, der sich röchelnd zu Wort meldete, und winkte Carla zu, die sich ebenfalls anschickte, aufzubrechen. Begleitet von einem gleichmäßigen Dröhnen zuckelte ich über schmale Départementstraßen hinauf nach Sault, zum Plateau d'Albion. Links und rechts des Weges tauchten bald die ersten blauviolett schimmernden Felder auf, wie mit einem überdimensionalen Kamm in die Erdkrume gekratzt und dort kunstvoll vernarbt.

Gelegentlich hielt ich am Straßenrand, stapfte auf der Suche nach der besten Einstellung an den Feldern entlang und bestieg ein paar Aussichtspunkte. Die Sonne nagte sanft an meinem Gesicht. Ich genoss die Stille und beobachtete einen Bussard oder Habicht, der einsam seine Kreise zog. Zumeist fotografierte ich mit einer langen Brennweite, um die symmetrische Ausrichtung der Lavendelbüsche zu unterstreichen. Der Himmel war klar, keine einzige Wolke war zu sehen; das Unwetter hatte ihn gereinigt, wie mit Sandpapier geschliffen. Nur der Boden war nach den starken Regenfällen noch feucht und aufgeweicht, ein leicht modriger Geruch lag in der kühlen Luft. Lavendelfelder zu fotografieren bedeutet, touristische Gemeinplätze zu bedienen und die Provence zu einer archaischen Landschaft zu stilisieren. Klischeehafter und zivilisationsferner konnte man sich der Provence kaum annähern. Höchstens Schäfer oder Lavendelbauern durften auf den Bildern zu sehen sein, nur ein paar verfallene Hütten oder ein Kloster im Hintergrund waren erlaubt. Wer einen Kalender mit Lavendelmotiven erwirbt, will sich ein Stück unberührte Natur ins heimische Wohnzimmer holen, will seine Sehnsüchte nähren. Und jetzt sollte auch ich helfen, diesen provenzalischen Mythos zu verbreiten. Im Laufe des Tages hatte ich ein paar Motivvarianten erprobt und ein halbes Dutzend Filme durchgeknipst. Ich war zuversichtlich, Lars nicht zu enttäuschen.

Zurück in Raboux nahm ich eine Dusche. Mit Wucht glitt der kalte Wasserstrahl über meine Schultern. Erfrischt ging ich hinunter in die Küche und holte mir eine Schale mit eingelegten Tomaten und eine selbst gemachte Tapenade aus dem Kühlschrank, schnitt die Reste der Baguettes auf und öffnete eine Flasche Wein. Ich saß unter den ausladenden Ästen des mächtigen Kastanienbaums auf der Terrasse und musste grinsen, als mir bewusst wurde, wie sehr ich an diesem Abend die typischen Provence-Klischees bediente.

Ich genoss die Abgeschiedenheit des Landlebens, nur in der Ferne bellte ein Hund. Die Steinfliesen strahlten noch warm von der Hitze des Tages, beruhigend plätscherte das Wasser einer nahen Quelle aus einem breiten Metallrohr in ein quadratisches Becken, das mich an einen antiken Sarkophag erinnerte.

Während ich mir die würzige Olivenpaste auf das Brot strich, drängten sich mir wieder die Bilder aus der Kladde auf. Sie waren mir schon den ganzen Tag über nicht aus dem Kopf gegangen. Ich stand auf, machte mir einen Kaffee und holte das Päckchen aus meinem Zimmer. Doch statt der Fotos wollte ich dieses Mal den Inhalt der Kladde studieren. Das Oktavheft muffelte ein wenig, so als hätte es eine längere Zeit im Keller gelegen; der blauviolette Einband war in der Mitte geknickt und fleckig, die Ecken abgestoßen. Kurz wunderte ich mich darüber, dass die ersten Seiten des Heftes herausgerissen worden waren, dann blätterte ich durch die mit einer etwas krakeligen Handschrift eng gefüllten Seiten und stutzte: Der Text war auf Deutsch geschrieben! Ein leichter Schauer lief mir über die Haut.

16. Juni 1940

Lieber Albert,

ich weiß nicht, ob Dich meine letzten zwei Briefe noch rechtzeitig erreicht haben. Ich jedenfalls bin seit drei Wochen ohne jede Nachricht von Dir und hoffe inständig, daß es Dir gelungen ist, vor dem Einmarsch der Deutschen Wehrmacht aus Paris zu fliehen. Da ich keine Ahnung habe, wo es Dich hin verschlagen hat, werde ich Dir den Brief schicken, sobald ich Deine neue Adresse weiß.
Wie Du Dir vorstellen kannst, ging es auch bei mir ziemlich drunter und drüber, inzwischen bin ich in Les Milles gelandet. Zwangsinterniert! Ich weiß nicht, ob Du schon jemals den Namen gehört hast, aber dieses Lager befindet sich in der Nähe von Aix-en-Provence. Nun, das Paradies sieht anders aus; hier gibt es vor allem Staub, überall roter Ziegelstaub. Meine Schuhe, mein Hemd, meine Jacke – einfach alles ist von einer feinen Ziegelstaubschicht überzogen. Nicht nur aus den Mundwinkeln, Nase und Augen muß ich mir den Staub reiben, selbst in dem mehligen Steckrübeneintopf knirscht es verdächtig, und meine Lippen sind spröde und rissig.
Auch sonst sind die Verhältnisse alles andere als erquicklich. Die Toiletten stinken, und die Schlangen waren heute morgen wieder endlos – was macht es schon, wir haben ja nichts zu versäumen. Wenn man endlich an der Reihe ist, um sich Erleichterung zu verschaffen, muß der Ekel überwunden werden. Alles stinkt, ist

kotverschmiert, die Fliegen feiern ein Festmahl. Und zu den Privilegierten, die sich ein Stück Papier leisten können, gehöre ich nicht. Was soll ich mich beklagen, mißhandelt wird niemand. Die Wärter verhalten sich menschlich. Man könnte behaupten, der Situation angemessen, wenn es nicht so höhnisch klänge.

Eins kann ich Dir jedenfalls versichern: So hatte ich mir mein Exil nicht vorgestellt! Interniert als feindlicher Ausländer, in dem Land, das ich liebe. Doch seit Hitler Frankreich den Krieg erklärt hat, zählt nur der Paß, nicht die Gesinnung. Zweitausend, vielleicht auch dreitausend Männer haben sie hier im Südosten Frankreichs eingesammelt, so als würden wir die Kampfmoral aufweichen, und uns hier in einer Ziegelei zusammengetrieben. Das Lager war schon überfüllt, als ich hier auf der Pritsche eines Lastwagens »angeliefert« wurde. Bei der Gepäckkontrolle wurde mir eine Schere abgenommen, aber auch Messer und Taschenlampen sind unerwünscht. Die Zustände in Les Milles sind schrecklich: Der Platz würde wahrscheinlich für die Hälfte von uns kaum ausreichen, und dennoch kommen jeden Tag ein paar Unglückliche hinzu. Nicht nur Deutsche, auch Belgier, Holländer und Schweizer habe ich getroffen.

Die meisten anderen kannten das Lager schon, waren hier bereits zum zweiten oder dritten Mal eingepfercht und begrüßten sich wie alte Kameraden. Sie erinnerten mich an Stammgäste, die allein die Gewißheit befriedigt, ihr Leid mit ein paar Schicksalsgenossen teilen zu dürfen. So Dieter Münchmeyer, den ich aus seiner Zeit kannte, als er noch in Berlin für die DEPHOT arbeitete. Kannst Du Dich noch an ihn erinnern? Zusammen waren wir ein paarmal im Romanischen Café gesessen und hatten über die Zukunft Deutschlands debattiert. Tja, damals, als sich die Braunhemden nur in Grüppchen auf den Kurfürstendamm wagten. Dankbarerweise hat sich Dieter meiner angenommen, mich in das Lagerreglement eingewiesen und mir geholfen, einen leidlichen Schlafplatz zu finden. Die meisten arrangierten sich mit den Umständen, nur einige haderten mit ihrer Situation und wandten sich vergeblich an das Wachpersonal: »Wir sind vor Hitler in das Frankreich der Menschenrechte geflüchtet, warum interniert man uns?« – »Boche bleibt Boche«, lautet die von einem Schnarren begleitete Antwort. Befehl ist Befehl, Diskussionen sind unerwünscht.

Ich bin zwar das erste Mal in Les Milles, aber wie Du weißt, habe ich vorher ein paar Wochen Lagererfahrung sammeln »dürfen«. Inzwischen habe ich mich an die morgendlichen Appelle gewöhnt, nur die Hitze macht mir zu schaffen. Die Sonne brennt unerbittlich auf den vom Mistral blankgefegten Hof, der auch als »Speisesaal« dient. Schatten ist rar. Auf die reichlich vorhandenen Ziegel hat man ein paar Bretter gelegt, sitzen tut man ebenfalls auf ein paar Ziegelsteinen, die immer wieder mit einem krachenden Geräusch zusammenbrechen. Wir haben »Vollpension«, müssen aber eingeteilt in Arbeitsgruppen Kartoffeln schälen, Geschirr waschen und dergleichen mehr.

Die meisten hier sind anständige Kerle, aufrechte Antifaschisten, Juden und ziemlich viele Künstler, Schriftsteller und Musiker. Doch selbst in einem solch schäbigen Lager können einige ihre gewohnten Verhaltensweisen nicht ablegen. Bei den Arbeiten gibt es Gruppenführer, und die Leute gieren nach dem Posten, als würden sie dafür bezahlt. Die Eitelkeit scheint den Dreck erträglicher zu machen. Manch einer stolziert als Herr Oberregierungsrat oder mit professoralen Würden über den Hof. Andere haben sich auch ihren Nimbus hinter dem Stacheldraht bewahrt, so Feuchtwanger, dem fast alle mit großem Respekt begegnen und der sich von einem sportlichen jungen Österreicher umsorgen läßt. Mit Werner Zippert – ein bekannter Berliner Architekt, der hier die hölzernen Aborte planen durfte (!) – habe ich schon gemeinsam Küchendienst gehabt, und ein Sohn von Thomas Mann soll auch unter uns weilen.

Wie man sich vorstellen kann, haben sich ein paar Seilschaften gebildet, und mit der Solidarität ist es auch nicht allzu weit her. Wer Geld hat, kann sich über die Wachen und die Lieferanten alles besorgen, selbst Zeitungen und Alkohol. Die Not schlägt Kapriolen, und manch einer verdingt sich gar als Diener, indem er sich für ein paar Groschen als Platzhalter in die Schlange vor den Latrinen stellt. An den Waschtrögen muß man sich auch anstellen und dann nochmals warten, bis das kalte Wasser aus den Hähnen rieselt. Alle sind angespannt, und hier und dort flackern kleinere Streitereien auf. Für die Abende hat der Lagerkommandant, ein wackerer, redlicher Mann, ein Kulturprogramm ins Leben gerufen, um die Moral zu heben. Es wird musiziert, selbst Theaterstücke werden aufgeführt. Die kleinen Heiterkeiten des Lebens.

Angefreundet habe ich mich mit Horst Sippel, einem wackeren Sozialdemokraten aus Nürnberg, Streichers Stadt. Er schläft neben mir, hat immer einen Naziwitz parat und ist fast unerschüttert in seinem Glauben, seine geliebte Burg bald wiedersehen zu können. Wir liegen nahezu in der Mitte des Stockwerks, für einen Platz am Fenster sind wir zu spät gekommen. Die warme, stickige Luft ist oft unerträglich, aber besser noch, als im Winter ohne warme Decken zu frieren.

Die Ziegelei ist ein karges, abweisendes Gebäude mit drei Stockwerken, deren Fenster mit Latten verrammelt sind. Wo gewöhnlich Backsteine trocknen, darben wir vor uns hin. Von einem Bett zu sprechen, wäre purer Hohn. Nur einen Strohhaufen hat man über den gestampften Boden gestreut. Abends werden die Türen verriegelt, niemand darf mehr ins Freie. Immerhin flackern ein paar Glühbirnen, so kann man wenigstens schreiben oder lesen. Und wer will, kann sein Bett mit ein paar Ziegeln umstellen und sich so in der Illusion wiegen, ein eigenes »Zimmer« zu bewohnen. Ich besitze sogar einen »Nachttisch«, habe meinen Koffer ans Kopfende gelegt, damit ich Zigaretten, Feuerzeug und Brille auch in der Nacht bei mir weiß. Oft liege ich lange wach, wälze mich auf dem harten Boden, vergeblich um Schlaf ringend. Erst spät kommt das Lager zur Ruhe, irgendwo wird immer diskutiert und gehustet, und irgendeiner sucht immer im Dunkeln tapsend den Weg zur Latrine.

Die leeren Tage stapeln sich. Wir sind zur Passivität verdammt, können nur sinnlos hin und her spazieren. Eine Promenade der zerschlissenen Anzüge, der verängstigten Seelen. Überall blutarme Gestalten, vom Schicksal betrogen. Ich habe sogar Schafkopf gelernt – Horst und zwei seiner Bekannten haben es mir beigebracht –, obwohl ich nie ein leidenschaftlicher Kartenspieler war. Die Monotonie des Lageralltags fordert ihren Tribut, nicht grundlos reimt sich im Französischen Krieg auf Elend:

Guerre-Misère. Ich schwanke noch immer, ob es ein Vor- oder Nachteil ist, die Hafttage zu zählen. Nährt sich aus der immer größer werdenden Zahl die Hoffnung oder der Trübsinn?

Um etwas Abwechslung zu bekommen, meldete ich mich vor ein paar Tagen freiwillig zum Arbeitsdienst, durfte mit einem Trupp außerhalb des Lagers Alteisen sammeln. Horst war auch dabei, als gelernter Werkzeugmacher ist er sozusagen ein Mann vom Fach. Der Lohn, besseres Essen, war so bescheiden wie verlockend. Außerdem konnten wir ein paar Nachrichten aufschnappen und eine Flasche Wein ins Lager schmuggeln. Wenigstens nimmt man es mit den Verboten nicht so genau.

Seit Tagen köchelt die Stimmung. Das Gerücht, Hitler habe die Auslieferung aller Emigranten verlangt, macht die Runde. Meldungen über den aktuellen Frontverlauf verbreiten sich wie ein Lauffeuer. Die Angst schwankt zwischen Vermutungen und Tatsachen. Und mit jedem Kilometer, den die deutschen Soldaten nach Süden vordringen, wächst die Angst. Doch nicht bei allen: Es sind auch ein paar Dutzend Nazis unter den Gefangenen; sie treten selbstsicherer auf, erheben die Hand zum Hitlergruß und drohen, daß sie das Lager bald übernehmen werden. Es gab schon die ersten Schlägereien zwischen Kommunisten und Nazis.

Sei aufs herzlichste gegrüßt
Paul

8. Juli 1940

Lieber Albert,

es hat sich viel ereignet. Zu viel, um es in einen Brief zu packen. Ich bin gar nicht zum Schreiben gekommen, als Chronist eigne ich mich wohl nur bedingt. Wie eine Bombe schlug die Nachricht vom Waffenstillstand bei uns ein. Einige zweifelten noch, doch schienen sich die Berichte zu bestätigen. Frankreich hatte kapituliert! Hektik und Chaos brachen aus. Die Lage beruhigte

*sich erst, als der Lagerkommandant verkündete, daß für alle, die
vor der Wehrmacht flüchten wollen, ein Zug bereitstehen würde,
um sie zur Mittelmeerküste zu bringen, und von dort könne
man eine Schiffspassage nach Nordafrika bekommen. Einer, so
wird gemunkelt, hat sich am Abend zuvor davongestohlen, hat
das Nichts dem Ausgeliefertsein vorgezogen. Ein paar Tabletten,
und das Tor der Freiheit öffnet sich für immer. Wer weiß, wohin
uns die Verzweiflung treiben kann? Doch der Zug kam, wie
angekündigt, und ich klammerte mich wie die meisten an diesen
Strohhalm der Hoffnung. Sie preßten uns in einen aufgeheizten
Waggon, in dem normalerweise nur halb soviele Menschen Platz
haben. Wenigstens unsere Nazis waren wir los. Sie waren im
Lager geblieben, hoffend, daß sie der Führer heimholt ins Reich.
Im Dunkeln ratterten wir einem unbekannten Ziel entgegen,
manchmal schlingerte der Zug in den ausgefahrenen Gleisen.
Wer hätte ahnen können, daß dies der Auftakt einer tagelangen
Irrfahrt werden sollte …*

Ich verschlang den Bericht noch in dieser Nacht. Wie gebannt
saß ich über dem Heft, haderte anfangs etwas mit der Handschrift, die sich nur wenig um die vorgegebene Liniatur scherte,
doch nach wenigen Seiten konnte ich sie problemlos entziffern.
   Es war der Bericht eines deutschen Emigranten, der während
des Zweiten Weltkrieges in einem Lager namens Les Milles interniert gewesen war, nach einer Zugodyssee durch Südfrankreich
in einem provisorischen Zeltlager bei Nîmes landete, aus dem er
flüchten konnte, dann mehrere Monate illegal in Marseille lebte,
sich dort erfolglos um ein Ausreisevisum bemühte, aber dank
falscher Papiere und der Hilfe zweier Kommunisten schließlich
bei einem Weinbauern in der Vaucluse Unterschlupf fand. Damit
endeten die Aufzeichnungen; der letzte Eintrag stammte vom
27. August 1943.
   Aufgewühlt und ratlos zugleich legte ich das Heft – eine
Sammlung von mehreren nicht abgeschickten Briefen – behutsam zur Seite. Die eigentlichen biografischen Daten waren
spärlich. Weder der Nachname noch das Alter des »Autors«
gingen aus dem Bericht hervor. Es war zwar von zahlreichen

Personen die Rede, mit deren Namen ich allerdings nichts anfangen konnte. Thomas Mann war mir bekannt. Doch welcher Sohn war gemeint? Klaus, Golo oder gab es da nicht noch einen dritten Sohn? Da er von einem Nimbus sprach, der Feuchtwanger umgibt, so dürfte es sich wohl um den Schriftsteller Lion Feuchtwanger gehandelt haben. Ich hatte vor Jahren einmal Feuchtwangers »Erfolg« gelesen und erinnerte mich vage daran, dass Feuchtwanger im französischen Exil gelebt hatte, bevor er nach Amerika emigrierte.

Diese wenigen Eckdaten brachten mich dem Autor des Heftes aber nur unwesentlich näher. Seine nicht abgeschickten Briefe schienen mir wie von dem Wunsch beseelt, sich nicht gehen zu lassen, wach zu bleiben. Über sein weiteres Schicksal konnte ich nur spekulieren. Einzig der Name »Les Milles« ließ mich stutzen. Ich war mir sicher, den Namen schon in einem Zusammenhang gehört zu haben. Noch am nächsten Morgen grübelte ich beim Zähneputzen darüber. Dann zog ich mich an und öffnete wie jeden Tag die Fensterläden, um Licht ins Zimmer zu lassen. Ich stützte mich auf das Geländer, beugte mich über das an dieser Stelle tief heruntergezogene Dach, um die Sonne für ein paar Sekunden auf der Haut zu spüren – auf einmal blieb mein Blick an einem Dachziegel hängen: In Großbuchstaben war »T.M.M. LES MILLES« eingestanzt.

»Kennst du Les Milles?«

Mit dieser Frage überfiel ich Carla recht unvermittelt, als sie mich noch vor dem Frühstück anrief.

»Ja, schon mal gehört. Ist ein Vorort von Aix. Aber was willst du da? Dort blüht der Lavendel doch höchstens im Garten.«

»Nein, ich meine, hast du gewusst, dass sich dort im Zweiten Weltkrieg ein Lager befunden hat?«

»Nein, davon habe ich noch nie etwas gehört. Warum interessierst du dich dafür?«

»Weil der Autor des Heftes, das ich in den Unterlagen gefunden habe, im Zweiten Weltkrieg in der Ziegelfabrik von Les Milles interniert war. Übrigens stammen deine Dachziegel auch aus Les Milles.«

»Wovon redest du da eigentlich?«

Erst jetzt fiel mir ein, dass ich bisher versäumt hatte, Carla von den Vorfällen in Avignon zu berichten. In knappen Worten schilderte ich ihr, wie ich in den Besitz der Unterlagen gekommen war.

»Und jetzt?«

»Puh, keine Ahnung. Ich würde die Dokumente natürlich lieber heute als morgen ihrem rechtmäßigen Besitzer zurückbringen.«

»Hast du schon einen Versuch unternommen?«

»Ja, selbstverständlich! Was denkst du denn?«

Ich erzählte Carla, wie ich vergebens im Hotel nach dem Mann geforscht hatte. Ich wusste einzig seinen Namen, so dass meine einzige Hoffnung, seine Identität herauszufinden, auf den Dokumenten in der Kladde beruhte.

»Du hast sonst keine anderen Daten?«

»Nein, aber zu dem Päckchen gehören noch etwa zwei Dutzend Fotos, Briefe und einige herausgerissene Seiten einer alten Lokalzeitung. Ich zeige dir alles, wenn du wieder zurück nach Raboux kommst.«

Wir wechselten das Thema, und ich versicherte ihr, mich weiterhin aufopfernd um César und Roy, ihre beiden Mischlingshunde, zu kümmern. Nachdem wir das Gespräch beendet hatten, holte ich eilig zwei Wasserflaschen und verstaute meine Fotoausrüstung im Auto. Die Kühle der Morgenstunden hatte sich bereits verabschiedet, als ich nach Manosque aufbrach.

VIER

Meine nächsten Tage verliefen nach dem gleichen Muster. Tagsüber unternahm ich Ausflüge zu den Dörfern in der näheren und weiteren Umgebung und erkundete das Plateau de Valensole bis hinauf nach Mézel, oft ließ ich aber auch das Auto einfach stehen, um abseits der Straßen auf Motivsuche zu gehen. Zumeist fotografierte ich mit dem Stativ, um eine bessere Bildschärfe zu erzielen. Das harte Mittagslicht mied ich, indem ich in eine der zahlreichen Auberges einkehrte, ein dreigängiges Menü bestellte und meine Pause bis weit in den Nachmittag hinein ausdehnte. Die Sonne schien beständig, und die Luft war klar und trocken, so dass ich mit der Ausbeute der ersten Woche recht zufrieden sein konnte. Abends lag mir noch immer das Summen der Bienen im Ohr, und die Beine meiner Cargohosen dufteten, als wären sie mit Lavendel getränkt.

Dank Carlas Büchern hatte ich mich inzwischen auch in theoretischer Hinsicht zum Lavendelfachmann entwickelt. Wer ein Magazin oder einen Bildband mit Lavendelfotos aufschlägt, sitzt gemeinhin einem Betrug auf. Nur auf den wenigsten Bildern leuchtet echter Lavendel, zumeist handelt es sich um Lavandin, ein aus zwei Arten gekreuztes Lavendelhybrid, das leichter zu kultivieren ist und auch in tieferen Lagen wächst. Die große Nachfrage der Waschmittelindustrie hat den Anbau des dreimal so ergiebigen Lavandins gefördert. Der sterile Lavandin wird mit Stecklingen vermehrt, weshalb die Felder so ebenmäßig angeordnet sind – dies erleichtert außerdem die maschinelle Ernte. Es gibt zahllose Lavandin-Arten. Sehr verbreitet ist eine robuste Sorte, die einen hohen Gehalt ätherischer Öle besitzt und nach ihrem Entdecker Grosso benannt ist.

Abends spazierte ich hinunter ins Dorf und kehrte in den »Relais de la Poste« ein, dem älteren und, wie von Carla stets betont, besseren der beiden Restaurants von Raboux. Jacques, der schnauzbärtige Wirt, begrüßte mich mit einem aufmunternden Handschlag und führte mich an einen windgeschützten Tisch am

Rand der Gartenterrasse. Wir kannten uns von meinen früheren Besuchen, tauschten ein paar freundliche Floskeln aus, bevor er mir voller Leidenschaft und mit großen Gesten die Spezialität des Tages anpries, so dass ich nicht wagte, etwas anderes zu bestellen. Wie die meisten im Dorf, so war auch er stolz darauf, dass mit Carla eine berühmte Fotografin in Raboux lebte. In ihrem Windschatten schien ich einen Sonderstatus zu genießen; auch wenn das Restaurant voll war, fand sich für mich immer noch ein Tisch, ohne dass ich reservieren musste.

***

Nach einem Blick auf die Landkarte hatte ich mich zu Beginn der neuen Woche kurzerhand entschlossen, einen Abstecher nach Les Milles zu unternehmen. Vergeblich suchte ich in Carlas französischen Reisebüchern nach dem Ort. In einem dicken Kunstreiseführer fand ich ein paar Zeilen über Les Milles, die aber fast ausschließlich von einem Schloss berichteten, das am nördlichen Rand stehen soll – von einem Lager oder Ähnlichem war nicht die Rede. Neugierig machte ich mich auf den Weg. Les Milles war nur eine gute Stunde Autofahrt von Raboux entfernt. Die Fahrt ging zügig voran, erst quer durch den Luberon, dann ein Stück auf der Autobahn um Aix-en-Provence herum. Nachdem ich ein weit ausuferndes Gewerbegebiet durchquert hatte, empfing mich ein beschauliches Städtchen mit der üblichen Bankfiliale, einem Lebensmittelgeschäft und dem in Frankreich allgegenwärtigen Hôtel de Ville. Ungewöhnlich waren einzig die hohen Bürgersteige, mit denen man wahrscheinlich das Falschparken eindämmen wollte.

Es dauerte eine Zeit lang, bis ich den Weg zu der am Ortsrand gelegenen Ziegelei fand, von deren Größe ich überrascht war. Ein massiver Block mit mehreren Nebengebäuden, überragt von zwei hohen Schornsteinen. Das Tor stand weit offen, auf dem staubigen Hof parkten ein Dutzend Autos; kein Mensch war zu sehen. Etwas verunsichert besichtigte ich das großräumig umzäunte Gelände und versuchte mir vorzustellen, wie es 1940 hier ausgesehen haben mochte. Gerade als ich mich ärgerte, dass wieder munter Ziegel produziert werden, so als wäre nichts geschehen, entdeckte ich ein Schild, das auf ein »Mémorial« hinwies.

Die Gedenkstätte war in einem kleinen Anbau, einer Art Lagerschuppen, untergebracht. Mit einem freundlichen Lächeln begrüßte mich ein älterer Herr, der hinter einem Schreibtisch saß. Mit knappen Worten erklärte er mir ein paar Details zur Ausstellung. Von dem Vorzimmer gelangte ich in einen großen quadratischen Raum, dessen Wände mit farbenfrohen Malereien verziert waren. Schautafeln mit Plänen und Fotos erläuterten die Geschichte des Lagers, das zwischen September 1939 und Januar 1943 erst als Internierungs-, dann als Transit- und schließlich bis zu seiner Auflösung als Deportationslager fungierte. Ich erfuhr, dass die Gedenkstätte im ehemaligen Speisesaal der Wachmannschaften eingerichtet worden war; die zwischen Surrealismus und russischer Moderne anzusiedelnden Wandmalereien waren ein Werk der Lagerinsassen. Bunte Träume von Frieden und Freiheit, von Hunger und Völlerei. An der einen Wand türmte sich eine Phantasielandschaft aus Schinken, Sardinen und Ananas, an der anderen tafelten ein Schwarzer, ein Italiener, ein Asiate, ein Holländer, ein Eskimo, ein Amerikaner und ein Inder an einem festlichen Bankett, an der nächsten Wand wurden Riesenwürste und -artischocken von glücklich-beschwingten Männern getragen sowie gigantische Käselaiber und Weinfässer über den Boden gerollt. Ein Zyklus der Entbehrung. »Si vos assiettes ne sont pas très garnies, puissent nos dessins vous calmer l'appétit«, stand auf einer Inschrift zu lesen. Die ironische Anspielung, dass die Zeichnungen helfen sollten, den Hunger zu stillen, auch wenn die Teller nicht gerade üppig gefüllt sind, ließ mich schmunzeln. Unbewusst bewegte ich mich sehr bedächtig durch den Raum, setzte meine Füße vorsichtig auf, um unnötige Geräusche zu vermeiden, so als erfordere allein der Umstand, dass hier Menschen Unrecht und Leid erfahren hatten, ein besonderes Benehmen.

Lange und eingehend hatte ich die Erläuterungen studiert und die Wandmalereien betrachtet, als ich bemerkte, dass jemand an mich herantrat: »Ich mag die Farben, vor allem das Ultramarin – es leuchtet so schön.«

Ich drehte mich um. Der ältere Herr aus dem Vorzimmer stand hinter mir und deutete mit einer ausholenden Handbewegung auf die große Bankettszene.

»Ja, da haben Sie recht, die Farben sind sehr intensiv. Ist bekannt, wer die Bilder gemalt hat?«, fragte ich ihn.

»Nein, da muss ich Sie enttäuschen. Die Künstler sind anonym geblieben, nicht einmal die genaue Entstehungszeit ist bekannt. Man vermutet, dass der Zyklus im Winter 1940/41 entstanden ist. Unter den Gefangenen haben sich viele Maler, Zeichner und Bildhauer befunden. Deutsche wie Sie. Aber nur die wenigsten Besucher haben schon einmal von Anton Räderscheidt, Max Lingn, Robert Liebknecht oder Leo Marschütz gehört. Selbst Max Ernst war in Les Milles interniert.«

»Max Ernst?«

»Ja, aber er war nur bis zum Sommer 1940 inhaftiert, dann konnte er sich über Marseille ins Ausland retten.«

Spürbar erfreut, die Gedenkstätte einem interessierten Besucher zeigen zu können, begann er über das Lagerleben zu berichten und begeisterte mich mit seinem fundierten Wissen. Geduldig beantwortete er meine Fragen in einem hellen, wohlklingenden Französisch, sichtlich bemüht, dass ich seinen Ausführungen folgen konnte.

»Wissen Sie, seit ich im Ruhestand bin, habe ich mich intensiv mit der Geschichte des Lagers beschäftigt. Einmal in der Woche fungiere ich hier als Aufsicht, doch leider verirren sich nicht allzu viele Leute nach Les Milles. Ein düsteres Kapitel. Auch die meisten meiner Landsleute verdrängen diese dunklen Jahre allzu gerne.«

Wir unterhielten uns längere Zeit angeregt, als ich ihn, ein Interesse an einem deutschen Architekten namens Werner Zippert vortäuschend, fragte, ob er auch über das Schicksal der Exilanten Bescheid wisse, die damals aus Les Milles geflohen und in den Untergrund abgetaucht waren.

»Tut mir leid, da bin ich überfragt«, gestand er und fügte mit kaum wahrnehmbarem Stolz hinzu: »Aber meine Tochter Fabienne ist Dozentin für Geschichte an der Universität von Aix. Soweit ich mich entsinne, hat sie schon einmal ein Seminar über ein ähnliches Thema gehalten und kann Ihnen eventuell weiterhelfen.«

»Ja, das wäre fabelhaft.«

»Warten Sie, ich schreibe Ihnen eine Telefonnummer vom Institut auf, unter der Sie Fabienne erreichen können.«

Ich bedankte mich freundlich, dann wechselten wir noch ein paar Sätze und verabschiedeten uns, wobei er mir noch nahelegte, auf die gegenüberliegende Straßenseite zu gehen und einen Eisenbahnwaggon in Augenschein zu nehmen, der an mehr als zweitausend Juden erinnere, die 1942 von Les Milles nach Auschwitz deportiert worden waren.

★★★

»Magret de canard aux pruneaux!«, verkündete Jacques mit einem Gesichtsausdruck, der mich sofort davon überzeugte, dass ich schon den ganzen Tag nichts anderes im Sinn hatte. Es handle sich um keine gewöhnliche Entenbrust mit Backpflaumen, gab er mir zu verstehen, denn er habe das klassische Rezept mit Koriandersamen und Chilischoten verfeinert. Ich nickte zustimmend und bestellte vorweg die Spezialität des Hauses: getrockneter Rinderschinken mit Olivenöl und Zitronensaft beträufelt. Jacques hatte nicht zu viel versprochen, die Entenbrust war eine interessante Kreation mit asiatischen Anklängen. Befriedigt löffelte ich meine Crème brulée, zahlte und wünschte ihm einen schönen Abend.

Der direkte Weg hinauf zu Carlas Haus, den ich gewählt hatte, war kurz, aber anstrengend. Die Dämmerung löste die Konturen auf, und ich musste aufpassen, um nicht zu stolpern. Doch statt mich auf den Fußpfad zu konzentrieren, kreisten meine Gedanken um Les Milles und das Heft, das ich zum wiederholten Male gelesen hatte. In mein Zimmer zurückgekehrt, beugte ich mich erneut über die Notizen aus dem Zweiten Weltkrieg.

Was war mit diesem Paul geschehen, bei dem es sich wohl um Monsieur Perras' Vater gehandelt haben muss? War ihm letztlich die Flucht aus Frankreich gelungen? Das Heft war nicht vollgeschrieben, die letzten Seiten waren leer geblieben. Ein

Zufall? Wer hatte die Unterlagen so lange aufbewahrt, und wie fügten sich das Heft, die Zeitungsausschnitte, Briefe und Fotos inhaltlich zusammen?

Auf die Zeitungsseiten konnte ich mir keinen rechten Reim machen. Es handelte sich um Lokalnachrichten vom April 1944. Vielleicht halfen mir die Briefe weiter, die sich in der Kladde befanden. Vorsichtig zog ich sie aus einem ausgebleichten braungrünen Kuvert: Als ich den zweiten vor mir ausbreiten wollte, rutschten zwei kleine, eng beschriebene Zettelchen heraus. Überrascht hob ich sie auf. Bei den beiden Zettelchen handelte es sich ebenfalls um Briefe, die wie geheimnisvolle Kassiber in winziger Schrift auf Zigarettenpapierblättchen geschrieben waren. Der Brief selbst hatte ein normales Format, nur das Papier war recht grob. Die Papierblättchen waren flach gepresst worden, so als hätte jemand versucht, die Knitterspuren zu eliminieren.

Die Handschrift mit den auffälligen Oberlängen ließ vermuten, dass es sich bei dem Verfasser ebenfalls um Paul, den deutschen Exilanten, handelte. Um die verblassten Dokumente besser entziffern zu können, musste ich die Schreibtischlampe anschalten. Alle waren undatiert, auf Französisch geschrieben und – ohne Ortsangabe – an eine Céline adressiert. Satz für Satz machte ich mich daran, die Briefe zu entziffern, wobei ich mich ab und an des Wörterbuchs bedienen musste. Keine einfache Aufgabe, denn manche Buchstaben waren durch die jahrzehntealten Knicke und Faltungen unleserlich geworden. Danach sortierte ich meine Übersetzungen gemäß ihrer vermeintlichen chronologischen Ordnung und las sie noch einmal in Ruhe durch.

Liebe Céline,

ich weiß, es sind nur ein paar Tage, bis wir uns wiedersehen werden. Doch kann ich meine Sehnsucht kaum im Zaum halten, so sehr vermisse ich Dich, so viel bedeutest Du mir, und dies, obwohl wir uns erst vor ein paar Monaten das erste Mal begegnet sind. Wenn ich abends allein in meiner Stube sitze, dann kann ich mein Glück noch immer nicht fassen. Seit ich Dich kennenge-

lernt habe, hat mein Leben wieder an Farbe gewonnen. Ich fühle mich nicht mehr als ein Exilant, nicht mehr als ein entwurzelter Flüchtling, der zwischen den Fronten der Weltpolitik zerrieben wird. Durch Dich hat mein Leben in Frankreich eine andere Bedeutung bekommen, die über den Wunsch, das Ende des Krieges zu erleben, weit hinausgeht. Dein Lachen birgt ein Stück Heimat für mich. Wir sind uns in unserem Denken so ähnlich, und schon nach ein paar Minuten konnte ich spüren, daß das Interesse und die Zuneigung, die Du mir entgegengebracht hast, aufrichtig waren. Daher hatte ich auch keine Angst, Dir die Hintergründe meiner wahren Herkunft zu offenbaren.

Hast Du Dir jemals darüber Gedanken gemacht, wie sehr der Zufall – andere nennen es Vorsehung – damals seine Hand im Spiel hatte? Wären wir uns jemals begegnet, hätte ich nicht mein Taschenmesser im Weinberg vergessen und hättest Du nicht eine halbe Stunde zuvor einen Platten gefahren. Schon von weitem habe ich gesehen, wie Du Dein Fahrrad mißmutig über die Land-straße geschoben hast. Als wir uns dann fast gegenüberstanden, konnte ich es mir nicht verkneifen, Dir ein übertrieben fröhliches Bonjour entgegenzuwerfen. Du hättest sehen sollen, wie Dein Mienenspiel zwischen Empörung und Verwunderung schwankte. Mir gefiel der resolute Ton, in dem Du mich anherrschtest, ich solle nicht so dumm herumstehen, sondern lieber sagen, ob ich irgendwo in der Nähe einen Brunnen oder Tümpel kenne. Kannst Du Dich noch daran erinnern, wie Du gezweifelt hast, ob ich Dich wirklich zu einem Bachlauf führe, nicht einmal Dein Fahrrad wolltest Du mich schieben lassen. Erst nachdem wir das angekündigte Rinnsal mit seinen Wasserbassins erreicht und den Reifen gemeinsam geflickt hatten, war das Eis gebrochen und Dein Unbill verflogen. Ich weiß nicht, wie es Dir erging, aber je mehr wir uns gegenseitig von unserem Leben erzählten, je mehr wir den anderen darin verstrickten, desto unwahrscheinlicher schien es mir, daß wir je wieder getrennte Wege gehen würden. Ein paar Monate, die, wenn wir Pech haben, sich auch zu Jahren dehnen können, müssen wir noch überstehen, doch habe ich nicht die geringsten Zweifel, daß wir diese Zeit gemeinsam meistern werden. Ich kann es jedenfalls kaum erwarten, mit Dir

den Sonntag zu verbringen. Wie verabredet, werde ich Dich
zur gewohnten Zeit an der besagten römischen Brücke treffen.
Wenn ich noch einen Wunsch äußern darf: Es wäre sehr nett,
wenn Du wieder ein Stück von dem leckeren Schinken einpacken
könntest, den Du das letzte Mal mitgebracht hast. Wasser und
Wein bringe ich mit.

Bis Sonntag, sei von Herzen gegrüßt
Paul

Liebe Céline,

seit zehn Tagen hast Du nichts mehr von mir gehört, und erst
jetzt konnte ich R. diesen Brief mitgeben. Du fehlst mir und
ich hoffe, Du bist mir nicht mehr böse, daß ich mich heimlich in
der Nacht davongestohlen habe. Ich weiß, du wärst am liebsten
mit uns gekommen, doch wie hättest Du Dein Fernbleiben an
der Schule entschuldigen können? Außerdem gibt es einige wie
Charles, die der festen Überzeugung sind, Krieg sei Männer-
sache. Und so ist es besser, denn ich muß mich nicht um Dich
sorgen und weiß Dich in Sicherheit. In ein paar Wochen wird
hoffentlich alles wieder seinen gewohnten Gang gehen, doch
jetzt will ich mithelfen, das Ende des Krieges zu beschleunigen.
Die Nächte sind eisig, und meine Glieder schmerzen vor Kälte.
Ein Feuer dürfen wir nicht entfachen, und der wacklige Schaf-
stall, in dem wir uns die meiste Zeit versteckt halten, schützt
letztlich nur vor Regen. Eingewickelt in eine alte Pferdedecke
finde ich mühsam eine Mütze Schlaf. Wenn es windstill ist,
zähle ich die Glockenschläge, die aus dem Tal empordringen.
Es sind tiefe, dumpfe Schläge. Sehnsüchtig warten wir darauf,
daß die Morgensonne wie eine fahlrosige Qualle durch den Nebel
bricht. Wenigstens haben wir genügend Zigaretten dabei, und der
Postbote versorgt uns unverfänglich mit Nahrungsmitteln: Brot,
Käse und Oliven. Heute hatte er sogar zwei Flaschen Wein in
seiner Tasche. Große Bedürfnisse habe ich längst nicht mehr.

Dennoch wäre es übertrieben, zu behaupten, ich hätte mich daran gewöhnt, im Verborgenen zu leben. Die Langeweile ist unser steter Begleiter. Vor allem, wenn die Nacht über uns hereinfällt und alle Geräusche erstickt. Ich genieße es dann, in der Dunkelheit ein paar Schritte über die kahlen Felder zu spazieren. Das Mondlicht ist gleißend und stumpf, seltsam schattenlos. Ein paar Halme wiegen sich im Wind, und über die Hügel gleitet ein lauer Atem, der nach Erde und Honig riecht.

Zum Glück ist meine Überzeugung, für eine gerechte Sache zu kämpfen, stärker als jeder Selbstzweifel. Wir dürfen nicht aufgeben. Das gemeinsame Ziel macht das Ungemach und die Untätigkeit erträglich, und die Aktion erfordert eine genaue Planung. Nur so können wir sie am empfindlichsten Punkt treffen. Wir warten auf eine Botschaft, daß der Transport mit dem Nachschub unterwegs ist. Bis dahin müssen wir wachsam bleiben, ausharren, um dann zum richtigen Zeitpunkt zuzuschlagen. Es kann nicht mehr allzu lange dauern, und ich kann es kaum mehr erwarten, Dich wieder in meine Arme zu schließen.

In Liebe
Paul

Liebe Céline,

noch muß ich mich schriftlich an Dich wenden, noch mußt Du Dich ein wenig in Geduld üben, bis wir uns wiedersehen können. Ich hoffe, Du grämst Dich nicht länger, denn ich habe erfreuliche Nachrichten!

Wie Du vielleicht schon weißt, war die Aktion ein voller Erfolg. Es lief fast alles nach Plan, und wir sind unbehelligt davongekommen. Am Abend feierten wir mit einem Festessen, von dem nahe gelegenen Bauernhof brachte man uns eine dampfende Schüssel Hammelfleisch mit weißen Bohnen vorbei. Bevor ich zurückkehre, wollen wir noch ein weiteres Husarenstück ein paar Dutzend Kilometer weiter vorbereiten, um die Kampfkraft der

Nazis zu schwächen. Wir haben uns entschieden, bis zum Ende dieser Aktion zusammenzubleiben. Nur F., über den ich Dir diesen Brief übermittle, haben wir überredet, uns zu verlassen. Er hat sich erst geweigert, doch dann hat er zugestimmt, denn schließlich warten auf ihn drei Kinder und eine kranke Frau, um die er sich kümmern muß. Frage ihn, er ist ein netter Kerl und wird Dir mehr über mich und unsere »Aktivitäten« berichten können. In den nächsten Tagen werden wir unser »Quartier« wechseln und den genauen Streckenverlauf erkunden.

Ich denke ständig an Dich und beschwöre in meinen Gedanken immer wieder Dein Bild herauf. Jeden Tag, den ich fern von Dir weile, wächst meine Zuneigung.

In Liebe
Dein Paul

Liebe Céline,

wahrscheinlich wirst Du es schon erfahren haben, wenn nicht, dann mußt Du jetzt stark sein. In einer knappen Stunde werde ich tot sein, und die Erinnerung an Dich ist das Wichtigste, was ich von dieser Welt mitnehmen möchte. Ein Abschiedsbrief war der letzte Wunsch, den man uns zugestand. Der Bleistift liegt in meinen feuchten Händen, und ich bin wie gelähmt, weiß nicht, was ich Dir schreiben soll. Seltsamerweise dehnen sich die Minuten schier endlos; ich habe das Gefühl, als könnte ich die Sandkörner einzeln durch eine Eieruhr rinnen sehen. Es fällt mir schwer, Bilanz zu ziehen. Ich habe keine Angst, aus dem Leben zu gehen, nur darf ich nicht daran denken, wie furchtbar schwer es für mich ist, Dich verlassen zu müssen.

Ich bin nicht allein, ich sterbe für die Freiheit der anderen, für ein freies Frankreich, für eine freie Welt, ich bin stets meinen Überzeugungen treu geblieben und bereue nichts. Vor einer Woche dachte ich noch, ich könnte später meinen Enkeln von meinen Heldentaten erzählen. Daraus wird jetzt wohl nichts mehr werden. Mitgefangen, mitgehangen, wie es so treffend heißt. Wir sind in einem Schnellverfahren von einem Standgericht verurteilt worden. Deutsche Gründlichkeit, schließlich hätten sie uns auch einfach im Straßengraben abknallen können. Alles will seine Ordnung haben, und so gab es eine Verhandlung, auch wenn das Urteil schon vorher feststand. Ein groteskes Schauspiel, verhandelt wurde auf Deutsch, nur das Urteil wurde auch auf Französisch verkündet: »Terroristische Handlungen gegen das Großdeutsche Reich. Zum Tode verurteilt.«

Doch der Absurditäten nicht genug: Eine halbe Stunde später öffnete sich meine Zellentür. Ein Gefreiter, über dessen Backen sich noch der Flaum kräuselte, erkundigte sich höflich, was ich mir zum Essen wünsche. Ich verzichtete: Jeglicher Hunger war mir vergangen. Doch zu meiner Überraschung bestand er darauf, daß ich etwas essen müsse. Erhoffen sich die Nazis, ihr Gewissen zu beruhigen, indem sie ihren Opfern eine Henkersmahlzeit andienen?

Ich bin überrascht, wie gefaßt ich die Stunden bisher in meiner Zelle verbracht habe. Man hat mich allein gelassen, denn die Stunde des Todes ist die Stunde der Einsamkeit. Ich hatte mir immer gedacht, ein zum Tode Verurteilter würde unruhig auf und ab tigern. Doch was mache ich? Ich sitze auf dem Betonfußboden und versuche mein Leben Revue passieren zu lassen, ein wackliger Schemel – das einzige Mobiliar in dem trostlosen, stickigen Raum – dient mir als Schreibtischersatz. Während ich auf eine Wand starre, deren Putz handtellergroße Löcher aufweist, tauchen immer wieder Szenen aus meiner Vergangenheit auf, Erlebnisse aus meiner Schulzeit, Erlebnisse mit meinen Brüdern, selbst der stockige Modergeruch, der von dem harten Boden aufsteigt, weckt Assoziationen an den Breslauer Keller meiner Großmutter. Und dann sehe ich immer wieder Bilder von Dir: wie wir im letzten Sommer in dem Mohnfeld herumtollten, wie wir uns das erste Mal zwischen den Weinstöcken geküßt haben. In meinen Ohren dröhnt noch immer das Knarren der Stiegen, das sich trotz großer Vorsicht nicht vermeiden ließ, wenn ich mich heimlich in Deine Wohnung schlich.

Das Ende naht. Die Absolution und die heilige Kommunion

habe ich abgelehnt. Meine Gedanken sind bei Dir und meinen Kameraden. Ich habe oft von einer gemeinsamen Zukunft mit Dir geträumt, von einer großen Familie mit Kindern. Dieser Wunsch, von dem ich Dir nie erzählt habe – ich hatte Angst, Du würdest mich zurückweisen –, wird nie in Erfüllung gehen, doch immerhin werden unsere Ideale siegen! Ich sterbe ohne Furcht. Doch noch einmal: Am schrecklichsten ist die Gewißheit, sich trennen zu müssen. Ich werde bis zuletzt stark sein, ich verspreche es Dir. Sei auch Du stark und sei Dir gewiß: Du wirst immer in meinem Herzen bleiben. Ich umarme Dich innigst und weiß, daß auch Du mich nie vergessen wirst.

Für immer
Dein Paul

FÜNF

Schon in der Dämmerung war ich aufgebrochen, um die günstigen Lichtverhältnisse des anbrechenden Tages auszunutzen. An der Südflanke der Montagne de Lure wollte ich noch einmal nach Motiven mit dem echten, wild wachsenden Lavendel suchen, der sich dort in malvenfarbenen und blauen Tönungen die Hänge hinaufzieht.

Mir gefiel es, schon so früh unterwegs zu sein, da das warme Morgenlicht für unsere Augen ein gefälligeres Farbbild produziert, zudem modellieren die dann längeren Schatten das Bild; sie geben der Aufnahme mehr Kontur und Schärfe, tragen den Blick des Betrachters in das Bild hinein und verleiten das Auge, sich langsam vorzutasten. Am Ton des Lichts wird die Weite messbar, der Einfallswinkel ändert die Bilddynamik, je nachdem, ob das Licht gestreut oder gebrochen wird. Je höher die Wolken, desto mehr gewinnt das Blau an Nähe; die Wolken wirken kälter, dominanter und rahmen den Ausschnitt.

Vom Morgentau überzogen, glitzerten die Grashalme und Blütenrispen im Sonnenlicht. Stundenlang streifte ich über Wiesen und Felder, ohne einem Menschen zu begegnen. Ich genoss die Stille der Berge, die nur gelegentlich durch das kreischende Stieben eines Eichelhähers unterbrochen wurde. Der helle, ausgewaschene Kalkstein war zerklüftet, seine Kerben und Spalten zugewuchert. In den höheren Lagen ließen Moospolster meine Schritte federn, nur ein paar verkrüppelte Bäume trotzten den steten Windböen. Auch das Wetter war mir hold: Der Tag blieb klar und strahlend, so als wollte er mir bei meiner Arbeit Beistand leisten, und Hitze und Feuchtigkeit hielten sich auf wunderbare Weise zurück.

Mit einer recht passablen Ausbeute befand ich mich auf dem Heimweg, als ich an einem Straßenschild vorbeifuhr, das den Weg nach Banon wies. Ich bremste, wendete und entschloss mich, in Banon Rast zu machen. Banon ist berühmt für seinen in Kastanienblättern gereiften Ziegenkäse, und ich wollte die

Gelegenheit nutzen, um ein paar Päckchen von dem mit Bast umschnürten »Banon de Banon« einzukaufen.

Obwohl sich allmählich eine nicht zu leugnende Lavendelmüdigkeit bemerkbar machte, hielt ich nochmals an und rückte dem Dorf, das einladend an einer kleinen Hügelkuppe klebte, mit meiner Kamera zu Leibe. Eine nahezu vollkommene Szenerie, da sich die Lavendelfelder bis fast an die ersten Häuser von Banon heranschoben. Doch nicht genug: Just in jenem Augenblick machte sich ein roter Gleitschirmflieger daran, in einem weiten Bogen durch den Bildausschnitt zu schweben. Postkartenidylle pur – Lars' Kalenderverleger würde begeistert sein. Zufrieden setzte ich mich in ein Café und bestellte eine eisgekühlte Flasche Perrier.

Banon gefiel mir mit seinem mittelalterlichen Ortskern, der nicht zur girlandenverzierten Ferienkulisse erstarrt ist. Sie sind rar geworden, die provenzalischen Dörfer mit einem Sozialleben, das auch in den Wintermonaten intakt ist. Immer bergauf stieg ich zum höchsten Punkt des Ortes. Vom Hunger getrieben, suchte ich ein geeignetes Café und entdeckte durch Zufall ein Feinkostgeschäft, auf dessen roter Markise der Name »Chez Melchio« prangte. Der kleine, lang gestreckte Laden bezauberte mich auf Anhieb. Abgesehen von dem Ziegenkäse begeisterte ich mich für die fingerdünnen Salamiwürste, die als Brindilles und in meterlangen, mehlbestaubten Stücken wie Vorhänge über der Theke baumelten. Als ich an der Reihe war, klärte mich ein freundlicher Verkäufer mit weißer Schürze – ich vermutete, es handelte sich um besagten Melchio – geduldig über die verschiedenen Würzbeimischungen auf. Bepackt mit einer Einkauftüte und einer Röhre, gefüllt mit Brindilles in den unterschiedlichsten Geschmacksvariationen, schlenderte ich zurück zu meinem Auto und stellte fest, dass ich den Renault unmittelbar vor einer Librairie geparkt hatte. Nach einem kurzen Moment des Zögerns betrat ich das in freundlichen gelben Tönen gestrichene Haus und stand zu meiner Überraschung in einer ausgezeichnet sortierten Buchhandlung. In den deckenhohen Holzregalen reihten sich die Bücher dicht an dicht, eine Treppe führte in das Obergeschoss hinauf. Interessiert ließ ich meinen Blick über die Bücherstapel gleiten: Bildbände und Reiseführer, daneben Kinderliteratur, Krimis, Belletristik sowie Sachbücher. Ich stöberte etwas planlos, hielt einen Lavendelbildband und ein Kochbuch in Händen, als mir auf einmal ein dünner Buchrücken mit dem Titel »Histoire de la Résistance en France« ins Auge sprang. Ich zog das kleine Taschenbuch aus dem Regal heraus, blätterte und studierte die Inhaltsangabe. Dann machte ich weitere Entdeckungen: Ich fand und kaufte Literatur über Emigranten in Frankreich, über das Vichy-Regime, über die Résistance und die deutsche Besatzung Frankreichs.

✶✶✶

Carlas Cabrio parkte im Hof, als ich in Raboux ankam. Freudestrahlend ging ich ins Haus. »Schön, dich wieder zurück zu wissen! Mit der Zeit bin ich das Alleinsein langsam leid geworden. Und César und Roy sind naturgemäß nicht sehr gesprächig.«

Wir umarmten uns kurz.

»Mit der Ruhe ist es erst mal vorbei. In den nächsten Tagen werden wir etwas enger zusammenrücken müssen. Daniel Hilgert habe ich schon heute in Marseille vom Flughafen abgeholt. Morgen kommen Thilo und Kathrin mit Lena. Und für übermorgen hat sich außerdem noch Franca angekündigt.«

»Das ist toll, Franca habe ich schon lange nicht mehr gesehen!«

»Und du, kommst du gut voran mit deinen Lavendelfotos?«

»Ja, ich war recht fleißig. Jetzt fehlen mir nur noch ein paar Aufnahmen von der Lavendelernte.«

In diesem Moment kam Daniel mit einem Glas Pastis aus der Küche, die direkt an das foyerähnliche Treppenhaus grenzte. Wir gaben uns freundschaftlich die Hand, dennoch ließ sich eine gewisse Steifheit in unserer Begrüßung nicht leugnen. Daniel Hilgert war ein bekannter Berliner Galerist und Kunstsammler, der Carlas Karriere gefördert und schon ihren ersten Arbeiten ein Forum gegeben hatte. Nachdem er unlängst in Eigenregie zwei Ausstellungskataloge herausgegeben hatte, trat er in der Öffentlichkeit auch gerne als »Verleger« auf.

Ich hatte Daniel bisher nur drei- oder viermal auf einer Vernissage oder Feier getroffen; über den üblichen Small Talk waren wir allerdings nicht hinausgekommen. Er war Mitte fünfzig, trug sehr kurz geschnittene graue Haare mit ausgeprägten Geheimratsecken und schien schon in einem schwarzen Strampelanzug zur Welt gekommen zu sein. Jedenfalls habe ich ihn bisher nur in Schwarz gekleidet gesehen, und auch jetzt trug Daniel eine schwarze Hose und ein kurzärmliges schwarzes Baumwollhemd. Alles von bester Qualität, perfekt sitzend, dazu eine auffällige rechteckige Designerbrille, die seine markante Schädelform unterstrich.

Anlässlich ihrer Ausstellungseröffnung in Nîmes versammelte Carla eine Handvoll Freunde und langjährige Weggefährten. Sie wollte ein paar vertraute Gesichter um sich haben, wenn sie am nächsten Wochenende im Blitzlicht der internationalen Presse stand. Hierzu gehörten auch Kathrin und ihr Ehemann Thilo – Carla hatte mit ihr im Internat zwei Jahre das Zimmer geteilt, und sie hatten sich seither trotz verschiedener Wohnorte nie aus den Augen verloren – sowie ihre Schwester Franca.

Ich holte meine Kameraausrüstung und die Einkäufe aus dem Auto, schulterte den Rucksack und klemmte mir den Bücherstapel unter den Arm. Carla warf einen Blick auf die Bücher und sah mich skeptisch an.

»Ich absolviere einen Crashkurs in französischer Geschichte, Schwerpunkt Zweiter Weltkrieg«, antwortete ich mit einem Grinsen.

»Hast du den Besitzer der Dokumente nicht ausfindig machen können?«

»Nein, meine Anrufe im Hotel waren ergebnislos. Da ich letzte Woche ja viel Zeit hatte, habe ich mich intensiv mit den seltsamen Hinterlassenschaften beschäftigt. Gestern bin ich sogar nach Les Milles gefahren, um das einstige Internierungslager zu besichtigen.«

Ich erzählte Carla von den Wandgemälden und zeigte ihr alles, was ich in der Kladde gefunden hatte. In einer Kurzfassung referierte ich den Inhalt des Heftes und berichtete ihr von den Briefen.

Die Sonne war hinter den Bergen verschwunden. Wir setzten uns auf die Terrasse, öffneten eine Flasche Wein und plauderten über die vergangenen Tage. Carla hatte einen Salat gemacht und schnitt ein Baguette auf, und ich steuerte meine Käse- und Salamischätze bei – Brindilles gewürzt mit Pinienkernen, Wacholder, Bohnenkraut oder Walnüssen. Während Carla die scharfen Brindilles mit Paprika besonders mochte, blieb Daniel beim Pastis.

Die Gespräche kreisten um die neuesten Arbeiten des Turner-Preisträgers Wolfgang Tillmans und um die Frage, ob Lucian Freuds Porträt der schwangeren Kate Moss eindringlicher und intimer sei als eine Fotografie. Mit der obligatorischen Zigarette in der Hand sagte Daniel: »Lucian stellt seine Modelle ins schonungslose Licht einer Fünfhundert-Watt-Birne, um ihre Psyche mit einem Röntgenblick zu sezieren. Er fängt jeden kleinen Gesichtszug, jedes Mienenspiel ein.«

»Nein«, entgegnete Carla, »Kate Moss ist zu sehr Profi. Sie hat sich eine zweite Haut zugelegt, und die ist zu dick, als dass er allein mit Pinsel und Farbe diese durchdringen könnte.«

»Irgendwie ist sie in ihrer Pose erstarrt«, pflichtete ich Carla bei. Dann lehnte ich mich abwartend zurück und verfolgte den weiteren Schlagabtausch. Meine Gedanken waren schon zuvor allzu oft abgeschweift, und mir fehlte der Ehrgeiz, mich aktiv in die Diskussion einzuschalten. Die geheimnisvollen Bilder, die in meinem Zimmer lagen, interessierten mich mehr als eine kunstvoll drapierte Schwangere.

★★★

Während Carla und Daniel zu einem Konzert nach Aix-en-Provence aufgebrochen waren, verbrachte ich den nächsten Tag mit meinen Büchern. Ausgerüstet mit einem kleinen Notizblock und einem Wörterbuch, wühlte ich im historischen Unterholz. Ich wollte mehr über den zeitgeschichtlichen Hintergrund erfahren und war immer wieder verblüfft, welch wichtige Rolle die Provence für die deutschen Emigranten vor und während des Zweiten Weltkrieges gespielt hatte. Ein paar Bruchstücke und Eckdaten waren mir zwar bekannt gewesen, doch war ich überrascht, zu lesen, dass sich nach Hitlers Machtergreifung an der französischen Mittelmeerküste eine regelrechte Emigrantenkolonie gebildet hatte, deren Zentrum ein Fischerdorf namens Sanary-sur-Mer war.

Fast jeder, der in der deutschen Literatur Rang und Namen hatte, lebte die ersten Jahre seines Exils an der Côte d'Azur. Nicht nur Feuchtwanger, auch Franz Werfel, Arnold Zweig, Joseph Roth, Heinrich Mann und Hermann Kesten verbrachten hier einen großen Teil ihres Exils – und selbst Thomas Mann gab ein kurzes Gastspiel in Sanary!

Nach Kriegsausbruch verschlechterten sich die Verhältnisse rapide, durch Frankreich wehte ein eisiger Wind, und für die Emigranten folgte die erste Phase der Internierung in nach Geschlechtern getrennten Lagern. Spätestens nach dem Waffenstillstand, der mit der französischen Kapitulation einherging, musste jeder, egal, ob Jude, Schriftsteller oder Kommunist, um sein Leben fürchten; Frankreich hatte zugestimmt, alle Deutschen auf Verlangen auszuliefern. Wer konnte, entzog sich durch Flucht oder mit Hilfe eines Visums und gekaufter Papiere dem Zugriff der Nationalsozialisten. Den meisten, vor allem jenen, die über Geld und Verbindungen verfügten, gelang es rechtzeitig, nach Amerika oder in ein anderes, sicheres Drittland zu emigrieren. Zu diesem Zeitpunkt galt Südfrankreich noch als unbesetzte Zone, doch der Druck nahm zu, und die Franzosen kollaborierten eifrig. Im Frühjahr 1942 verließ der erste französische Deportationszug den Bahnhof Drancy bei Paris in Richtung Auschwitz.

Nachdem die Alliierten ihre Offensive in Nordafrika gestartet hatten, reagierte die deutsche Führung umgehend, indem sie am 11. November 1942 die südfranzösischen Gebiete jenseits der Demarkationslinie besetzte. Um sich Respekt zu verschaffen, drangsalierte die Deutsche Wehrmacht die Bevölkerung und ordnete die Sprengung des alten Hafenviertels von Marseille an. Der Widerstand formierte sich vor allem in Südfrankreich, doch konnte die Résistance letztlich nur wenig ausrichten. Zehn Wochen nach der Landung der alliierten Truppen in der Normandie erfolgte die Befreiung Südfrankreichs. Von den Stränden der Côte d'Azur marschierten die Streitkräfte landeinwärts. Binnen weniger Tage wurden die deutschen Soldaten bis nach Grenoble zurückgedrängt; die Provence war befreit.

***

Wir waren gerade dabei, den Tisch für das Abendessen zu decken, als ein mit Fahrrädern bepackter schwarzer Kombi unter fröhlichem Hupen in den Hof bog. Der Kombi bremste scharf, die Türen flogen auf, und innerhalb von Sekunden lagen sich Carla und Kathrin in den Armen. Thilo stand etwas verlegen lächelnd daneben, während die etwa fünfjährige Tochter verschlafen aus dem Fond kletterte, ein Kuscheltier im Arm haltend.

»Ohne einen einzigen Blick auf die Karten sind wir auf dem schnellsten Weg in Raboux gelandet«, schwärmte Thilo von der Zuverlässigkeit seines Navigationssystems, »selbst die berechnete Ankunftszeit hat fast auf die Minute genau gestimmt.«

»Du tust ja gerade so, als hätten wir uns die anderen Male hoffnungslos verfahren, und soweit ich mich erinnere, sind wir letztes Jahr genau die gleiche Route gefahren«, neckte ihn Kathrin und strich sich ihr türkis gemustertes Sommerkleid glatt, das herrlich mit dem Rotbraun ihrer wallenden Haarpracht kontrastierte, und wandte sich wieder Carla zu.

»Ich konnte es kaum mehr erwarten, dich wiederzusehen.«

Daniel und ich hatten uns etwas abseits gehalten und traten erst jetzt hinzu, um den Begrüßungsreigen zu vollenden.

Während ich daran dachte, dass Wetterberichte auch immer zuverlässiger werden, je näher der Zeitpunkt der Prognose rückt, reichte ich Thilo, der auf mich zugekommen war, die Hand, dann umarmte ich Kathrin, die mir vertrauensvoll über den Hinterkopf strich.

Ich kannte Kathrin, die inzwischen als Kulturredakteurin bei einem Privatsender arbeitete, von Carlas Geburtstagsfeiern und früheren Unternehmungen. Thilo war ich hingegen noch nicht begegnet, doch wusste ich von Carlas Erzählungen, dass er in einer renommierten Wirtschaftskanzlei erst unlängst zum Partner aufgestiegen war. »Eine Bilderbuchfamilie, trotz doppelter Karriere«, hatte Carla nicht ohne Bewunderung festgestellt.

Nachdem die Neuankömmlinge zusammen mit Carla einen kurzen Rundgang über das Grundstück – Lena hatte anscheinend keine Angst vor großen Hunden und spielte in dem verwilderten Garten begeistert mit César und Roy Stöckchenwerfen – unternommen hatten, fanden wir uns alle zu einem Aperitif auf der Terrasse ein. Pastis, Campari sowie ein paar Schälchen mit Oliven und diversen Knabbereien standen bereit.

Kathrin und Thilo schwärmten von ihren Urlaubsplänen. Ich hörte zu, der Anisgeschmack lag mir pelzig auf der Zunge. Bis kurz nach Carlas Ausstellungseröffnung wollten die beiden in Raboux bleiben, anschließend einen Kulturtrip an die Côte d'Azur unternehmen, um das Picasso-Museum in Antibes, die Fondation Maeght in Saint-Paul-de-Vence sowie das Matisse-Museum in Nizza zu besichtigen. Ein dicht gedrängtes Programm, denn schließlich wollten sie sich mit Lena noch ein paar Tage am Meer vergnügen. »Leider haben wir nur zwei Wochen Zeit, denn ich muss eine Reportage über das Günter-Grass-Haus in Lübeck vorbereiten«, sagte Kathrin.

Dies war das Stichwort für Daniel. Mit bedeutungsschwangerer Stimme schlug er gekonnt den Bogen von der »Blechtrommel« zum Grafiker Grass, erzählte eine Anekdote aus den Pariser Jahren des Literaturnobelpreisträgers und war ganz beiläufig bei der Fotoagentur Magnum gelandet. Daniel war in seinem Element. Er dozierte gern über Kunst und Fotografie. Seine Analysen waren durchaus brillant, obwohl er genau genommen am liebsten über sich selbst sprach. Daniel war in der großen Welt der Kunst zu Hause. Als Werbefotograf kam ich mir immer milde belächelt vor, und ich konnte mir lebhaft vorstellen, wie er seine Augenbrauen gehoben und die Stirn in Falten gelegt hatte, als ihm Carla von meinem Lavendelkalender berichtet hatte. Glücklicherweise platzte Lena in seinen Monolog. Sie war gestolpert und hatte sich das Knie aufgeschlagen.

Während ich in die Küche ging, um Carla zu helfen, sinnierte ich, warum heute jedes zweite Kind Lea, Lena, Leonie, Leo oder

Leon heißen muss, obwohl ich sicherlich der Falsche war, um dies zu beurteilen. Im Inneren des Hauses war es noch immer angenehm kühl; das dicke Mauerwerk hat sich als Bollwerk gegen die Hitze des Sommers bewährt. Selbst in der Küche war es vergleichsweise frisch, und dies, obwohl schon seit Stunden im Ofen eine Daube provençale vor sich hin garte. Bekanntlich braucht jeder gute Schmortopf vor allem eins: viel Zeit. Schon am Nachmittag hatte ich Carla bei den Vorbereitungen unterstützt, Fleisch in Würfel geschnitten und Knoblauch geschält. Ein letztes Mal wurde die Daube mit einem halben Glas Rotwein abgelöscht und noch einmal kurz in den Ofen geschoben. Wir warteten ein paar Minuten, dann holte Carla mit zwei Topflappen bewaffnet die Kasserolle aus der Röhre, während ich den Topf mit den Dampfkartoffeln aus dem Haus trug.

»Es ist nicht das klassische Rezept. Ich habe je zur Hälfte Lamm- und Rindfleisch genommen und neben Zwiebeln, Oliven und Karotten noch Rote Bete hinzugefügt«, erläuterte Carla, als sie die Kasserolle mit der Daube provençale auf dem Tisch absetzte.

Der Tag neigte sich dem Ende zu, und alle waren wir hungrig. Jeder nahm sich nach Belieben. Daniel schenkte die Gläser voll, stellte die leere Weinflasche zur Seite und öffnete geschickt eine zweite Flasche.

»Du trinkst zu viel!«, beschied Carla.

»Nein – ein Abend, eine Flasche. Hätte der Erfinder der Weinflasche ein anderes Maß im Auge gehabt, so hätte er 0,2-Liter-Flaschen hergestellt. Und wäre er Alkoholiker gewesen, gäbe es nur Zweiliterflaschen.«

»Ein Dreiviertelliter für eine Frau?«

»Nein – an Frauen hat er nicht gedacht. Frauen trinken nicht. Und außerdem: Hast du schon mal etwas vom French Paradox gehört?«

»Nun streitet euch mal nicht. Fest steht, es ist ein wirklich vorzüglicher Tropfen«, sagte Kathrin, leckte sich genussvoll über die Lippen und hielt ihr Glas ins Licht.

»Der Wein stammt von François, dem Bauern, von dem ich das Haus gekauft habe«, erklärte Carla. »Er hat vor ein paar Jahren seine gesamte Produktion auf Bio umgestellt. Soweit ich weiß, baut er hauptsächlich Grenache, Syrah und Mourvèdre an.«

»Ich finde ihn auch gut«, sagte Thilo, nicht ohne schnippisch hinzuzufügen, »aber ob das was mit biologischem Anbau zu tun hat?«

»Auch bei den edelsten Bordeauxweinen verzichten die Winzer fast vollständig auf Kunstdünger, Herbizide und andere Gifte«, schaltete sich jetzt auch Daniel in die Diskussion ein.

»Wer will schon gepuderten und gespritzten Wein trinken?«, fragte Carla.

Doch Thilo ließ nicht locker. »Man kann auch einen Biowein mit altmodischen Methoden so im Fass ausbauen, dass man außer Holz nichts mehr schmeckt. Und überhaupt: *Parker is everywhere.*«

Kathrin versuchte die Kontrahenten zu einen. »Niemand bekennt sich freiwillig zu einer Schönheitsoperation, doch letztlich verschwinden die Grenzen zwischen einem künstlichen Busen und Eichenholzspänen im Edelstahltank.«

»Du willst also sagen, Tanninpulver sei das Make-up der Weinindustrie«, fügte Carla lachend hinzu.

★★★

Der Himmel war schwer und dunkelviolett, so als wollte die Dämmerung nicht weichen. Ich war früh aufgestanden, um die Abbaye de Sénanque im Morgenlicht zu fotografieren, doch hatte sich in der Nacht unverhofft ein Tiefdruckgebiet über die Provence geschoben. Es roch nach Regen. Unschlüssig beobachtete ich eine Zeit lang die Wolken, die sich zu übereinandergestapelten Buckeln aufgetürmt hatten, dann ging ich in die Küche.

Gerade als ich mir einen Kaffee aufsetzte, bemerkte ich, dass ich nicht der einzige Frühaufsteher war. Thilo kam über den Hof gerannt, öffnete die Haustür und stand völlig verschwitzt im Treppenflur.

»Guten Morgen. Bist du immer so früh aktiv?«

»Ja. Es ist herrlich, schon vor dem Frühstück eine Stunde zu laufen. Zu Hause in Köln schnüre ich selbst im Winter um sechs

Uhr morgens meine Joggingschuhe, da ich meist erst sehr spät aus dem Büro herauskomme. Machst du mir auch einen Kaffee mit?«

»Gerne, mit viel oder mit wenig Milch?«

»Danke, keine Milch, am Morgen trinke ich ihn immer schwarz.«

Thilo griff sich eine Flasche Wasser und trank sie zügig aus. Kleine Schweißperlen standen ihm auf der Stirn. Er hatte einen durchtrainierten Körper und streichelte beim Sprechen zerstreut die Muskeln seines Oberarms.

»Und was treibt dich so früh aus dem Bett?«, fragte er mich, als ich ihm die dampfende Tasse reichte.

»Ich wollte zum Zisterzienserkloster von Sénanque fahren und ein Lavendelfeld fotografieren, das die Mönche direkt vor ihrer Abtei angelegt haben. Aber angesichts des Wetters sollte ich mich wohl wieder ins Bett legen.« Ich füllte die Espressokanne und stellte sie auf den Herd. »Schlafen Lena und Kathrin noch?«

»Ich denke ja, schließlich ist es gestern ein anstrengender Tag für die Kleine gewesen.«

Wir setzten uns an den massigen alten Holztisch, der einen großen Teil des Raumes einnahm und wirkte, als hätten hier schon mehrere Bauerngenerationen zusammengesessen. Die Küche mit ihren unverputzten Bruchsteinmauern, ihren wuchtigen Deckenbalken und dem offenen Kamin, den man auch als Grill nutzen konnte, hätte jederzeit in ein Magazin für provenzalische Interieurs Eingang finden können. An den Wänden hingen gusseiserne Pfannen und Tiegel, auf einem abgemauerten Sims standen vor dem Fenster Keramiktöpfe, gefüllt mit Gewürzkräutern. Trockenblumengebinde und eine Sammlung antiquierter Karaffen vervollständigten das Ambiente, das für meinen Geschmack eine Nuance zu perfekt war.

»Dieses Haus ist ein Traum«, resümierte Thilo, um dann nachdenklich hinzuzufügen, »aber ich weiß nicht, ob ich hier das ganze Jahr über leben könnte.«

»Lena würde es gefallen.«

»Sicherlich. Aber weder Kathrin noch ich würden uns hier dauerhaft heimisch fühlen. Sie braucht ihre Theaterpremieren, ihre Interviews und Features, eben den ganzen Kulturzirkus, und ich suche die Herausforderung komplizierter Rechtsfälle. Wenn ich allein an die Chancen denke, die sich durch die EU-Osterweiterung für international ausgerichtete Kanzleien in den nächsten Jahren eröffnen, werde ich ganz unruhig.«

»Dies kann ich mir auch nur schwerlich vorstellen. – Man müsste lernen, loszulassen, sich auf das Wesentliche zu konzentrieren.«

»Ja, Carlas innere Ruhe müsste man haben.«

»Wie ich Kathrin und dich einschätze, seid ihr zu erfolgshungrig, zu flatterhaft für ein Frührentnerdasein. Und letztlich würde euch wahrscheinlich sogar Deutschland fehlen.«

»Du hast recht«, antwortete Thilo mit einem ironischen Lächeln, »wir sollten uns eher auf Mallorca nach einer Finca als Zweitwohnsitz umsehen, da sind auch die Flugverbindungen besser.«

»Wer weiß, möglicherweise denken wir in zehn Jahren ganz anders darüber.«

Thilo ging duschen, und ich spazierte gedankenverloren hinunter ins Dorf zum Bäcker.

Raboux lag noch im Dämmerschlaf. Ein zotteliger, herrenloser Hund lief mit eingezogenem Schwanz über den Marktplatz und schnupperte an einer aufgeplatzten Abfalltüte. Nur wenige Menschen waren auf den Beinen; der Wirt des »Café du Commerce« polierte seine Tische; eine Frau beugte sich aus dem Fenster, drückte ganz sacht zwei lindgrüne Fensterläden zurück und justierte diese mit zwei Metallbügeln an der Fassade, so als befürchtete sie, durch zu viel Schwung blättere noch mehr Farbe ab.

Raboux ist ein unscheinbarer Flecken, kein Vorzeigedorf wie Gordes oder Lourmarin. Den Großteil des Jahres bleiben die Einheimischen unter sich; Touristen verirren sich nur selten hierher. Die einzige nennenswerte Sehenswürdigkeit ist die spätgotische Pfarrkirche Saint-Victor, deren Turm von einem jener typischen provenzalischen Glockenkäfige bekrönt ist. Die gewaltige Kraft des Mistrals lässt keine Ziegeldächer auf den provenzalischen Kirchtürmen zu, daher läuten die Glocken in einem pittoresken

Gitterkäfig. Abgesehen von den Markttagen sind die Straßen von Raboux am frühen Morgen weitgehend verlassen. An einer Häuserecke rieselte das Wasser eines steinernen Brunnens, der einst als Viehtränke diente, träge in ein milchig grünes Bassin. Es gibt zwei Bäckereien, zwei Restaurants, zwei altertümliche Cafés mit hässlichen Plastikstühlen und das obligatorische Denkmal für die Gefallenen des Ersten Weltkrieges – martialischer Pathos, in Stein gemeißelt. Die Einkäufe des täglichen Lebens verrichtet man im »Petit Casino«, daneben befindet sich ein Zeitschriftenladen, wo ich mir die aktuelle »L'Équipe« besorgte. Mit der Zeitung, drei Baguettes und einer Papiertüte, gefüllt mit noch warmen Pains au chocolat, stapfte ich wieder den Hügel hinauf.

SECHS

Zwar hatten Carlas Gäste für Abwechslung gesorgt, doch ließ
mich die Geschichte des deutschen Emigranten nicht mehr los.
Ich hatte mir eingestehen müssen, dass mich die Buchlektüre
nicht wesentlich weiterbringen würde, deshalb suchte ich den
Zettel mit der Nummer von Fabienne Carsalade und rief sie in
der Universität an. Sie war bereits von ihrem Vater über mein
Interesse an den deutschen Flüchtlingen informiert worden;
zu meiner Freude sprach sie sogar Deutsch und erklärte sich
spontan bereit, mich am nächsten Mittag in Aix-en-Provence zu
treffen. Wir verabredeten uns im »Les Deux Garçons« auf dem
Cours Mirabeau, dem einzigen Café, das ich in Aix kannte. Ich
hatte mich kurz beschrieben und meinen schwarzen Rucksack
mit den orangefarbenen Streifen erwähnt, an dem ich leicht zu
erkennen sei.

Meine Pläne, die Abtei von Sénanque zu fotografieren, hatte
ich aufgrund des trüben Wetters endgültig verschoben. Schon
beizeiten war ich in Raboux aufgebrochen und überpünktlich
am Treffpunkt angekommen. Eine vorausschauende Entscheidung, denn mittlerweile gab es kaum mehr einen freien Tisch
auf der Terrasse des »Deux Garçons«. Eine bunte Mischung aus
Touristen, Geschäftsleuten und ein paar Studenten hatte sich
breitgemacht. Es herrschte ein ständiges Kommen und Gehen,
Leute standen auf, andere setzten sich. Dazwischen wuselten
Kellner in weißem Hemd, schwarzer Weste und Fliege, das
Tablett geschickt auf der gespreizten Hand über der Schulter
balancierend.

Erwartungsvoll musterte ich alle Frauen, die sich dem
Café näherten. Von einer Telefonstimme auf das Aussehen zu
schließen, ist genau genommen unmöglich, doch ist man stets
geneigt, die Stimmlage einer Person mit ihrer Körperfülle in
Relation zu setzen, eine helle Klangfarbe mit blonden Haaren
oder zumindest mit einer kleinen Statur zu assoziieren, wenngleich Überraschungen und Irritationen programmiert sind.

Jedes Mal wenn ich mit einem Callcenter verbunden bin, versuche ich, mir meinen Gesprächspartner bildhaft vorzustellen. Während mir ein freundlicher Singsang Glaubwürdigkeit und Kompetenz signalisiert, höre ich auf die Zwischentöne und grüble über Hochsteckfrisuren, Brillengestelle und Übergewicht. Es gibt den schnippischen Tonfall des bordeauxroten Lippenstifts, das von einer Rüschchenunterwäsche unterstützte Säuseln und die zur Schau gestellte Gemütlichkeit des Bartträgers. Seltsamerweise haben sich viele Menschen nie überlegt, wie die Moderatorencrew ihrer morgendlichen Radioshow aussieht.

Doch um ehrlich zu sein: Letztlich spornen mich nur Frauenstimmen zu diesem Rätselspiel an. Phantasiefieber. Im Geschäftsleben lüftet sich das Geheimnis manchmal von alleine; bei einem Meeting oder einer Produktion begegnet man unvermittelt dem vertrauten glockenhellen Lachen, das einem in trendigen Sneakers und mit edler römischer Nase gegenübertritt. Als ich, betört vom reibeisenunterlegten »Wie kann ich Ihnen helfen?«, einmal meine Gesprächspartnerin mit der Frage konfrontierte, ob sie eine Kurzhaarfrisur mit einem großen runden Ohrring trage, wurde ich nach einem kurzen Moment des Schweigens brüsk zurechtgewiesen. Die Telefon-Etikette gestattet keine persönlichen Fragen.

Inzwischen stand mein zweiter Café crème auf dem Tisch, ich spielte mit dem Löffel, ließ ihn durch die Finger gleiten und beobachtete, wer sich dem »Deux Garçons« näherte. Sobald eine Frau zwischen dreißig und vierzig ihren Gang verzögerte, verfolgte ich, ob sie ihren Blick suchend über die Gäste schweifen ließ. Gerade als ich überlegte, ob ich mich vielleicht in der Zeit geirrt haben könnte, wurde ich von einem freundlichen »Bonjour!« aus meinen Zweifeln gerissen.

Verdutzt schaute ich zur Seite. Vor mir stand eine Frau in einem modisch-schlichten, ärmellosen Sommerkleid, die ich schon zuvor am Nachbartisch bemerkt hatte. Erfreut, aber leicht verunsichert, erhob ich mich.

»Madame Carsalade?«

»Entschuldigen Sie, aber ich hatte nicht damit gerechnet, dass

Sie schon vor dem verabredeten Zeitpunkt hier sein könnten«, ließ sie mich mit einer um Nachsicht bittenden Geste wissen und fügte nach einer kurzen Pause hinzu: »Ich sitze gerne hier im Café und lese, vor allem in den Semesterferien, wenn ich mehr Zeit habe.«

Während wir ein paar Höflichkeitsfloskeln austauschten, bat sie mich jetzt auf Deutsch mit einem angenehmen französischen Akzent an ihren Tisch. Fabienne Carsalade war ein sportlich-zierlicher Typ und nicht etwa vollschlank, wie ich aufgrund ihrer kräftigen Stimme vermutet hatte. In einem Punkt hatten sich meine Vermutungen bewahrheitet: Bis auf ein Paar Ohrringe trug sie keinerlei Schmuck. Sie strahlte eine erfrischende Lebendigkeit aus, besaß einen fast mädchenhaften Charme, wenngleich sich, kaum wahrnehmbar, die ersten Falten um ihre Mundwinkel eingegraben hatten. Sie mochte etwas über dreißig Jahre alt sein.

Unvermittelt lenkte sie das Gespräch nach ein paar Minuten auf den Anlass unseres Treffens.

»Sind Sie mit Werner Zippert verwandt, oder warum interessieren Sie sich für sein Schicksal?«

»Nein, er ist kein Verwandter, aber ich habe vor ein paar Wochen seine Berliner Bauten für eine Architekturzeitschrift fotografiert.«

Mit einem offenen, neugierigen Blick verfolgte sie meine Ausführungen, stellte bisweilen eine Zwischenfrage. Mir fiel es immer schwerer, ihrem Blick standzuhalten. Als sie sich beiläufig ihre mittellangen dunkelbraunen Haare hinters Ohr strich, während ein Kellner die schmutzigen Tassen abräumte, entschloss ich mich im Bruchteil einer Sekunde, mein eigentliches Anliegen nicht länger hinter einer fadenscheinigen Geschichte zu verbergen.

»Es gibt keinen Architekten! … Ähhh, nein, es gab einen Architekten im Lager, aber in Wirklichkeit … interessiere ich mich für …«

Leicht missbilligend zog sie ihre Augenbrauen in die Höhe. »Wie bitte?«, wandte sie sich mit beißender Schärfe an mich.

»Tja, äh, nun es ist so, dass …«

Ich benötigte eine Weile, um meine Gedanken zu sortieren, dann bemühte ich mich, ihre Irritation zu zerstreuen, und berichtete ihr von meiner Zugfahrt, dem seltsamen Zusammentreffen mit Monsieur Perras und wie ich in den Besitz der Unterlagen gekommen war. Ihr Unterkiefer verspannte sich, und sie zog den Mund leicht nach einer Seite, als wäge sie ab, ob sie mir glauben könne, und konzentrierte weiterhin ihre ganze Aufmerksamkeit auf mich. Die Skepsis, mit der Fabienne Carsalade meine Ausführungen anfangs verfolgt hatte, löste sich nur zögerlich auf. Sekundenlang schwankte sie zwischen Abwehr und Zutrauen. Als ich die Kladde mit den Dokumenten erwähnte und den Inhalt referierte, war ihr Interesse erwacht.

»Er ist Mitglied der Résistance gewesen?«, fragte sie mit leiser Eindringlichkeit und einem Tonfall, der dieses Wort mit Glanz umhüllte und in eine mystische Aura tauchte.

»Ja, die Briefe lassen da wohl keine andere Deutung zu. Dennoch kann ich mir auf vieles keinen Reim machen. Ist es nicht ungewöhnlich, dass sich ein Deutscher in der Résistance engagiert hat?«

»Untypisch, ja, aber dieser Paul ist bei Weitem nicht der Einzige gewesen. Otto Kühne, ein ehemaliger Spanienkämpfer und Reichstagsabgeordneter der KPD, hatte beispielsweise unter Lebensgefahr mitgeholfen, die Partisanen militärisch auszubilden. Er war später federführend an der Befreiung von Nîmes beteiligt und wurde im August 1944 sogar zum ersten Stadtkommandanten ernannt.«

»Interessant. Und was ist mit den Exekutionen – gehörten die zur Tagesordnung?«

»Nun, die Nazis fackelten nicht lange«, resümierte sie in einem nüchtern-abgeklärten Ton. »Wenn sie jemanden bei den Vorbereitungen eines Anschlags oder der Verbreitung subversiven Materials erwischten, dann griffen sie rigoros durch; im Zweifelsfall entschieden sie gegen den Angeklagten. Erhofften sie sich wichtige Informationen über weitere Verbindungsmänner der Résistance, so schreckten sie auch nicht vor Folterungen zurück. Der Name Klaus Barbie sagt Ihnen etwas?«

Ich nickte.

»Als Gestapochef von Lyon war Barbie der bekannteste der deutschen Folterknechte. Zu seinen Opfern gehörte auch Jean Moulin, der im Auftrag von Charles de Gaulle die verschiedenen Widerstandsaktionen koordiniert hatte. Noch auf dem Transport nach Deutschland starb Moulin an seinen Misshandlungen.«

»Weshalb sprechen Sie eigentlich so gut Deutsch?«

»Ich habe zwei Jahre in München studiert und mich dabei auch persönlich für die guten nachbarschaftlichen Beziehungen zwischen Deutschland und Frankreich engagiert«, sagte sie mit einem ironischen Grinsen. Sie sprach ein sehr flüssiges Deutsch, nur selten unterlief ihr ein kleiner grammatikalischer Fehler.

Fast wie selbstverständlich wechselten wir vom Sie auf das Du über. Fabienne erzählte, dass sie sich wegen Georges Duby, einem berühmten Mediävisten, der einst an der Universität von Aix lehrte, für das Studium der Geschichte entschieden hatte, doch sich schon bald mehr für das 20. Jahrhundert interessierte. Nach ihrer Münchener Zeit kehrte sie nach Aix zurück, schloss ihr Studium ab und promovierte anschließend über die Kollaboration im Département Bouches-du-Rhône.

»Ganz schön geschichtslastig. Und jetzt? Auf dem Weg zur Professur?«, fragte ich, während ich mir überlegte, dass ich meine Vorstellung von der staubtrockenen Historikerin revidieren sollte.

»Tja, wenn das so einfach wäre. Ich sitze zwar seit Längerem über meiner Habilitationsthese, aber manchmal bin ich versucht, mich auf die sichere Seite zu schlagen und in den Schuldienst zu wechseln. Allerdings schreckt mich die Vorstellung, an irgendeinem Provinzgymnasium zu versauern.«

»Verstehe ich, wäre wohl auch ein ziemliches Kontrastprogramm zur Universitätslaufbahn.«

Unsere Unterhaltung wurde durch das Geräusch eines berstenden Glases unterbrochen. Ein unvorsichtiger Gast war gegen das Tablett eines gestressten Kellners gestoßen. Ein heftiger Wortwechsel über die Schuldfrage folgte, bevor der Kellner mit einem unterdrückten Fluchen die Scherben notdürftig beseitigte.

»Doch jetzt zu dir. Was treibst du, wenn du nicht mit einem fremden Koffer durch die Provence reist?«

»Ich verhelfe der Warenwelt zu ungeahntem Glanz, setze Autos und Frauen ins beste Licht, fülle die Leerstellen der Magazine.«

»Ein Zauberer?«

»Nein, ein in die Sonne des Midi geflohener Fotodesigner.«

Die Worte gingen mir leicht über die Lippen, ich erzählte von Lars, seinem Lavendelkalender, der mich in die Provence geführt hatte, von Carla, ihren Fotos und von Raboux.

Fabienne hörte meinen Ausführungen aufmerksam zu, nippte hin und wieder an ihrer Tasse und machte gelegentlich eine ironische Bemerkung. Mir gefiel das Leuchten in ihren dunkelbraunen Augen, und ihre ruhige, bestimmende Art weckte mein Interesse. Ich hatte den Eindruck, dass sie auf eine zeitfremde Art lebte, fern von oberflächlichen Trends, mit einem Blick für das Wesentliche.

Wir waren längst vom eigentlichen Grund unseres Treffens abgeschweift. Das Gespräch näherte sich einem Punkt, der über unser weiteres Verhältnis entscheiden würde. Es zeichnete sich ab, dass wir das Café jetzt verlassen mussten, zu lange schon waren wir unter der Markise im gedämpften Licht zusammengesessen. Ich zauderte, wollte mich noch nicht von Fabienne verabschieden, war mir jedoch unsicher, wie sie auf die Frage, ob sie noch Lust hätte, mit mir durch die Stadt zu spazieren, reagieren würde. Vielleicht würde sie meinen Vorschlag als zu direkt empfinden, vielleicht hatte sie noch eine Verabredung oder einen Termin. Ich druckste herum, die Unterhaltung drohte zu verflachen, aber erst als ich beobachtete, dass sich Fabienne zum dritten Mal am Ohrläppchen zupfte, überwand ich meine eigene Unsicherheit. Zu meiner Freude sagte sie spontan zu. Wir erhoben uns, sie griff nach einer schwarzen Tasche aus grob geripptem Kunststoff und warf sie über die Schulter; ich nahm meinen Rucksack und folgte ihr auf den Cours Mirabeau.

★★★

In Aix-en-Provence herrschte Hochbetrieb. Es war Ferien- und Festivalzeit. Wie ein munter vor sich hin schäumender Fluss schoben sich die Touristen über den berühmten Prachtboulevard, als würden sie einer Mündung, einem Ziel entgegenstreben; sie flanierten entlang der Platanen, deren ausgreifende Kronen sich wie ein grünes Dach über die Straße wölbten.

Das »Deux Garçons« befand sich auf der Rive gauche, der linken Straßenseite, des Cours Mirabeau. Mit seinen Parfümerien, Boutiquen und Cafés ist es das Ufer des Kommerzes, das Ufer des schönen Lebens. Nur vereinzelt scheinen ein paar Häuser, deren Parterre nicht in ein Ladenlokal verwandelt wurde, Widerstand zu leisten. Mit diskreter Noblesse weisen blank polierte Messingschilder darauf hin, dass hinter den geschlossenen Fensterläden Notare und Advokaten ihrer Tätigkeit nachgehen. Wir mischten uns unter den treibenden Strom, dann bog Fabienne in eine Seitengasse ab. Sie blieb vor einem unscheinbaren Hauseingang stehen und wies nach oben.

»Auch ein Ort der Emigration. Hier wohnte Blaise Cendrars. Der Schweizer Schriftsteller, der während des Krieges in Aix-en-Provence Unterschlupf fand. Es müssen leidvolle Jahre für ihn gewesen sein. Keine einzige Zeile hat er damals geschrieben. Ein einarmiger Wahlfranzose in der inneren Emigration.«

Wir streiften durch die Altstadt, Fabienne schien einem geheimen Plan zu folgen, während ich schon bald die Orientierung verloren hatte. Wir liefen vorbei an altehrwürdigen Stadtpalästen, Kornspeichern und Thermen. Sie erklärte mir, Aix sei eine Stadt des Wassers, auf Heilkraft gegründet; es plätschere an jedem kleinen Platz, und an mancher Häuserecke quelle das Wasser aus steinernen Mäulern. Manche Grimassen seien so skurril wie aus Kuchenteig geknetet. Sie machte mich auf ein architektonisches Detail im Tympanon einer Hausfassade aufmerksam, um den Bogen zum selbstherrlichen Regierungsstil des Parlaments zu spannen. Bereitwillig folgte ich ihren Erläuterungen, ließ mich durch ihre Mitteilungsfreude und Assoziationen lenken. Ihre Wangen leuchteten im Eifer ihrer Kommentare.

Wir durchschritten ein von Atlanten flankiertes Portal, um das einstige Landhaus eines Kardinals zu besichtigen, dann verschwanden wir in einem dunklen, unauffälligen Hauseingang, um zu meiner Überraschung in einem herrlichen schwülstigen Innenhof aufzutauchen. Zuchtlose Tollheiten des Barocks. Unter Fabiennes kundiger Führung nahm die Stadt eine andere Dimension an. Sie zeigte mir, wo Zola und Cézanne zur Schule gegangen waren, sie führte mich in die Cathédrale Saint-Sauveur, wo mich das oktogonale Baptisterium und der versteckte Kreuzgang mit seinen filigranen Kapitellen faszinierten.

Manchmal fürchtete ich, meine Fragen würden meine historische Halbbildung offenbaren, doch sie ließ nie ein Gefühl von Überheblichkeit oder Langweile erkennen, vielmehr steckte sie mich mit ihrer Begeisterung an. Nur wenige Worte genügten ihr, um aus einem Portal oder dem Verlauf einer Straße ein Potpourri von greifbaren Bildfolgen entstehen zu lassen. Ganz nebenbei ergänzte sie ihre Kommentare durch ein paar persönliche Bemerkungen; sie zeigte mir, wo ihre Großmutter gewohnt und sie als Studentin gearbeitet hatte. Ich war dazu bestimmt, ihr zuzuhören.

Es dunkelte schon, als ich nach Raboux zurückfuhr. Ich hatte die Fenster hinuntergekurbelt und genoss die milde Wärme des Fahrtwindes. Der alte Renault schnurrte gemächlich in Richtung Luberon, dessen bucklige Hügelkette sich aus der Ferne im abendlichen Dunst aufzulösen schien. Ein schlafender Blauwal, zweigeteilt mit einem Zedernwald auf dem mächtigen Rücken. Ich fuhr ohne Musik; das Auto besaß nur ein Radio, und die aggressive Werbung der französischen Privatsender war nur schwer zu ertragen. Es war angenehm, ungestört den eigenen Gedanken nachhängen zu können. In einer weiten Kurve schlängelte sich die Straße einen Anstieg empor, die Kalkfelsen rückten näher, verengten sich zu einer Schlucht. Während ich mechanisch Kupplung, Gas und Bremse bediente, ließ ich den Tag Revue passieren. Ich konnte mich nicht erinnern, jemals eine Stadt auf so unbeschwerte und anregende Weise erkundet zu haben. Ich war trunken vor Zufriedenheit wie ein Kind.

***

Die Windlichter flackerten. Allmählich senkte sich die Nacht über die Terrasse und dämpfte die Geräusche aus dem Tal, die Vögel verstummten. Es war frischer als an den vorherigen Abenden, doch hätte uns wohl nur ein Regenschauer davon abhalten können, im Freien zu essen. Das eigentliche Mahl war beendet, die Teller abgeräumt. Jetzt standen nur noch eine Käseplatte und die Reste des Desserts auf dem Tisch. Die Stimmung war gelöst, geradezu beflügelt, was großteils an Franca lag, die, wie angekündigt, zu unserer abendlichen Runde gestoßen war.

Franca war temperamentvoller als ihre Schwester. Sie stand gerne im Mittelpunkt, zog die Aufmerksamkeit auf sich, sprühte vor Redefluss. Schon immer habe ich mich gewundert, warum sich Carla in ihrer Gegenwart zurücknahm, so, als überließe sie der knapp zwei Jahre Jüngeren die Bühne. Franca wirkte von ihrem ganzen Auftreten wesentlich exaltierter. Sie trug die schillernderen Farben, die tieferen Ausschnitte und kürzeren Röcke. Dennoch herrschte zwischen den beiden keinerlei Missgunst, keine Konkurrenz. Ich habe nie bemerkt oder davon gehört, dass sich die beiden ernsthaft gestritten hätten. Nach dem Tod der Eltern wurde das Verhältnis noch enger. Francas Hamburger Altbauwohnung diente Carla als Anlaufstation, wenn sie Termine in Deutschland wahrnehmen musste. Mehr noch: Sie hatte dort sogar ein eigenes Zimmer.

Aus den Augenwinkeln heraus beobachtete ich die nebeneinandersitzenden Schwestern. Ihr Seitenprofil war nahezu identisch, vor allem die sinnliche Kinn- und Mundpartie, die mich immer an Françoise Hardy erinnerte; einzig Francas Nase war eine Spur kleiner, rundlicher. Beide blickten Kathrin an, die sich erhoben hatte, ein paar Brösel von ihrem Kleid schüttelte, eine Entschuldigung murmelte und zum dritten Mal im Haus verschwand, um nach Lena zu sehen.

»Endlich ist sie eingeschlafen«, ließ uns Kathrin wissen, als sie nach ein paar Minuten zurückkehrte. Sie wirkte gelöst, wie von einer Last befreit und zündete sich eine Zigarette an, wofür sie sich allerdings einen strafenden Blick von Thilo einfing. »Ich hätte mir nie vorstellen können, wie sehr mich das Muttersein in Anspruch nimmt. Trotz Kindergarten und Au-pair-Mädchen bestimmt Lena meinen Tagesablauf mehr, als es mir lieb ist. Versteht mich nicht falsch«, sagte sie, Carla und Franca fixierend, »aber manchmal verzehre ich mich nach der Ungebundenheit der kinderlosen Zeit und beneide euch.«

»Ist man denn jemals frei von Verpflichtungen?«, durchbrach Franca das Schweigen. »Und, seid doch mal ehrlich, ist diese Freiheit nicht ein klägliches Synonym für den Traum von ewiger Jugend?«

»Letztlich ist der Wunsch nach Ungebundenheit und Selbstbestimmung schuld an der geringen Geburtenrate in Deutschland«, schaltete sich Daniel ein und fügte süffisant hinzu: »Aber das ist nicht mein Problem.«

»Ihr könnt das alle nicht beurteilen«, meldete sich Kathrin zu Wort, der es sichtlich unangenehm war, dass ihre unbedachte Äußerung zu einer Diskussion über das Rollenbild der Frau geführt hatte.

»Es geht nicht um Selbstverwirklichung auf Kosten eines Kindes«, betonte Franca und wiederholte noch einmal mit Nachdruck ihre These, dass die Generation der Vierzig-, ja selbst Fünfzigjährigen noch immer in einem Zustand permanenter Revolution verharre und sich mit allen Mitteln gegen das Erwachsensein sträube.

»War es etwa früher anders?«, fragte Daniel.

»Ja, schau dir doch einmal ein paar alte Kinofilme an. Lauren Bacall oder Marlene Dietrich haben schon in jungen Jahren charaktervolle Frauen verkörpert, die ein Schicksal zu bewältigen hatten. Heute werden tragische Rollen von über Vierzigjährigen gespielt, während ihre zehn Jahre jüngeren Kolleginnen noch orientierungslos von der großen Leinwandliebe träumen.«

»Willst du damit sagen, dass unsere Generation eigentlich gar nicht erwachsen werden will und darüber auch das Kinderkriegen vergisst?«, wandte sich Carla an ihre Schwester.

»Noch vor ein paar Jahrzehnten hätte man unseren Lebensstil als würdelos empfunden, dem fortgeschrittenen Alter nicht angemessen. Doch inzwischen ist aus der steten Grenzüberschreitung ein Identifikationsmuster geworden. Und wer nicht mitmacht, hat verloren. Nicht die Arbeit ist ein Akt der Selbstentfremdung, sondern das Alter!«

»Dieses Verhalten ist aber nur einer privilegierten Gesellschaftsschicht wie der unseren möglich«, gab Daniel zu bedenken. »In der Welt der Kassiererinnen und Fließbandarbeiter gelten andere Gesetze.«

Kathrin unternahm einen Versuch, das Gespräch auf ein anderes Thema zu lenken, doch Franca ließ nicht locker. Ihre Augen blitzten vor Freude, sie liebte es, intellektuelle Scheingefechte zu führen, nichts war ihr mehr verhasst als oberflächliche Tischgespräche.

Ich weiß, wovon ich spreche, wenn ich Francas Vorzüge lobe. Vor vier oder fünf Jahren verbrachte ich einige Wochen in Hamburg, um die Winterkollektion für einen Versandhauskatalog zu fotografieren. Franca hatte mir angeboten, während des Shootings bei ihr zu wohnen. Wir sahen uns nur selten, da ihre Arbeit als Filmkritikerin und meine Aufnahmetermine keinem normalen Arbeitsrhythmus folgten. Das Ende meiner Produktion war bereits abzusehen, als wir zufällig einen Abend gemeinsam in ihrer Wohnung verbrachten. Wir hatten Spaghetti gekocht und waren dabei, das Geschirr aufzuräumen, als sich ein Schwall Wasser in den Flur ergoss. Der Anschluss zur Waschmaschine hatte sich gelöst und das gesamte Bad überschwemmt. Es lässt sich nur schwer erklären, was dann geschah, aber nachdem wir das Chaos unter Lachen beseitigt und unsere nassen Socken und Hosen zum Trocknen aufgehängt hatten, genügte eine eher zufällige Berührung, um einen Sturm der Leidenschaft auszulösen. Ihre Freizügigkeit berauschte mich. Noch zwei weitere gemeinsame Nächte in einvernehmlicher Begierde folgten, bevor ich Hamburg wieder verließ.

Seltsamerweise blieb es bei diesem Three-Nights-Stand, der sich ohne schalen Beigeschmack in mein Gedächtnis eingegraben hat. Eine Wiederholung fand nicht statt. Um die Einzigartigkeit dieser Affäre zu bewahren, verzichtete ich darauf, Franca zu fragen, ob ich bei ihr wohnen könne, als ich wenige Monate später noch einmal geschäftlich in Hamburg zu tun hatte. Unsere gemeinsamen Kontakte beschränken sich auf sporadische Treffen mit Carla als Angelpunkt. Ich weiß nicht, ob Franca jemals ihrer Schwester davon erzählt hat. Ich jedenfalls habe es Carla gegenüber nie erwähnt.

SIEBEN

Sanft drückte sich der Tag in mein Bewusstsein. Durch die nur halb geschlossenen Fensterläden flutete die Sonne in das Zimmer, brachte die rote Wand zum Leuchten. Ein paar feine Staubpartikel tanzten im Sonnenlicht. Ich hatte tief und traumlos geschlafen. Die Zikaden zirpten; der Vormittag war schon weit fortgeschritten. Allmählich musste ich aufstehen und duschen, denn ich war in Cucuron, auf halbem Wege zwischen Raboux und Aix, mit Fabienne zum Mittagessen verabredet. Der breite Wasserstrahl spülte meine Benommenheit hinweg. Als ich hinunter in die Küche ging, wunderte ich mich über die Ruhe, bevor mir einfiel, dass alle bis auf Daniel nach Carpentras auf den Freitagsmarkt gefahren waren. Ich trank einen Milchkaffee, verstaute die Kladde samt Inhalt vorsichtig im Rucksack und nahm meine Kameraausrüstung als Alibi mit, um Fragen nach den Hintergründen meines Ausflugs aus dem Weg zu gehen.

Fabienne hatte den Treffpunkt vorgeschlagen, mir von dem Flair des Ortes und einem netten Restaurant vorgeschwärmt. Das Restaurant lag, so wie sie es beschrieben hatte, am Rande eines in Stein gefassten Weihers vor den Toren des eigentlichen Dorfes. Cucuron ist längst kein Geheimtipp mehr. Parkplätze waren rar und ich nicht der einzige Deutsche, wie ich am Schuhwerk eines Touristenpaares erkannte, das mir auf dem Weg zum Restaurant entgegenkam. Auch wenn Birkenstocksandalen inzwischen zum modischen Outfit von Hollywoodstars und Popidolen gehören mögen, so fällt es im provenzalischen Hochsommer nicht schwer, von den Schuhen auf die Nationalität ihres Trägers zu schließen.

Rund um den rechteckigen Löschteich standen zwei Dutzend Platanen Spalier; die Baumkronen ragten wie überdimensionale mehrarmige Kerzenständer in den Himmel und spiegelten sich im matten Glanz des stehenden Gewässers. Es waren alte, verknöcherte Baumstämme, deren glatte graugrüne Borke stellenweise aufgeplatzt war. Das dichte Blattwerk brach die Kraft der Sonne und tauchte die Szenerie in ein weiches, fast milchiges Licht.

Schon von Weitem erkannte ich Fabienne, die trotz des Halbschattens eine Sonnenbrille trug. Auch sie hatte mich bemerkt und winkte mir zu, als ich näher kam. Sie begrüßte mich diesmal weniger förmlich, ganz französisch mit einem Wangenkuss – ich hielt ihr tapfer meine rechte Backe entgegen, obwohl sich mir die genaue Choreografie dieses Rituals nie erschlossen hatte. Weder wusste ich, auf welcher Seite man zu beginnen hatte, ob man den Kuss zwei- oder dreimal wiederholt – ich hatte schon beide Varianten beobachtet –, zudem war ich mir unsicher, ob der Kuss ins Leere gehaucht wurde oder ob und wie weit sich mein Mund ihrer Wange nähern durfte.

»Bonjour. Hast du Cucuron und das Restaurant leicht gefunden?«

»Ja, ohne Probleme«, antwortete ich erleichtert darüber, anscheinend keinen Fehler gemacht zu haben. »Es ist wunderschön hier.«

»Finde ich auch. Der Ort hat übrigens schon als Filmkulisse gedient. Vor ein paar Jahren wurden hier einige Szenen von Jean Gionos Roman ›Der Husar auf dem Dach‹ gedreht. Wir müssen später unbedingt noch durch das Dorf laufen.«

Es war angenehm mild auf der Straßenterrasse. Auf dem Tisch stand ein geflochtenes Körbchen, gefüllt mit frisch aufgeschnittenen Baguettescheiben; die Teller waren mit etwas skurril gefalteten Servietten dekoriert. Wir studierten kurz das Menü und bestellten auf Fabiennes Vorschlag ein stilles Wasser, das ich eigentlich nicht mochte, sowie eine Flasche »Côtes de Provence«; sie wählte die überbackenen Auberginen und eine gegrillte Dorade auf wildem Fenchel; ich entschied mich für ein Thunfischcarpaccio und den Milchlammbraten mit frischem Thymian. Die matronenhafte Bedienung kommentierte unsere Wahl mit einem wohlwollenden »C'est parfait!«.

Während wir auf die Vorspeise warteten und uns mit dem Rosé zuprosteten, schob ich das Gedeck zur Seite, holte die Fotografien aus meinem Rucksack und reichte sie Fabienne, die sie konzentriert betrachtete.

»Ist dies dein deutscher Emigrant?«, fragte sie, auf den Mann unter dem Olivenbaum deutend.

»Ich nehme es an.«

»Und bei der Frau dürfte es sich wahrscheinlich um Céline handeln?«, kombinierte Fabienne und hielt ein Foto in die Höhe, das eine Frau im Seitenprofil zeigte, die Hand in nachdenklicher Selbstvergessenheit unter das Kinn gestützt.

Mit einem Nicken bestätigte ich ihre Vermutungen. »Als konkrete Anhaltspunkte bleiben letztlich nur die nicht abgeschickten Briefe.«

Ich zeigte Fabienne das Oktavheft, blätterte darin, benetzte meine Lippen mit einem Schluck Rosé und begann, ein paar Seiten vorzulesen.

18. August 1940

Lieber Albert,

seit drei Wochen lebe ich in Marseille, mit der Angst und Unge-wißheit als ständigen Begleitern. Mir fehlen die nötigen Beschei-nigungen, da ich mich heimlich aus dem Lager Saint-Nicolas davongestohlen hatte. Aber daran bin ich inzwischen gewöhnt, denn meine alte Kennkarte mit dem Vermerk »Flüchtling aus Deutschland« hätte mir ebensowenig weitergeholfen. Die Zeit in Saint-Nicolas war im Gegensatz zu Les Milles und der Zug-fahrt geradezu erholsam. Auf unsere Zeltunterkünfte anspielend, spotteten einige, wir seien in den Urlaub geschickt worden. Und richtig: Wir verbrachten angenehme Tage inmitten von Ginster und Feldern, unweit von einer bewaldeten Hügellandschaft. Es gab sogar Quellwasser, nur reichte die einzige Pumpe nicht aus, um mich und die anderen 2.000 Kameraden anständig zu versorgen. Über unser weiteres Schicksal kursierten anfangs die wildesten Gerüchte, später zeichnete es sich ab, daß wir wohl wieder zurück nach Les Milles gebracht werden würden. Das Lager bedeutete Ausgeliefertsein, und so tauschte ich den Zie-gelstaub gegen den Schmutz der Landstraße und die Hoffnung auf Freiheit ein. Was blieb mir anderes übrig, als mein Schicksal selbst in die Hand zu nehmen?

Die Flucht war nicht schwer gewesen, die Wachen nahmen ihre

Aufgabe nicht allzu gewissenhaft wahr. Ein wenig bange war mir schon zumute, als ich mit meinem Köfferchen durch die ausgetrocknete Garriguelandschaft spazierte und in den Gard stieg. Es war das erste Bad seit Ewigkeiten! Dann wanderte ich auf knochenfahlen Straßen gen Südosten, ernährte mich von Weintrauben und von einem länglichen gurkenähnlichen Gemüse, das die Franzosen Courgette nennen. Ich stahl es heimlich von den Feldern. Diese Courgettes kann man sogar roh essen, aber sie haben dann einen kreidig-stockigen Nachgeschmack.

Ich mied Nîmes und schlug mich auf Nebenwegen nach Marseille durch. Immer wieder fuhren Kolonnen mit überladenen Automobilen, die sich vor Last schwankend ihren Weg nach Süden bahnten, an mir vorbei. Unter den Planen lugten Matratzen, Fahrräder und Benzinkanister hervor. Dazwischen Dutzende von Handkarren und Pferdewagen mit eilig zusammengeschnürten Habseligkeiten. Halb Frankreich schien auf der Flucht zu sein.

Kurze Aufregung, als ein vollbeladener Wagen mit gebrochener Achse liegenblieb. Zwei Frauen standen weinend daneben. Nur einmal mußte ich laut auflachen: Ein Straßenschild wies den Weg nach Aix-en-Provence, und damit lief ich in Richtung Les Milles! Wahrscheinlich war meine Vorsicht übertrieben, denn das ganze Land befindet sich zwischen Tumult und Auflösung. Mit wunden Füßen marschierte ich weiter, bis die Dämmerung aus den Ackerfurchen wuchs, und verbrachte die Nacht in einem Graben am Wegesrand. Am nächsten Morgen getraute ich mich sogar, einen Autobus zu nehmen, der mich nach L'Estaque, einen Vorort von Marseille, brachte. Meine Zuversicht wuchs, als ich das glitzernde Meer am Horizont erblickte.

Jetzt sitze ich in einer kleinen schmuddeligen Herberge unweit des Hafens und stiere auf eine ausgebleichte Blümchentapete, die über einem fleckigen Waschbecken von der Wand klafft, und über allem lagert der beißende Gestank des Teppichs. Wenigstens gibt es einen Spiritusbrenner zum Kochen. Die Zimmerwirtin geistert den ganzen Tag in ihrem löchrigen Morgenmantel durch den Korridor und beäugt mich grußlos mit kritischem Blick, obwohl ich ihr die Miete bisher jede Woche im voraus bezahlt habe. Ich weiß nicht, was ich von ihr halten soll, immerhin zeigt sie für meine Papiere kein Interesse. Zum Glück bin ich dem Lagerleben entronnen, doch habe ich keinen rechten Plan, wie es weitergehen soll. Ich versuche Kontakte zu knüpfen, um an ein Visum oder Empfehlungsschreiben heranzukommen. Bisher vergeblich, doch bin ich noch immer optimistisch gestimmt, bald eine Schiffspassage nach Amerika oder anderswohin, auf alle Fälle weg aus Frankreich, zu ergattern.

Bis jetzt habe ich leider noch keine Nachrichten von Dir erhalten. Ich habe zwar jedes Mal, wenn ich deutsche Flüchtlinge aus Paris getroffen habe, versucht, Erkundigungen über Dich einzuholen, aber bis dato kannte Dich niemand, noch hat irgend jemand in dem besagten Hotel in der Rue Daguerre etwas von Dir gehört, und so bin ich zwangsläufig weiter ohne jede Kunde von Dir. Mehrmals hatte ich darüber nachgedacht, das Briefeschreiben einzustellen, doch sind mir diese Briefe zu einer liebevollen Gewohnheit geworden, so daß ich beschlossen habe, diesen Monolog weiterzuführen. Ich könnte auch Tagebuch schreiben, aber so fällt es mir leichter, meine Erlebnisse festzuhalten.

25. November 1940

Lieber Albert,

noch immer lebe ich illegal in Marseille. Allerdings nicht mehr unter einem Dach mit Kakerlaken und anderem Getier. Mein jetziges Hotel ist halbwegs annehmbar, andererseits bin ich ernüchtert und meinem rettenden Ziel noch keinen Schritt näher gekommen. Erfreulicherweise besitze ich jetzt ein paar falsche Papiere, die mich als französischen Bürger ausweisen – ein gefalteter Karton von der Farbe der Hoffnung –, doch fürchte ich immer, daß meine Tarnung auffliegen könnte, wenn jemand beginnt, intensive Nachforschungen anzustellen. Da wird mir dann wahrscheinlich auch die Lesekarte der städtischen Bibliothek, die auf den gleichen Namen lautet, nicht weiterhelfen. Sicher ist letztlich nur das Ausland, ich möchte irgendwohin nach Übersee; von mir aus nach Shanghai. Weit weg und in Sicherheit vor den Nazischergen. Doch der einzige Weg zum Rettungsanker sind ein gültiges Visum und eine Schiffsfahrkarte. Erfolglos bin ich schon in den Konsulaten von Siam und Martinique vorstellig geworden.

Es gibt zwar einen Amerikaner, der mit Taschen voller Geld nach Frankreich gekommen ist und schon einigen Flüchtlingen zu einem rettenden Visum verholfen haben soll, doch ich habe keinen Fürsprecher, weder bin ich ein Homme de lettres noch ein Reichstagsabgeordneter auf der Flucht. Ich bin nicht wichtig genug, nicht »bedroht genug«. So richtig beschweren darf ich mich aber auch nicht. Immerhin habe ich eine Arbeit in einem Lagerhaus gefunden, staple Tuchballen und verdiene etwas Geld. Zu Marseille habe ich eine Haßliebe entwickelt. Marseille ist eine Stadt der Hoffnungen und Illusionen, ein kotiger Schmelztiegel aller Rassen. Rund um den Bahnhof drängen sich die Emigranten, manche gar mit Kindern, an den Kais stehen Neger mit großen Ohrringen, in den Gassen halbseidene Gestalten und barfüßige Kinder, die bettelnd ihre Hände ausstrecken – und über allem wacht Notre-Dame-de-la-Garde mit ihrem Heiligenschein. Irgendwie kann ich mich des Eindrucks nicht erwehren, Marseille leide an seinem Hafen wie an einer eitrigen Wunde. Das Wasser ist ölglatt und schmutzig, wellenlos, und die dunklen Gassen, die sich den Hügel zur Vieille Charité hinaufziehen, sind unheimlich, drohend wie ein Haifischmaul, ganze Familien müssen in einem einzigen Zimmer hausen.

An fast jeder Ecke bieten abgetakelte Huren ihren Körper feil, rauchen und spucken gelangweilt in den Rinnstein. Von Freudenmädchen zu sprechen wäre der reine Hohn. In den Kneipen stehen pockennarbige Luden, französische Biberköpfe, deren filterlose Gitanes an den trocknen Lippen zu kleben scheinen. Einmal wollte ich in der Rue de la Reynarde eine flüchtige Kaffeehausbekanntschaft besuchen, doch das Treppenhaus war so schäbig, daß ich fürchtete, in einen Hinterhalt geraten zu sein. Andererseits fühle ich mich in Marseille halbwegs sicher, von der Anonymität seiner steinernen Häusermassen beschützt. Mein

Französisch ist besser geworden, und ich habe mir gar eine Bas-
kenmütze zugelegt! Wahrscheinlich würdest Du mich gar nicht
mehr erkennen, so französisiert, wie ich durch die Straßen laufe.
Wenn ich mich in den kleinen Bistros und Kaffeehäusern bei
einem Glas Pastis wärme, scheinen Hitlers Schergen fern. Die
vielbeschworene trügerische Ruhe vor dem Sturm?

8. Februar 1941

Lieber Albert,

es gibt Tage, da zweifle ich, ob ich den richtigen Weg eingeschlagen
habe, als ich mich entschloß, Deutschland zu verlassen. Vielleicht
hätte ich mich einfach verkriechen sollen, in Berlin meiner Arbeit
nachgehen und nicht um die große Politik kümmern und den
braunen Mob mit seinem Gegröle ignorieren sollen. Vielleicht
hätte nie ein Hahn nach mir gekräht. Das Schweigen der Massen
liegt mir immer noch dröhnend in den Ohren, letztlich stützte
es die Macht der Hakenkreuzträger, und wer protestierte, dessen
Leben war und ist im Hitlerdeutschland keinen Heller mehr wert.
Zwei, drei Monate hatte ich damals gezaudert, mich nächtelang
im Schlaf gewälzt, ehe ich den Zug nach Paris bestieg. Noch
immer bin ich Dir dankbar, daß Du mich damals gedrängt und
mir geholfen hast, meine Zweifel auszuräumen. Spätestens als
die Synagogen brannten, wußte ich, daß es die einzig richtige
Entscheidung war. Manchmal hadere ich dennoch mit meinem
Schicksal. Fast mittellos im Exil zu leben ist nicht einfach …

Mit einem kräftigen »Voilà« unterbrach uns die Bedienung und
stellte zwei sorgsam angerichtete Teller mit überbreitem Rand vor
uns ab und wünschte einen guten Appetit. Ich legte die Aufzeichnungen zur Seite, um etwas Platz zu schaffen. Ich hatte flüssig
vorgelesen. Mit der Handschrift war ich inzwischen gut vertraut.
Fabienne hatte mir aufmerksam zugehört, ohne mich einmal zu
unterbrechen. Befriedigt nahm ich zur Kenntnis, wie sich Fa-

bienne mit sichtbarer Freude ihren mit Ziegenkäse überbackenen Auberginen widmete. Frauen, die bei jeder Mahlzeit im Kopf die Kalorien addieren und die Hälfte unberührt zurückgehen lassen, sind mir suspekt. Vermutlich hatte ich in den letzten Jahren aber auch nur zu viel Zeit mit Volvic trinkenden Modellen verbracht.

Wortlos tauschten wir ein paar Blicke aus, während ich damit beschäftigt war, Zitronensaft über die hauchdünn geschnittenen Thunfischscheiben zu träufeln. Unvermittelt fragte sie mit einem nachdenklichen Stirnrunzeln: »Was ist ein französischer Biberkopf?«

Bei der Vorstellung, wie seltsam die Formulierung »französische Biberköpfe« für jemanden klingen musste, der weder Döblins »Alexanderplatz« gelesen hatte noch mit dem altertümlichen Begriff Lude etwas anzufangen wusste, konnte ich mir ein breites Grinsen nicht verkneifen.

»Der Name hat weder etwas mit einem Biber noch mit dessen Kopf zu tun«, versuchte ich zu erklären, musste aber abbrechen, da ich den aufkommenden Lachreiz nicht länger unterdrücken konnte. Es dauerte nicht lange, dann stimmte Fabienne ein, und wir brachen beide in schallendes Gelächter aus. Ihr großer Mund und das strahlende Weiß ihrer wohlgeformten Zähne faszinierten mich. Ich musste erst nach Luft schnappen, dann erklärte ich ihr, was es mit Franz Biberkopf … und den Luden … so auf sich hat – jedenfalls so weit man den Inhalt dieses Romans, der das Scheitern eines Menschen in der modernen Großstadt schildert, mit ein paar Sätzen zusammenfassen kann.

»Willst du noch einen anderen Eintrag hören?«, fragte ich über unsere leeren Teller hinweg.

»Ja, gerne. Lies bitte noch ein wenig weiter.«

7. Mai 1942

Lieber Albert,

auch wenn viele Franzosen die Besatzung ertragen, als hätte sich eine Schlechtwetterfront über das Land geschoben, so verdichten sich die Anzeichen, daß sich der Widerstand formiert. Ich kann

nur darüber spekulieren, wie es Dir in den letzten Monaten ergangen ist. Weilst Du noch in Frankreich? Von ganzem Herzen
hoffe ich, Du bist wohlauf und erfreust Dich bester Gesundheit.
Es wäre schön, wenn ich von Dir ein Lebenszeichen erhalten
könnte, aber indes bleibt mir nichts anderes übrig, als Dir hin
und wieder einen Brief zu schreiben, von dem ich nicht weiß, ob
Du ihn jemals zu lesen bekommst. Dabei wüßte ich so gerne,
was Du über den Kriegsverlauf denkst.

Ich jedenfalls bin überzeugt, wer die Befreiung will, muß sich
mit allen Konsequenzen dazu bekennen. Es ist nicht die Zeit
für Kompromisse und Halbwahrheiten. Die politische Lage ist
mehr als heikel – aber endlich kann auch ich meinen Teil dazu
beitragen! Durch einen Arbeitskollegen, der in Spanien gegen
Franco gekämpft hat, habe ich Kontakt zum Front National
bekommen. Dies stimmt mich zuversichtlich. Anfangs mußte
ich Nachrichten überbringen und Päckchen in »tote« Briefkästen
ablegen, doch irgendwie hatte ich das Gefühl, daß man nur meine
Verläßlichkeit auf die Probe stellen wollte.

Nach zwei Monaten ließ man mich wissen, meine Mitarbeit
sei akzeptiert worden. Die nächsten Wochen betraute mich der
Bruder des Arbeitskollegen – er fungierte als eine Art Vertrau-
ensmann – mit Botengängen. Dann half ich, Papier für den
Druck von Flugblättern zu transportieren, als er aber hörte, daß
ich in einem Fotolabor gearbeitet hatte, vermittelte er mir eine
neue »Arbeit«.

Wenige Tage zuvor war eine illegale Druckerei aufgeflogen, so
daß wir uns eines Hektographen bedienen mußten. Im Hinter-
zimmer einer Bäckerei standen wir zusammen an einer alten
Vervielfältigungsmaschine und bedienten die Kurbel. Blatt um
Blatt sauste über die Walze, bis die Farbe immer blasser wurde
und ich meinen Arm kaum mehr heben konnte. Dann wechselten
wir die Position, und der jeweils andere durfte eine neue Matrize
auf die Walze spannen und sich eine Verschnaufpause gönnen.
Noch tagelang hatte ich den süßlichen Duft der Anilintinte in
meiner Nase. Ein anderes Mal fertigten wir Linolschnitte an,
um mit ihnen Zigarettenblättchen zu bedrucken. Als Streuzettel
sollten sie unter die Leute gebracht werden.

Langsam schöpfe ich wieder Hoffnung, und mein Selbstbewußt-
sein wächst. Vor Wochen noch war ich ein Vertriebener, doch
jetzt bin ich kein verängstigter Exilant mehr, sondern jemand,
der sich dem Schicksal entgegenstemmt.
Durch meine Arbeit hat sich auch meine prekäre finanzielle Si-
tuation entspannt, denn ich werde von meinen Mitkämpfern un-
terstützt. Regelmäßig bekomme ich Lebensmittelkarten, die mir
pro Tag ein halbes Pfund Brot, 15 Gramm Fett und 25 Gramm
Fleisch zugestehen. Hin und wieder auch ein Bündel Francs.
Aus welchen Quellen das Geld stammt, weiß ich nicht. Ich habe
nicht danach gefragt, es kann mir letztlich ja auch egal sein. Und
obwohl es nicht ungefährlich ist, kaufe ich mir davon gelegentlich
etwas Tabak und Schokolade auf dem Schwarzmarkt. Heute
hatte ich Glück und konnte ein Päckchen Gauloises und zwei
Päckchen Caporal zu einem guten Preis erstehen.

29. November 1942

Lieber Albert,

in den letzten Wochen kamen immer mehr deutsche Soldaten
in die Stadt. Patrouillen an jeder Straßenecke. Als das Pflaster
in Marseille immer heißer wurde, hat man mir geholfen, aus
der Stadt zu verschwinden und bei einem Weinbauern in der
Vaucluse unterzutauchen. Die Erntezeit nahte, und jede helfende
Hand war willkommen. Harte Knochenarbeit, doch sichert sie
mir ein Dach über dem Kopf und jeden Tag ein warmes Essen,
über dem ein lauer Geruch von Knoblauch und Anisett hängt.
Ich nehme meinen Ausflug ins Landleben mit Humor. Anfangs
stellte ich mich wahrscheinlich an wie der berühmte Hund zum
Eierlegen, aber inzwischen kenne ich mich nicht nur mit Trau-
ben aus, ich kann sogar Weinstöcke beschneiden und zielsicher
Rebsorten unterscheiden.
Längst habe ich Schwielen an den Händen, und jeden Abend
bin ich damit beschäftigt, den Dreck unter den Fingernägeln

hervorzupulen. Mein Weinbauer, den ich hier mal Jean-Pierre nennen will, ist ein überzeugter Hitlergegner, ein Antifaschist der ersten Stunde; er hat im Spanischen Bürgerkrieg auf der Seite der Internationalen Brigaden gekämpft und leitet die örtliche Widerstandsgruppe. Die Versammlungen finden in einem verlassenen Gehöft statt. Ich war überrascht, daß ich nicht der einzige Deutsche bin, der für den Maquis kämpft; ich traf einen Pfälzer Landsmann, und sogar ein Ire, der genauso wortkarg wie hager ist, nahm kürzlich an einem Treffen teil.

5. Februar 1943

Lieber Albert,

die Lage hat sich zugespitzt, seitdem die Deutsche Wehrmacht im November die Demarkationslinie überschritten hat und jetzt ganz Südfrankreich besetzt hält. Überall Kontrollen, Uniformen und deutsche Panzer, vor allem an den wichtigen Straßenkreuzungen und in den großen Städten. Du wirst, wo auch immer Du derzeit weilst, wohl ähnliche Erfahrungen gemacht haben. Meine neue Carte d'identité ist ausgezeichnet, auf ihr glänzt der offizielle Prägestempel der Stadtverwaltung von Valence, so daß ich mir so schnell keine Sorgen machen muß; einen Demobilisierungsschein auf den gleichen Namen besitze ich auch. Alles ist »in Ordnung«. Obwohl ich es wegen mangelnder Mathematikkenntnisse nur zum Tertianer gebracht habe, spreche ich inzwischen nahezu akzentfrei Französisch, und als einfacher Landarbeiter bin ich gut getarnt. Kein Vichy-Polizist könnte ohne weiteres meine französische Identität erschüttern, geschweige denn ein Gestapobeamter. Außerdem lassen sich die deutschen Soldaten in den abgelegenen Dörfern der Vaucluse kaum blicken. Nur gelegentlich rauscht ein kleiner Konvoi hindurch und wirbelt den Staub auf den Straßen auf, doch schon nach wenigen Minuten ist das rumpelnde Murren der Motoren wieder verstummt.

Ich bin ziemlich gut über den Kriegsverlauf informiert. Wenn nicht gerade mal wieder der Strom ausgefallen ist, sitzen wir jeden Abend zwischen neun und zehn Uhr zusammen mit ein paar Familienmitgliedern und Mitstreitern in der Küche vor dem Radio, die Ohren dicht an den Empfänger gepreßt. Französische Stimmen aus London! Ein vertrautes Procedere. Schon in Marseille hatte ich einige Male heimlich Général de Gaulles Ansprachen auf BBC gehört, manchmal auch Radio Moskau, um mir aus erster Hand ein Bild über die politische Lage und den Frontverlauf zu machen. Oft ist es nicht leicht, den Sprecher zu verstehen, die Röhren brummen, hinzu kommen noch die obligatorischen Störgeräusche der deutschen Abwehr. Immer wieder dreht Jean-Pierre an den Knöpfen, um die richtige Frequenz wiederzufinden. Dann erfüllen die ersten Takte des »Lieds der Partisanen« die Stube, und die allabendliche Sendung »Honneur et Patrie« beginnt. Wir erhalten Nachrichten über Sabotageakte und Geiselerschießungen, und mit Spannung werden die Meldungen über den Frontverlauf erwartet. Nun, wahrscheinlich kennst Du das Programm.

Der Jubel war groß, als wir vor drei Tagen erfuhren, daß die in Stalingrad eingeschlossene 6. Armee kapituliert hatte. Die meisten von uns waren sich sicher, daß dies der Anfang von Hitlers Ende ist! Vor lauter Freude haben wir fast den Schluß der Sendung verpaßt: eine täglich neue Aneinanderreihung geheimnisvoller, absurd anmutender Sätze. Botschaften wie »Pascal muß acht Frösche fangen« oder »Etienne wird Räder ernten«, die nur von den Adressaten verstanden werden und über Fallschirmabwürfe oder geheime Landungen eines Schiffes berichten.

13. März 1943

Lieber Albert,

letzte Woche war ich nach langer Zeit wieder einmal in Marseille, um eine Nachricht zu überbringen. Nicht ohne Eigennutz hatte ich mich angeboten, den Auftrag zu übernehmen. Zwar wußte ich, daß mir im schlimmsten Fall Folter und Deportation drohten, doch ich hatte das Landleben satt, lechzte nach Abwechslung und wollte das Meer wiedersehen. Vor allem aber wollte ich mich mit eigenen Augen von den Zerstörungen des Alten Hafens überzeugen.

In Aix bestieg ich den überfüllten Zug, doch durch Glück ergatterte ich einen Platz in einem kleinen Abteil. Statt zu fünft saßen wir jeweils zu sechst auf zwei sich gegenüberstehenden Holzbänken, und auch auf dem schmalen Gang drängten sich die Passagiere dicht an dicht. Auf den Gängen stapelten sich die Koffer und Rucksäcke, dazu kamen noch ein paar alte Weiber mit gefüllten Markttaschen. In Marseille angekommen, schoben sich die Reisenden den Ausgängen entgegen. An jedem Bahnsteig wurde kontrolliert. Deutsche Soldaten, die sich ihre kurzen Maschinenpistolen über die Schulter geworfen hatten, prüften mit herausfordernden Mienen die Ausweise. Ich konzentrierte mich darauf, mir meine Nervosität nicht anmerken zu lassen, und setzte ein gleichgültig-gelangweiltes Gesicht auf.

Die monumentale Freitreppe vor dem Bahnhof Saint-Charles spülte mich in die Stadt. An einer Bretterwand klebte ein mit »Avis« überschriebenes rotes Plakat mit einer Namensliste; darunter stand in fettgedruckten Buchstaben der Vermerk: »Heute früh als Geiseln für den Anschlag auf das Versorgungsdepot erschossen.«

Als ich, an mehreren Straßenposten vorbei, endlich am Ende der Canebière angekommen war, stockte mir der Atem. Ich brauchte Minuten, um mich zu sammeln, denn das Ausmaß der Zerstörung ist enorm. Mein Entsetzen war groß, fast hätte ich die Stadt nicht wiedererkannt. Das ganze Hafenviertel liegt in Schutt und Trümmern – einfach hinweggesprengt. Nur ein paar Häuser hinter dem Quai wurden ausgespart, und noch immer hängt ein eigenartiges Gemisch aus Pulverdampf und mürbem Putz in der Luft. Das war nicht mehr das Marseille, in dem ich gelebt hatte. Schon damals lag ein Schleier über der Stadt, aber jetzt schien mir Marseille verwundet bis ins Mark, so als wäre der Alte Hafen versandet, seiner Bestimmung beraubt.

Die Wehrmacht war an allen Straßenecken präsent. Es wimmelte von schneidigen Uniformen. Stahlhelme und Karabiner blitzten im Sonnenlicht. Mehrere Kampfwagen mit SS-Leuten rollten lärmend durch die Stadt. Die Mienen wirkten gelöst, geradezu heiter. Aber hatten sie nicht allen Grund dazu, nachdem ihnen Frankreich ohne großen Blutzoll in den Schoß gefallen war?

Der Himmel war so grau wie die Straßen. Die Kaffeehäuser waren schlecht besucht, und die Angst kroch über das Trottoir. Wohin ich blickte, hielten die Menschen den Kopf ein paar Nuancen tiefer gesenkt und drängten sich dicht an den Häuserwänden entlang, so als suchten sie Halt. Während ich mit in den Hosentaschen versenkten Händen durch die Straßen lief, fiel mir auf, daß sich niemand mehr in der Öffentlichkeit küßte. Die Besatzungszeit hat sich tief in die Seelen eingegraben. Nur ein paar Pennäler schienen vom Kriegsgeschehen fasziniert und fuchtelten mit ihren Holzgewehren herum. Mit etwas Verspätung erreichte ich den Treffpunkt und gab mich durch die vereinbarte Losung zu erkennen.

Als ich in gebührendem Abstand an zwei Soldaten vorbeiging, vernahm ich das erste Mal seit Ewigkeiten wieder deutsche Töne. Ich verlangsamte meinen Schritt und spitzte die Ohren. Nein, nicht, weil ich mal wieder die deutsche Sprache hören wollte, sondern weil ich wissen wollte, ob sich der Tonfall verändert hat. Die beiden schwäbelten munter vor sich hin, ergossen sich in Belanglosigkeiten. Enttäuscht (insgeheim hatte ich wahrscheinlich erwartet, daß sich die Sprache in den letzten Jahren barbarisiert hätte) suchte ich das Weite. Dennoch: Die Gewalt und der Haß nahmen zu. Wenn meine Informationen stimmen, dann fanden vor ein paar Monaten die ersten Razzien statt; ein paar hundert französische Juden sollen zusammengetrieben und deportiert worden sein. Um den Bestimmungsort der Transporte ranken sich die schrecklichsten Gerüchte. Meine Verachtung – ja auf die Deutschen! – wächst von Tag zu Tag!

Der Lammbraten und die Dorade standen dampfend vor uns. Ich klappte das Heft vorsichtig zu, holte die Weinflasche aus dem Terrakottakühler und füllte unsere Gläser ein zweites Mal.

Sie hob das Glas und prostete mir freundlich zu. Ich fühlte mich rundum wohl. Es hatte mir gefallen, Fabienne vorzulesen und ihre Augen auf mich gerichtet zu wissen; unter diesen Umständen hätte ich wahrscheinlich auch einen ganzen Roman vorgetragen.

Eine Katze strich um unsere Beine, die Platanen raschelten sanft im Wind, und das Essen duftete so verführerisch, wie es aussah. Ein perfekter Sommertag, dachte ich, während ich beobachtete, wie sie geschickt mit Messer und Gabel zu Werke ging und es ihr gelang, fast alle Gräten auf einmal abzulösen.

»Schmeckt es dir?«

»Ja, das Lamm ist so zart, dass es fast auf der Gabel zerfällt.«

Zwei Minuten widmeten wir uns schweigend unserem Essen.

»Weißt du mehr über diesen Albert?«, knüpfte Fabienne an unser Gespräch an.

»Nein. Aber die beiden müssen gut befreundet gewesen sein. Vielleicht waren sie auch miteinander verwandt.«

Wir unterhielten uns beim Essen nur wenig, doch herrschte eine angenehme Vertrautheit. Fast hätte ich den Anlass unseres Treffens aus den Augen verloren. Fabienne riss mich aus meinen Tagträumen. Sie tupfte ihren Mund mit der Serviette ab, schob ihren Teller zur Tischmitte und zog einen Notizblock aus ihrer schwarzen Tasche. »Ich war heute Morgen noch schnell im Universitätsarchiv und habe die Listen der Inhaftierten durchgeblättert. Soweit ich herausfinden konnte, gab es in Les Milles über die Jahre hinweg fünf inhaftierte Männer mit dem Vornamen Paul: Paul Feingold, Paul Hess, Paul Maier, Paul Silbermann und einen Paul Walchshöfer. Allesamt Deutsche, bis auf den Österreicher Feingold.«

»Gut. Damit kann man die Suche auf vier Personen einengen.«

»Nur bedingt, denn die Akten sind nicht vollständig. Abgesehen davon: Aus der Sicht der französischen Nationalisten gab es keinen Unterschied zwischen einem Deutschen und einem Österreicher – verdammte *Boches*. Und außerdem – wer sagt uns, dass Paul sein richtiger Vorname war? Möglicherweise hat er mit seinen neuen Papieren gleich eine vollkommen neue Identität angenommen – einen *Nom de guerre*. Verständlich: Ein Franzose mit dem Namen Walchshöfer hätte wohl schnell Verdacht erregt, zudem klingen zwei der Namen eindeutig jüdisch.«

»Tja, und ob er Jude war, wissen wir auch nicht. Er hat sich dazu nirgendwo geäußert. Wahrscheinlich war er Atheist, was aber auch nicht viel heißen will, gab es doch unter den Juden auch zahlreiche Freigeister.«

»Einzig an Célines Namen dürfte kaum ein Zweifel bestehen. Ich kann mir nicht vorstellen, dass er seinen Abschiedsbrief an ein Pseudonym adressiert hat. Auch an der Schwelle zum Tod bleibt das Leben bestimmend.«

»Paul und Céline – Liebe in Zeiten des Krieges.«

»Sie scheint mir auch der Schlüssel zu unserer Geschichte zu sein«, stimmte mir Fabienne zu.

Mitten in unsere Überlegungen platzte die Bedienung und fragte, ob wir noch ein Dessert, etwas Käse oder einen Café wünschten, während sie begann, den Tisch abzuräumen, die leeren Gläser auf einem runden Tablett platzierte und die schmutzigen Teller gekonnt auf dem Unterarm stapelte. Wir sahen uns kurz an, und Fabienne bestellte zwei Café, ohne auf meine Entscheidung zu warten.

»Was ich allerdings nicht begreife«, fragte ich, »warum hat sich Paul eigentlich auf der Seite der Rechten in der Résistance engagiert?«

»Wie meinst du das?«

»Er schreibt doch, er habe Kontakt zum Front National aufgenommen. Was hatte denn Le Pens Partei mit dem Kampf gegen die Nationalsozialisten zu tun?«

Schmunzelnd erklärte Fabienne: »Der *Front national de lutte pour la libération de la France*, so lautet der vollständige Name, hat nichts mit Le Pen und seinen üblen Gesinnungsgenossen gemein – im Gegenteil: Er wurde im Mai 1941 von Mitgliedern der Kommunistischen Partei als Widerstandsorganisation gegründet und gehörte später zu dem von Jean Moulin geführten *Conseil national de la Résistance*.«

»Ahhh, danke. Jetzt verstehe ich endlich den Zusammenhang.«

Fabienne streute sich etwas Zucker in ihren Kaffee. Ohne

umzurühren, trank sie einen Schluck. »Darf ich die Fotos noch einmal sehen?«

Ich reichte ihr das in ein Kuvert gehüllte Päckchen mit den Bildern, sie rückte ihren Stuhl näher heran, bis er mit einem trockenen hölzernen Klacken an den meinigen stieß, dann beugten wir uns über die Fotografien. Unsere Beine berührten sich sanft. Es schien, als suchte jeder die Nähe des anderen. Konzentriert sah Fabienne den Stapel durch und sortierte schließlich zwei Bilder aus. Dabei fiel mir eine kleine, sichelförmige Narbe über ihrem Handgelenk auf.

»Was sind das für Aufnahmen?«, fragte ich und deutete auf die Gruppe von bewaffneten Männern.

»Das sind Widerstandskämpfer der *Forces françaises de l'intérieur*«, erklärte mir Fabienne. »Auch wenn man es nicht genau erkennen kann, müsste auf den Armbinden die Abkürzung FFI stehen.«

»Diese beiden sind wohl die einzigen Fotos, die einen konkreten geografischen Anhaltspunkt bieten. Auf diesem hier toben Kinder über einen gepflasterten Schulhof, im Hintergrund kann man schemenhaft die Umrisse eines Uhren- oder Kirchturms ausmachen, und das zweistöckige Gebäude auf der linken Seite müsste das Schulhaus sein.«

»Das stimmt.« Sie nahm das andere Bild in die Hand, um sich darin zu vertiefen. Es zeigte eine Straßenszene: Céline und zwei andere Frauen posierten in einer gewundenen Gasse. Mehrere kleinere Geschäfte, darunter eine Bäckerei, waren zu erkennen. Von der Kleidung zu schließen, dürfte das Bild in den Wintermonaten aufgenommen worden sein. Eine Frau trug ein Einkaufsnetz. Wenn man genau hinschaute, konnte man an einer Hausfassade den halb verdeckten Schriftzug »Savon de Marse …« lesen.

»Trotzdem dürfte es nicht leicht sein, das Städtchen zu lokalisieren«, sagte ich, »eine Werbung für die berühmte Olivenseife aus Marseille ist wohl nicht ungewöhnlich.«

»Sei nicht so pessimistisch. So häufig sind diese ›Murs réclames‹ auch nicht gewesen, nur sind die meisten inzwischen verschwunden«, sagte Fabienne und setzte mit einem Blick auf die mit mildem Druck um uns herumschleichende Bedienung hinzu: »Komm, lass uns bezahlen.«

Selbstvergessen hatten wir nicht bemerkt, dass alle Tische bereits abgeräumt und wir die letzten Gäste waren.

Ich nickte ihr zu, und sie wandte sich an die Bedienung. »L'addition, s'il vous plaît!«

Cucuron erstreckt sich auf einem Hügel zu Füßen des Luberon. Wir bummelten durch den Ort, dessen Häuser sich um eine wuchtige Kirche mit breit gelagertem Kirchenschiff scharen wie Schafe um ihren Hirten, mit den Resten der einstigen Stadtbefestigung als imaginäres Gatter, welches verhindert, dass sich die Gebäude über die Weinfelder ergießen. Wir liefen durch Torbögen, über kleine Plätze, vorbei an ineinander verschachtelten Dachlandschaften. »Ein Dorf mit Patina«, befand Fabienne und deutete auf die bröckelnde Fassade eines Hauses, zu welchem eine Steintreppe hinaufführte, deren Stufen in der Mitte so abgetreten waren, dass sie mich an eine durchgelegene Matratze erinnerten.

Dann verließen wir den eigentlichen Ort. Zielstrebig steuerte Fabienne einen benachbarten Hügel an, auf dessen höchstem Punkt ein mittelalterlicher Donjon direkt aus dem Fels zu wachsen schien. Geradezu beschwingt erklommen wir die kleine Anhöhe, umrundeten einmal die Burgruine und ließen uns im Schatten eines angrenzenden Pinienhains nieder. Die Erde war staubig, und die wenigen Grasflächen waren von der Dürre des Sommers schon bräunlich verfärbt. Es war nahezu windstill, die nachmittägliche Hitze flirrte über dem trockenen Boden, der zu pulsieren schien. Nur das allgegenwärtige Zirpen verliebter Zikaden und das entfernte Bellen eines Hundes waren zu hören.

Ermattet vom Essen döste ich vor mich hin, während Fabienne die Briefe noch einmal eingehend studierte. Ich war kurz davor, einzuschlafen, als mich Fabienne fragte, ob ich Durst hätte. Ich bejahte, und sie streckte mir ihre Wasserflasche entgegen. Ich wusste nicht, ob ich mich mehr über das Wasser freute, das meinen pelzigen Gaumen belebte, oder über die Geste, ihre Flasche mit mir zu teilen. Beherrscht, aber gierig trank ich und stellte mir bei jedem Schluck vor, wie es wäre, ihre Lippen zu berühren, sie zu fühlen.

»Könnte es sein, dass Céline Lehrerin gewesen ist?«, fragte Fabienne.

»Du meinst«, sagte ich räuspernd, während ich meine Gedanken wieder sammelte, »wegen der Stelle in dem Brief, in welcher Paul ihr vorhält, ihr Fernbleiben hätte an der Schule für Unruhe gesorgt? Nun, dies würde auch das Bild mit den spielenden Kindern erklären. Wir müssten jetzt nur noch herausfinden, wo es aufgenommen worden ist. Glaubst du, dass noch ehemalige Kolleginnen am Leben sein könnten?«, hakte ich nach.

Fabienne wog den Kopf bedächtig von der einen auf die andere Seite. »Dies halte ich für nicht ausgeschlossen, und wenn, dann müssten sie jetzt wohl knapp über achtzig sein.«

»Und wenn nicht, vielleicht lässt sich noch jemand ausfindig machen, der sie aus Erzählungen gekannt hat«, ergänzte ich.

»Um einen Ansatzpunkt zu haben, wäre es natürlich am einfachsten, wenn wir herausfinden könnten, in welcher Schule sie damals unterrichtet hatte. Nur wie?«

»Eventuell tragen ja die Zeitungsausschnitte zu des Rätsels Lösung bei«, warf ich ein und wollte Fabienne die vergilbten Seiten reichen. In diesem Augenblick vibrierte ihr Handy. Sie entschuldigte sich, nahm das Gespräch an und entfernte sich von mir. Knapp zehn Minuten lief sie auf und ab, wobei sie mit der linken Hand immer wieder einen weit ausholenden Bogen beschrieb, während meine Füße undechiffrierbare Zeichen in den sandigen Boden scharrten. Schließlich klappte sie das Handy mit einem metallischen Klicken zusammen. Sie setzte sich wieder neben mich und entschuldigte sich erneut mit einem kleinen Scherz, doch ihre Mimik verriet, dass sie sich über etwas geärgert hatte. Auch schien es mir, als hätte sich das Verhältnis zwischen uns versteift, als wäre der Umgangston sachlicher geworden.

»Die beiden Seiten stammen aus dem ›Petit Marseillais‹, einer politisch dem Vichy-Regime nahestehenden Zeitung, die längst eingestellt wurde«, erklärte Fabienne, nachdem sie die Seiten mehrmals gewendet und durchgelesen hatte. »Abgesehen von ein paar in meinen Augen nebensächlichen Lokalnachrichten und den damals üblichen Informationen, welche Marken der verschiedenen Lebensmittelkarten zu welchen Zuteilungen berechtigen, gibt es nur zwei kleine Randnotizen, die mir relevant erscheinen.« Sie deutete auf einen Abschnitt. »Hier wird von einer Gasexplosion berichtet, durch die auch Teile der Gendarmerie von Valservis zerstört wurden.«

Ich las den Absatz noch einmal durch: »Du denkst, hinter der Gasexplosion versteckt sich ein Anschlag?«

»Gewaltaktionen der Résistance richteten sich häufig gegen Einrichtungen, die für die Besatzer und das kollaborierende Vichy-Regime Symbolcharakter hatten oder von militärischer Bedeutung waren.«

»Und um die Öffentlichkeit nicht zu beunruhigen, verschwieg man die wahren Umstände des Anschlags«, folgerte ich.

Fabienne bestätigte meine Vermutungen und fügte hinzu: »Aber verheimlichen wollte oder konnte man den Angriff anscheinend auch nicht, deshalb wird die Explosion offiziell mit einer undichten Gasflasche begründet. Wahrscheinlich versuchte man dadurch zu verhindern, dass die Tat Nachahmer findet und als Vorbild für weitere Anschläge dient. Heute spricht man ja auch von einem Leitungsschaden, wenn eine Linie der Pariser Métro aufgrund eines Selbstmords für Stunden stillsteht. Außerdem hatte der Druck auf die Besatzungstruppen im Frühjahr 1944 deutlich zugenommen. Man wollte die Moral der Kollaborateure brechen. Interessant erscheint mir aber auch die Nachricht, die Probleme entlang einer Eisenbahnlinie erwähnt. Die wichtigen Transportlinien in Südfrankreich gehörten auch zu den bevorzugten Angriffspunkten. Das Schienennetz, aber auch Brücken waren daher immer wieder ein bevorzugtes Anschlagsziel.«

»Setzt man die Zeitungsnotizen mit den Briefen in einen Zusammenhang, so würde dies bedeuten, dass sich Paul einer Résistancegruppe angeschlossen hatte, die den Anschlag auf die Gendarmerie vorbereitet und ausgeführt hat.«

»Dies ist auf alle Fälle eine gute Ausgangsbasis«, sagte Fabienne. »Ich bin zuversichtlich, dass wir in den nächsten Tagen mehr über Pauls Identität herausbekommen können. Die Geschichte der Résistance in der Provence ist relativ gut erforscht. Es gibt sogar noch einige Zeitzeugen, die man befragen kann.«

»Ausgezeichnet!« Ihre Worte freuten mich, nicht nur weil sie eine Lösung in Aussicht stellten, sondern weil Fabienne von »wir« gesprochen hatte, so als bestünde zwischen uns eine Arbeitsgemeinschaft, deren Ende noch nicht abzusehen war.

»Das klingt so, als hättest du bereits eine Idee, an wen man sich wenden könnte?«

»Ja, das habe ich«, antwortete sie mit einem verschmitzten Lächeln.

ACHT

Um eine bequeme Position bemüht, wälzte ich mich im Halbschlaf auf der Matratze hin und her. Als ich mit meiner Wade gegen die Ferse eines Fußes stieß, verharrte ich regungslos. Wie in Zeitlupe begann sich der Schleier zwischen Traum und Realität zu lüften, und mir wurde bewusst, dass ich die letzte Nacht nicht allein verbracht hatte.

Noch vor wenigen Minuten waren unsere Körper eng umschlungen, lagen wir Schenkel an Schenkel, und meine Knie ruhten in der Wölbung der ihren. Jetzt blickte ich wie gelähmt auf ihren zur Seite gekrümmten Rücken: Sie atmete tief und regelmäßig; der Brustkorb hob und senkte sich im Zwielicht des anbrechenden Tages; ihr Kopf war von mir abgewandt, tief in das Kissen eingegraben, das sie mit beiden Armen umschlungen hielt. Wir lagen unter einem dünnen Laken, das uns nur halb bedeckte und bis unter den Ansatz ihrer Pospalte geglitten war. Ein Stück Stoff, das ihre blasse Nacktheit mehr preisgab als verhüllte. Obwohl ich ein Stück zur Seite gerutscht war, blieb ihre Körperwärme noch immer präsent. Ihre spannungslose Trägheit ließ mich zaudern, berührte mich unangenehm.

Glied um Glied tastete ich mich an der brüchigen Kette der Erinnerung zurück. Ich rekapitulierte die Geschehnisse des gestrigen Tages und der letzten Nacht, die wie Filmsequenzen an mir vorüberzogen: das Essen in Cucuron, der Spaziergang durch das Dorf und die vergnüglichen Stunden im Pinienhain, die trocken-spröde Luft eines Hochsommertages und der erste zarte Körperkontakt.

Unbeschwert albernd waren wir noch eine Zeit lang bei der Burgruine gesessen und hatten vereinbart, morgen gemeinsam nach Nîmes zu fahren. Fabienne wollte mir nicht erzählen, was sie dort beabsichtigte. Sie machte ein Geheimnis daraus, neckte mich mit meiner Neugier und wies mich an, meine Bilder und Unterlagen mitzunehmen. Doch als wir uns auf dem Rückweg zum Parkplatz befanden, veränderte sich ihre Stimmung. Sie schaute auf die Uhr, wurde einsilbig, wirkte angespannt. Dementsprechend nüchtern verabschiedeten wir uns an ihrem Auto.

Wenig später fuhr ich an Fabienne vorbei und wollte ihr noch einmal zuwinken, doch sie nahm mich nicht wahr. Sie hatte den Motor noch nicht gestartet, blickte starr geradeaus und gestikulierte munter vor sich hin, während sie mit ihrem Handy telefonierte.

In Raboux angekommen, lenkte mich das ausgelassene Treiben schnell ab. Carla, Daniel und Kathrin saßen einträchtig plaudernd zusammen; Lena tobte mit den Hunden durch den Garten; Franca und Thilo spielten Federball, wobei sie zu meiner Verwunderung trotz einer als Netzersatz dienenden Wäscheleine hartnäckig von »Badminton« sprachen. Vermutlich haben sie ja recht, dachte ich mir, als ich verfolgte, mit welchem Ehrgeiz Thilo dem Ball hinterhersprang und nichts unversucht ließ, um den Ball noch zu erreichen, bevor dieser den Boden berührte.

Frisch rasiert und geduscht hatte ich mich an den Tisch gesellt, wo die morgige Eröffnung von »Public Sleeping« das bestimmende Thema war. Carla war spürbar aufgedreht und ständig in Bewegung. Man merkte ihr die Anspannung und Vorfreude an. Obwohl sie sich bemühte, fiel es ihr schwer, ruhig zu bleiben. Daniel versuchte zu organisieren, wer morgen wann, wie und mit wem nach Nîmes aufbrechen würde. Geplant war, dass wir alle in Nîmes übernachten sollten; Carla hatte bereits vor Wochen ein paar Hotelzimmer reserviert. Meine wahren Beweggründe verheimlichend, gab ich vor, morgen noch einmal auf Motivsuche gehen zu wollen. Carla musterte mich zwar eindringlich, so als würde sie es verletzen, wenn ich erst abends kurz vor der Ausstellungseröffnung hinzustieß, doch fragte sie nicht nach.

»Fünf zu drei nach Sätzen«, rief Thilo mit stolzgeschwellter Brust, wischte sich den Schweiß von der Stirn und setzte sich mit hochrotem Kopf zu uns. Auch Franca war ziemlich aus der Puste; dunkle Ränder zeichneten sich unter den Achseln deutlich vom leuchtenden Hellblau ihres engen Tops ab. Innerhalb weniger Sekunden leerten die beiden eine ganze Wasserkaraffe.

»Ihr seid verrückt – bei dieser Hitze zu spielen«, befand Daniel, dem Churchills »No Sports« als Lebensmotto diente, mit dem Unterschied, dass er von Natur aus mit einer guten Figur gesegnet war. Von seinem Alkohol- und Zigarettenkonsum abgesehen, war er ein recht asketischer Typ in Designerklamotten, der mich stets irgendwie an Hermann Hesse erinnerte.

»Hauptsache, es macht Spaß. Ich kann schließlich nicht nur den ganzen Tag herumsitzen, essen und Wein trinken«, sagte Franca.

»Apropos Essen«, wandte sich Carla an mich. »Ich muss jetzt in die Küche. Wir haben heute frischen Fisch in Carpentras eingekauft. Es gibt Bouillabaisse.«

»Wunderbar! Kann ich dir dabei helfen?«, fragte ich.

»Ja, das wäre nett.«

»Dann decken Daniel und ich währenddessen den Tisch«, schaltete sich Kathrin ein.

Ich stand auf und folgte Carla ins Haus.

Carla kochte ausgesprochen gerne. Ich hatte immer den Eindruck, für sie war Kochen weder Mühsal noch lästige Pflicht, sondern ein kreativer Akt. Rezepte, soweit sie solche überhaupt verwendete, dienten ihr nur als grobe Anregung. Sie hatte ihre eigenen Vorstellungen und probierte je nach Lust und vorhandenen Zutaten verschiedene Varianten eines Gerichtes aus. Eine Bouillabaisse gehört zu den Klassikern der provenzalischen Küche, und ich war auf Carlas Version gespannt.

Während ich ihren Anweisungen folgend Knoblauch und Zwiebeln klein hackte und Karotten und Sellerie in Würfel schnitt, beobachtete ich, wie sie geschickt die Fische schuppte, ausnahm und filetierte. Es waren verschiedene Sorten, von denen ich abgesehen von Tintenfisch und Wolfsbarsch nur den auffälligen Drachenkopf kannte.

»Warum hast du dich eigentlich von Bettina getrennt?«, wandte sie sich unvermittelt an mich.

Ich stockte und schnitt mir beinahe in den Finger.

Fragen, die mein Intimleben betreffen, sind mir verhasst. Je näher mir ein Mensch steht, desto weniger erscheint es mir möglich, ihm Einblicke in mein Gefühlsleben zuzugestehen. Wahrscheinlich könnte ich eher einer Zufallsbekanntschaft am

Strand von meinen Sorgen und Seelennöten erzählen als Carla. Für mich sind Liebeskummer und Beziehungsprobleme eine sehr persönliche Angelegenheit, die letztlich nur zwei Personen etwas angeht und daher nicht als Diskussionsgrundlage für ein Kaffeekränzchen taugt. Die Vorstellung, jemandem mein Herz auszuschütten, erachte ich als geradezu absurd. Je mehr jemand über meine Begierden und Gefühle weiß, desto mehr ausgeliefert, umso verletzbarer fühle ich mich.

»Nicht ich habe mich von Bettina getrennt«, begann ich etwas kleinlaut. »Sie hat sich von mir getrennt. Ihre Lebensplanung war auf Beständigkeit, auf Familie, Haus und Kind ausgerichtet.« Ich schob die Selleriewürfel mit dem Schneidemesser in eine Terrakottaschüssel. »Und ich genügte letztlich nicht ihrem Anforderungsprofil. Tja, derzeit bin ich mir ja nicht einmal über meinen weiteren beruflichen Werdegang im Klaren, weshalb hätte ich mich in dieser Situation noch fester binden sollen? – Nun, Bettina hat daraus ihre Konsequenzen gezogen.«

Dies entsprach nicht einmal zur Hälfte der Wahrheit, aber warum hätte ich Carla erzählen sollen, dass wir uns in den letzten Monaten immer mehr entfremdet hatten und nicht mehr mit-, sondern nur noch nebeneinander gelebt und geschlafen hatten? Ich litt darunter; Bettina hingegen schien dies nach drei gemeinsamen Jahren als Normalzustand einer Beziehung akzeptiert zu haben. Die Zärtlichkeit der Anfangszeit war verflogen, im gleichen Maße, wie unsere abendlichen Spaziergänge kürzer wurden. Fiel das nur mir auf? Sie schien hingegen glücklich, wenn sie nach ihrer Arbeit zwei oder drei Abende in der Woche mit ihrem Hengst – oder war es ein Wallach? – auf dem Reiterhof verbringen konnte, und war zufrieden, mit mir am Sonntagabend gemeinsam Tatort zu sehen; ein Abend in der Woche war für Körperlichkeiten reserviert. Gezähmte Raserei. Zumeist schlief Bettina über ihrer abendlichen Lektüre ein, während meine Gedanken erst richtig in Schwung kamen.

Als ich schon längst am Sinn unserer Beziehung zu zweifeln begonnen hatte und der Unbeschwertheit der Anfangszeit hinterhertrauerte, studierte sie noch immer die Immobilienanzeigen der Wochenendausgabe. Erst nach unserer Trennung begriff ich, Bettina ritualisierte den Alltag, um ihn zu bewältigen, um ihre Empfindungen zu kontrollieren; für Träume und Sehnsüchte blieb kein Spielraum. Doch auch ich blieb lange Zeit passiv, igelte mich in unserer strukturierten Zweisamkeit ein. Unbestritten waren es durchaus auch angenehme Zeiten, mit Bettina als ruhendem Pol, vor allem für jemanden wie mich, der in manchen Monaten mehr in Hotels übernachtete als in der eigenen Wohnung. Doch von Tag zu Tag spürte ich mehr und mehr, wie die Distanz zwischen uns wuchs. Ich fühlte mich paralysiert. Meine Lebenslust schwand, meine Kreativität drohte von ihren Kleinmädchenträumen erstickt zu werden.

Das Ende kam Knall auf Fall. Keine andere Frau, nur ein kleiner Streit, der sich zum Selbstläufer entwickelte. Ich war ein paar Tage beruflich verreist gewesen, hatte mich mit den Wünschen eines Auftraggebers herumgeärgert, der von mir erwartete, dass ich sein Autohaus, getreu seinem Werbespruch »Innovation auf vier Rädern«, zu einem Hochglanztechnologietempel stilisieren sollte. Als ich nach längerer staugeplagter Autobahnfahrt schlecht gelaunt nach Hause kam, eröffnete mir Bettina, dass sie plane, das Wochenende gemeinsam mit mir und ihren Eltern in deren Murnauer Ferienwohnung verbringen zu wollen. Bei der Vorstellung, zwei langweilige Tage zusammen mit ihren pedantischen Eltern, die ständig dieselben Themen memorierten, im bayerischen Voralpenland ausharren zu müssen, verkrampfte sich mein Magen. Ich wollte nicht noch stärker in diese familiäre Spießigkeit eingebunden sein und protestierte, doch Bettina gab keine Ruhe und machte mir eine Szene. Wir stritten uns lautstark, und sie setzte mich unter Druck: Entweder führen wir gemeinsam nach Murnau, oder sie würde sich von mir trennen. Ich wusste, dass sie dies nicht ernst meinte, dennoch entschied ich mich für die Trennung. Innerhalb von Sekundenbruchteilen war mir klar geworden, dass es für Bettina und mich keine Zukunft gab. Es existierte kein gemeinsamer Nenner, wir würden niemals richtig miteinander glücklich werden. Dass eine Beziehung zu Ende geht, ist alles andere als positiv. Aber vielleicht, redete ich mir zur Beruhigung meines Gewissens ein, liegt die Bedeutung unserer Beziehung in ihrer zeitlichen Begrenztheit.

Noch am selben Abend bin ich mit dem Nötigsten bepackt ins Studio gezogen. Nicht für eine Nacht, sondern für immer. Während sie in Murnau weilte, fuhr ich ein letztes Mal in unsere gemeinsame Wohnung, packte meine Klamotten und CDs, ein paar Möbelstücke, die ich schon zuvor besessen hatte, und diversen persönlichen Krimskrams zusammen. Nur die Druckstellen auf dem Teppichboden und ein leerer Kleiderschrank zeugten von meiner Abwesenheit, als ich aus ihrem Leben verschwand; dem schlechten Gewissen ließ ich keinen Raum, sieht man von ein paar um Schadensbegrenzung bemühte Zeilen ab.

Bettina war zu stolz und sicher auch zu sehr verletzt, um sich bei mir zu melden; eine schnippische SMS war das Einzige, was sie mir hinterherwarf. Nur noch einmal haben wir uns seither gesehen, und zwar zufällig in einer Buchhandlung. Ich nickte ihr zu, doch sie blickte nur zwei Sekunden durch mich hindurch, um sich teilnahmslos wieder den aufgestapelten Neuerscheinungen zu widmen.

Anscheinend hatte ich Carlas Interesse mit meiner Antwort befriedigt. Sie stellte jedenfalls keine weiteren Fragen und wandte sich wieder dem Kochen zu. Konzentriert bereitete sie nun die für eine Bouillabaisse obligatorische Rouille zu, indem sie Eigelb, Olivenöl, Knoblauch, eine Pfefferschote, Safranfäden und Fischsud vermengte. Anschließend röstete sie in einem großen Topf Pinienkerne an und fügte das klein geschnittene Gemüse sowie ein paar Tomaten, die ich auf ihren Wunsch blanchiert, enthäutet und geviertelt hatte, hinzu. Das Ganze wurde erst mit Fischfond und Weißwein abgelöscht. Carla probierte und holte noch ein Glas Kapern aus dem Kühlschrank, anschließend ließ sie den Topf zusammen mit den Fischen und drei Stängeln Zitronengras auf kleiner Flamme vor sich hin köcheln.

Mit ein paar Gläsern und einer halb vollen Flasche Pastis in der Hand ging ich hinaus; es war an der Zeit, einen Aperitif zu nehmen.

Mitternacht war längst vorbei. Franca und ich saßen noch zusammen auf der Terrasse. Alle anderen hatten sich schon ungewöhnlich zeitig zurückgezogen; einzig Daniel war länger bei uns geblieben und hatte mitgeholfen, die Küche aufzuräumen und das Geschirr in die Spülmaschine zu schichten.

Es war fast stockdunkel. Eine am Ast der Kastanie hängende Petroleumlampe flackerte müde vor sich hin. Unten im Tal brannte nur noch in wenigen Häusern Licht, die Dachziegel schimmerten im Mondlicht wie Fischschuppen. Hartnäckig surrte ein Moskito um uns herum. Ich teilte die angebrochene Weinflasche zwischen uns auf. Wir leerten unsere Gläser zügig mit gierigen Schlucken. Sie zündete sich eine Zigarette an und blies den Rauch langsam über den Tisch. Es war das erste Mal, dass ich mit Franca in Raboux alleine war. Wir amüsierten uns prächtig. Unser Lachen hallte in die blauschwarze Sommernacht. Unmerklich begann die Hitze des Midi auf uns überzugreifen. Ihre Blicke wurden fordernder, und ich ermunterte sie. Nur zwei leere Gläser blieben zurück, als mich Franca an der Hand nahm. »Ich will heute Nacht nicht allein sein.«

Nach unserem Hamburger Intermezzo wussten wir beide, was uns erwarten würde. Wortlos stiegen wir die Treppe zu ihrem Zimmer hinauf. Sie schloss die Tür, drehte sich um und ließ die Träger ihres Kleides über die Schultern gleiten. Wir sprachen kein Wort. Es raschelte sanft, dann musterte sie mich kurz, aber durchdringend, bevor sie langsam über den losen Stoffkreis hinwegstieg. Sie ging einen Schritt auf mich zu und presste ihre kleinen, erstaunlich kühlen Brüste an mich. Von der Lust ergriffen, sträubte ich mich nicht. Nur Augenblicke später lagen wir im Bett, fanden im Einklang des Begehrens zueinander. Hingabe ohne Worte, geschaffen für eine Lust, die auf den Augenblick und nicht auf die Ewigkeit gerichtet war. Rauschhafte Momente zwischen schweißperlenden, willigen Körpern. Entseelte Körperlichkeit, zielgerichtet.

Gesättigt fiel ich in einen tiefen Schlaf, doch schon die erste morgendliche, von Vogelgezwitscher begleitete Berührung ließ mich aufschrecken. Ins Leere tastend, begriff ich unsere Beziehungslosigkeit. Ein Vorhang aus Fremdheit senkte sich von der Decke. Zwei oder drei Atemzüge später glitt ich aus dem Bett. Bemüht, keinen Lärm zu machen, griff ich vorsichtig nach meinen über den Boden verstreuten Klamotten und schlich mich barfuß aus dem Zimmer; nur eine schwach in die Matratze gedrückte Kuhle deutete an, dass wir die Nacht gemeinsam verbracht hatten.

★★★

Die klare Morgenluft blies mir durch das offene Seitenfenster ins Gesicht. Schwungvoll war ich auf der gut ausgebauten Landstraße in Richtung Aix unterwegs, wo ich Fabienne abholen wollte. Ich freute mich darauf, mit ihr nach Nîmes zu fahren. Es war noch wenig Verkehr, so dass ich den Treffpunkt zügig erreichte. Schon von Weitem sah ich sie auf der Place des Quatre Dauphins stehen. Sie hatte sich an den Rand des Brunnens gelehnt und die Beine übereinandergeschlagen, ihr orangefarbenes T-Shirt leuchtete mir entgegen. Während ich direkt auf sie zufuhr, schien sie mich kritisch zu fixieren; sie verharrte, ohne den Blick ein einziges Mal abzuwenden, so als könne sie problemlos durch die milchige Windschutzscheibe hindurchsehen. Derweil ich noch grübelte, wo ich anhalten und ob ich vielleicht aussteigen und ihr die Tür öffnen sollte, hatte Fabienne schon das Auto umrundet. Mit einem »Hallo!« warf sie eine schwarze Tragetasche auf die Rückbank und ließ sich auf den Beifahrersitz fallen.

»Weißt du, wie man am schnellsten zur Autobahn gelangt?«, fragte sie.

»Halbwegs – aber erst müssen wir einen Zwischenstopp einlegen«, sagte ich und deutete auf die ins Rote gerutschte Tanknadel.

Die Autobahn war wenig befahren, wir kamen flott voran. Aus den Augenwinkeln schielte ich zu ihr hinüber. Fabienne hatte ihre Haare zu einem kleinen Pferdeschwanz zusammengebunden, der ihre hohen Wangenknochen hervorhob, sie älter und bestimmender wirken ließ. Sie trug kein Make-up, nicht einmal Lippenstift. Die ersten Minuten waren wir verlegen nebeneinandergesessen, erst allmählich gelang es uns, den Faden wieder aufzunehmen. Mühsam tasteten wir uns aneinander heran und tauschten ein paar Belanglosigkeiten aus. Wortlos fuhren wir an Salon-de-Provence vorbei, der steinigen Crau entgegen.

»Entschuldige, dass ich mich gestern so unvermittelt von dir verabschiedet habe«, durchbrach Fabienne die Stille. Mit einer Handbewegung versuchte ich ihre Bedenken zu zerstreuen, doch ihr Mitteilungsdrang war stärker. Sie zog die Schuhe aus – mit Wohlgefallen nahm ich zur Kenntnis, dass sie ihre Fußnägel nicht lackierte – und stemmte ihre Füße gegen das Armaturenbrett.

»Ich habe Ärger mit Jean-Philippe.«

Während ich beim Betrachten ihrer schmalen Fußgelenke darüber grübelte, wer Jean-Philippe sein könnte, waren sekundenlang nur der Fahrtwind und das monotone Surren des Motors zu hören, dann fügte sie hinzu: »Es ist wegen unserem Ausflug.«

»Wegen unserem Ausflug?«

»Ja, Jean-Philippe hat mir eine Szene gemacht, als er hörte, dass ich heute mit dir nach Nîmes fahre.«

Beschämt von ihrer Offenheit wusste ich nicht, was ich sagen sollte, und dass es sich bei Jean-Philippe um ihren Freund handelte, konnte ich mir nun denken. Konzentriert blickte ich in den Rückspiegel, so als fordere der Verkehr meine Aufmerksamkeit, doch im Stillen freute ich mich über Fabiennes direkte Art. Sie gehörte nicht zu jenen Frauen, die sich mit einem geheimnisvollen Schleier umgeben, weil sie dem Irrglauben verfallen sind, dies würde ihren erotischen Reiz steigern.

»Er meinte, meine Vor-Ort-Recherchen würden ihn nerven, ich solle doch ins Archiv gehen.« Ich musste schmunzeln und war ihr dankbar für diese Bemerkung.

Alsbald wechselten wir das Thema, plauderten angeregt über die Folgen der Globalisierung und den bevorstehenden Klimagipfel, doch als ich sie fragte, was sie in Nîmes vorhatte, wollte sie mir partout nichts verraten. Sie neckte mich, und ich war glücklich, dass wir zu unserer Unbefangenheit zurückgefunden hatten. Schließlich hatten wir unser Ziel fast erreicht und verließen die Autobahn. Der typische Geruch aus sommerwarmen Abgasen lag in der Luft. Nachdem wir die Mautstelle passiert hatten, dirigierte mich Fabienne. »Du musst da vorne links abbiegen. Wir müssen in Richtung Centre-ville. Am besten wird es sein, du parkst irgendwo in der Nähe der Arena.«

Zielstrebig führte mich Fabienne in wenigen Minuten zu

einem altehrwürdigen Stadtpalais mit einem Eingangsportal, so wuchtig wie abweisend. Kein Messingschild, keine Namenstafel ließ erkennen, wer oder was sich in dem Gebäude befand; nur ein paar anonyme Klingelknöpfe und eine Sprechanlage waren neben der elektrischen Concierge in die Mauer eingelassen. Fabienne drückte einen der Knöpfe, und nach kurzer Zeit meldete sich eine Männerstimme mit »Oui«. Fabienne stellte sich vor, dann ertönte ein kurzes Summen. Sie presste ihre Schulter gegen das Türblatt, das Schloss schnappte auf, und wir standen in einem dunklen, Ehrfurcht einflößenden Treppenhaus.

Georges Goudineau öffnete seine Wohnungstür, als wir gerade dabei waren, die letzten Stufen hinaufzusteigen. Mit einer weit ausholenden Armbewegung bat er uns in einen mit roten Tommette-Fliesen belegten Flur. Er war eine beeindruckende Persönlichkeit: Sein Haar war schlohweiß, doch ließen seine geschmeidigen, reduzierten Bewegungen erkennen, dass sich sein Körper dem Greisenalter erfolgreich entgegenstemmte. In seiner Jugend musste er ein schneidiger Bursche gewesen sein. Abgesehen von einem kräftigen Händedruck bei der Begrüßung, schenkte er mir anfangs kaum Beachtung. Ich wusste nicht, ob seine Ignoranz meinem Fremdsein oder meinem Geschlecht galt. Gegenüber Fabienne gebärdete er sich jedenfalls als alternder Charmeur. »Madame Carsalade, es ist schön, Sie in meinem bescheidenen Heim begrüßen zu dürfen.«

Fabienne wusste mit seinen Komplimenten umzugehen, selbst als er sie als »die Sonne der provenzalischen Historikerzunft« bezeichnete, nahm sie dies lächelnd zur Kenntnis, die Handflächen zu einer höflichen, aber abweisenden Gebärde erhoben.

Wir setzten uns an einen großen runden Tisch aus Mahagoniholz. Gehobenes Bürgertum, Traditionsbewusstsein gepaart mit Standesdünkel, resümierte ich, während ich den als Empfangssalon oder Wohnzimmer fungierenden Raum musterte: Ein edler Perserteppich, hohe stuckverzierte Decken, die Wände waren mit einer gestreiften Tapete bedeckt; zwei Stiche im Goldrahmen, und davor standen ein Sofa und ein paar verschnörkelte Stühle mit geschwungenen Beinen und Lehnen, die Sitzflächen mit olivgrünem, leicht abgeschabtem Samt bezogen – entweder Louis XV. oder Louis XVI., vermutete ich. Doch um ehrlich zu sein: Den Unterschied zwischen den beiden Stilen konnte ich mir nie merken. Sicher war ich mir aber, dass es sich um Originalmöbel handelte; Kopien hätten in dem vornehmen Ambiente wie Fremdkörper gewirkt. Dominiert wurde das Zimmer von einem offenen Kamin, auf den die gesamte Raumwirkung ausgerichtet war. Er war mit hellem Sandstein gefasst, und eine mit Schleifpapier blank geputzte gusseiserne Bodenplatte, die im Winter die Funken der Holzscheite auffängt, schob sich glänzend wie ein dunkler Spiegel in den Raum.

Georges Goudineau stand auf, um eine Wasserkaraffe und drei Gläser zu holen. Im Nebenzimmer tickte das goldene Pendel einer schwarz lackierten Standuhr. Er schenkte uns ein, sah uns interessiert an und ließ seine klaren graublauen Augen funkeln. »Wie kann ich Ihnen weiterhelfen?«

Erst kurz bevor wir die Treppen zum zweiten Stock emporgestiegen waren, hatte mir Fabienne erklärt, sie habe Georges Goudineau bei ihren Forschungen über die Kollaboration kennengelernt und mich wissen lassen, dass er als Leiter einer Widerstandsgruppe verschiedene Aktionen gegen die deutschen Besatzer koordiniert hatte und Teil des inneren Führungszirkels gewesen war. Sechzig Jahre zurückrechnend, rätselte ich über sein wahres Alter, da ich mir schwer vorstellen konnte, dass ein damals Zwanzigjähriger mit diesem verantwortungsvollen Posten betraut worden war.

Fabienne stellte mich als befreundeten Historiker vor, der über das Schicksal deutscher Emigranten in Frankreich arbeitet, was Monsieur Goudineau mit einem wohlwollenden Nicken und einem »Bien!« zur Kenntnis nahm. Für eine Dokumentation, so erklärte sie ihm, würde ich momentan nach dem Schicksal eines Mannes forschen, von dem derzeit nur der Vorname Paul bekannt sei. Er sei Mitglied der Résistance gewesen und wahrscheinlich von der Deutschen Wehrmacht hingerichtet worden. Abgesehen von zwei Dutzend Bildern und einigen Dokumenten fehlten uns letztlich die entscheidenden Ansatzpunkte, um ihn identifizieren und damit auch sein Vorleben rekonstruieren zu können. Anschließend referierte sie kurz die Eckdaten und unsere Erkenntnisse, die wir aus den schriftlichen Hinterlassenschaften gewonnen hatten.

»Nun, ich weiß nicht, ob ich Ihnen behilflich sein kann, aber ich will es gerne versuchen. Zeigen Sie mir doch bitte zuerst einmal die Fotos«, sagte Georges Goudineau, nachdem er ihrem Bericht aufmerksam zugehört hatte. Dann stand er auf, um seine Lesebrille von der Anrichte zu holen. Zweimal sah er sich den Stapel mit Sorgfalt durch, dann blickte er uns über den Metallrand seiner Brille hinweg an. »Leider muss ich Sie enttäuschen. Die Résistance setzte sich aus vielen kleinen autonomen Gruppen zusammen, die in einem regional sehr begrenzten Territorium operierten. Je weniger Kontakte wir unterhielten, desto geringer war das Risiko, dass nach einer Verhaftung weitere Mitglieder enttarnt wurden. Eine Vorsichtsmaßnahme, die sich bewährt hatte. Es gab zwar konspirative Treffen zwischen Vertretern der einzelnen Gruppen, aber der Kreis der Eingeweihten war beschränkt. Ich erkenne weder einen der FFI-Kämpfer auf dem Gruppenbild, noch kann ich Ihnen mit Informationen zu diesem Paul dienen – von ihm hatte ich bis heute noch nie etwas gehört.«

Mein Körper verspannte sich.

»Aber«, er hob die Stimme, die gegen die Wände des Zimmers schlug, und fixierte uns beide abwechselnd, »wir werden unserem Kameraden schon näher kommen.« Selbstbewusst zog er eine Aufnahme hervor. »Dieses Bild ist in Apt aufgenommen.« Wir beugten uns ihm entgegen. »Sehen Sie den sich nach oben verjüngenden Uhrenturm mit dem Glockenkäfig? Wenn ich mich jetzt nicht täusche«, sagte er und deutete auf das Foto mit der Seifenwerbung, »dann müsste dieser Turm neben der Cathédrale Sainte-Anne stehen.«

»Sind Sie sicher, dass Sie sich nicht irren?«, warf ich ein.

»Vollkommen sicher. Ich habe die Kirche mit ihrer doppelstöckigen Krypta erst vor zwei Jahren das letzte Mal besucht.«

»Das ist wunderbar und engt die Suche schon etwas ein.« Fabienne bemühte sich, meine ungeschickte Bemerkung auszubügeln, und folgerte laut: »Seine Freundin Céline – jedenfalls gehen wir davon aus, dass es seine Freundin gewesen ist – arbeitete als Lehrerin an einer Schule. Wenn man das Bild mit dem Schulhof in diese Richtung deutet, dann dürfte sie wahrscheinlich an einer Schule in Apt unterrichtet haben.«

»Wissen Sie, ob noch ehemalige Résistancemitglieder aus Apt leben, die man befragen könnte?«, fragte ich hoffnungsvoll.

»Nun, Jacques Cros und sein Schwager Alain Delarge, die eine maßgebliche Rolle für den Widerstand in der Vaucluse gespielt haben, sind schon lange tot. Aber glücklicherweise leben noch ein paar ältere Herren, die im Maquis aktiv waren. Warten Sie einen Moment.«

Monsieur Goudineau stand auf, dann lief er quer durchs Zimmer, öffnete die verschnörkelte Tür einer Eckvitrine und kam mit einem marmorierten Aktenordner zurück.

»Ich suche Ihnen zwei oder drei Adressen heraus«, sagte er und blätterte bedächtig, während er sich über das Kinn strich.

Sein Handrücken war von Altersflecken bedeckt, die Adern legten sich wie ein Gitternetz über seine noch immer kräftigen Hände.

»Hier ist es. Haben Sie etwas zum Schreiben?«

Ich nickte, zückte einen Notizblock und einen Kugelschreiber. Er diktierte mir zwei Adressen: die von einem Henri Veyrat in Bonnieux und die von einem Pierre Peltier, der in einem Weiler in der Nähe von Rustrel leben sollte.

»Sollten die beiden verwundert sein, von wem Sie ihre Telefonnummer bekommen haben, dann berufen Sie sich einfach auf mich. Nein, vielleicht sollte ich Ihnen einfach ein paar Zeilen mitgeben.«

Goudineau ging in das angrenzende Zimmer, setzte sich an den Schreibtisch und schrieb etwas auf einen Notizzettel, den er in einen Umschlag steckte und mir reichte.

»Das wird Ihnen hoffentlich weiterhelfen.«

Ich bedankte mich. Etwas verunsichert wartete ich Fabiennes Reaktion ab, um herauszufinden, ob dieser Satz eine subtile Aufforderung, zu gehen, implizierte. Ich hatte erwartet, dass Georges Goudineau uns nun zur Tür geleiten würde, doch weit gefehlt: Er schien an unserer Gesellschaft Gefallen gefunden zu haben und bot uns eine Tasse Tee und trockenes Mandelgebäck an.

»Ich habe unsere deutschen Mitkämpfer und Mitkämpferinnen immer aufrichtig bewundert. Sie hatten sich von ihrem Vaterland, ihrem Haus und ihren Familien trennen müssen, doch sie resignierten nicht und stemmten sich trotz des hohen Risikos mit Mut und Entschlossenheit gegen die Herrschaft der Nazis. Sie waren unbeirrbar und standhaft. Und dies, obwohl sie in einem fremden Land zumeist auf sich allein gestellt und ständig der Gefahr ausgesetzt waren, dass ihre Tarnung aufgedeckt wird oder dass sie jemand denunziert.«

Georges Goudineau hielt kurz inne und rührte gedankenversunken in seinem Tee, dann fuhr er in einem von ferner Erinnerung geprägten Tonfall fort: »Doch manchmal war auch die größte Tapferkeit vergebens.« Nach einer weiteren Pause, in der er seinen Löffel wie in Zeitlupe auf der Untertasse ablegte, begann er zu erzählen: »Es gibt Tage, da kommt es mir vor, als wäre es gestern gewesen, dass ich Pauletta das letzte Mal gesehen habe. Es war an einem wunderschönen Sommerabend im Juli 1943, als wir uns auf dem Cours Honoré d'Estienne in Marseille verabschiedet hatten. Sie trug ein unauffälliges lichtgraues Kostüm mit einer weißen Bluse. Niemals werde ich ihren Gesichtsausdruck vergessen, als sie sich noch einmal lächelnd zu mir umdrehte, bevor sie voll Zuversicht hinter der nächsten Häuserecke verschwand. Eine brüchige Zuversicht – am nächsten Tag ist sie im Zoo von der Gestapo verhaftet worden.«

Er stand auf, umrundete den Tisch und trat ans Fenster. Wir wagten nicht, ihn zu unterbrechen. Nach ein paar sich endlos dehnenden Sekunden, in denen er bewegungslos stehen blieb, sprach er leise weiter: »Nun, Pauletta war nicht ihr richtiger Name, eigentlich hieß sie Irene Wosikowski und stammte aus Hamburg. Irene hatte sich in Marseille der Résistance angeschlossen und nannte sich fortan Pauletta Monier – so stand es auch in ihren Papieren. Pauletta gehörte zu den furchtlosesten Frauen, die ich zeitlebens kennengelernt habe. Sie agierte am liebsten auf eigene Faust und sprach deutsche Soldaten an, um mit ihnen über den Sinn und Zweck des Völkermordes zu diskutieren – sie wollte die Kampfmoral der Wehrmacht zersetzen, und so suchte sie sich zumeist recht junge oder unsicher wirkende Männer aus, bei denen sie vermutete, sie seien für ethische Fragen empfänglich. Pauletta ging dabei sehr geschickt vor, gab sich als Deutsch sprechende ›Französin‹ aus und verwickelte die Soldaten, die über ihre Bekanntschaft hocherfreut waren, in eine oberflächliche Konversation. Um die politische Einstellung ihres jeweiligen Gesprächspartners zu ergründen, tastete sie sich behutsam vor, ließ einfließen, dass sie den Krieg schrecklich fände, da sie jegliche Grausamkeiten verabscheue, und fragte ihn dann ganz naiv, wie lange er denke, dass der Krieg noch dauern werde, und wer denn nach seiner Meinung am Ende gewinnen werde. Je nachdem, wie die Antwort ausfiel, beendete sie die Unterhaltung oder setzte die Diskussion fort, um Sorgen und Zweifel zu streuen. Dann kam der schwierigste Teil: Sobald ein Soldat gewonnen schien, versuchte sie ihn zu bewegen, die illegale Zeitung ›Der Soldat am Mittelmeer‹ zu verteilen und Soldatenkomitees zu gründen.

Ich hatte sie mehrfach gewarnt, aber Pauletta blieb unbeirrt in der Hoffnung, sie könne auf diesem Weg einen Beitrag zur Beendigung des Krieges leisten. Als aktive Kommunistin glaubte sie unerschütterlich an eine bessere Zukunft der Menschheit, an eine gerechtere Welt. Als ich sie einmal fragte, warum sie Kommunistin geworden war, sah sie mich erstaunt an und erwiderte, dass sie mir angesichts der weltpolitischen Lage keinen einzigen Grund nennen könne, sich nicht zum Kommunismus zu bekennen. Pauletta hatte nicht den geringsten Zweifel daran, mehr noch, sie war davon überzeugt, dass der Faschismus das Endstadium des Kapitalismus markiere. Wir diskutierten häufig über Politik, und mehrfach hatte sie mir dabei zu erklären versucht, Deutschland durchlaufe eine natürliche Metamorphose vom Nazismus zum Kommunismus. Für sie gab es keine Wahl: Wer die Barbarei ablehnte, musste Kommunist werden. Die Niederlage Hitlers war für sie nur eine Frage der Zeit, und sie wollte ihren Anteil zum Aufbau einer neuen Welt beitragen. Trotz aller Unbilden sah sie es als ihre verdammte Pflicht an, bis dahin durchzuhalten, um dabei zu sein. Auch wenn wir unterschiedliche politische

Ansichten hatten und darüber häufig in Streit gerieten, eins steht fest: Unter Einsatz ihres Lebens war sie bereit, diesen Prozess voranzutreiben; und sie war sich sicher, im Einklang mit dem unausweichlichen Verlauf der Geschichte zu handeln.«

Seine Stimme wurde brüchig, als er sich wieder zu uns wandte: »Doch Pauletta irrte sich – folgenschwer. Einen Tag nach dieser Julinacht geriet sie an einen Marinesoldaten, der Spitzeldienste leistete und sie an die Gestapo verriet. Man verhaftete Pauletta, sperrte sie in ein Kellerverlies und folterte sie bestialisch. Um sie zum Reden zu bringen, wurde sie an einen Flaschenzug gekettet. Zwei Tage lang ließ man sie ohne Wasser und Nahrung im grellen Licht einer Jupiterlampe an einer Wand baumeln. Sie wurde ohnmächtig, doch sie verriet uns nicht; kein Name kam über ihre aufgeplatzten Lippen. Im Kreuzverhör konfrontierte man sie mit ihrer eigenen Identität – das war das Einzige, was sie gestehen sollte.«

»Was ist mit ihr geschehen?«, fragte Fabienne zaghaft nach.

Georges Goudineau nahm die Brille ab, legte die Stirn in Falten und fuhr sich mit der linken Hand behutsam durch die weißen Haare. »Von Paulettas weiterem Schicksal habe ich erst Jahre später erfahren: Nachdem die Nazis sie gefoltert hatten, schafften sie Pauletta erst nach Paris, später nach Hamburg, wo man sie erneut folterte. Doch vergeblich – sie blieb standhaft. Schließlich wurde Pauletta dem Volksgerichtshof überstellt. Berlin war ihre letzte Leidensstation.«

Mit brüchiger Stimme fuhr er fort: »Das Urteil stand schon vorher fest. Im berüchtigten Zuchthaus von Plötzensee ist sie am 27. Oktober 1944 ermordet worden. An einem Fleischerhaken hat man sie aufgehängt – ihr Grab wurde nie gefunden.«

Goudineaus Mundwinkel zuckten kurz, seine Augen waren glasig, mit Tränen unterlaufen. Doch nach ein paar Sekunden hatte er sich wieder gefangen, seine Haltung straffte sich; er gewann seine Souveränität zurück. »Waren Sie jemals in Plötzensee?«

Verlegen schüttelten wir den Kopf.

Mit einem festen, anklagenden Tonfall fuhr er fort: »Dass der Marinesoldat, der Pauletta verraten hatte, ungeschoren davonkam, muss ich Ihnen wohl nicht weiter erklären. Ein Richter attestierte ihm, er habe ›rechtmäßig‹ gehandelt, und lehnte die Aufnahme eines Prozesses ab. Es hat lange gedauert, bis die deutsche Justiz reif war, aus ihrem faschistischen Schatten herauszutreten.«

Betretenes Schweigen breitete sich aus. Weder Fabienne noch Monsieur Goudineau machten Anstalten, das Wort zu ergreifen. Schließlich versuchte ich behutsam, das Gespräch zurück auf Paul zu lenken, indem ich Monsieur Goudineau fragte, seit wann die Wehrmacht die Aktionen der Résistance verstärkt verfolgt hatte.

»Nun, die Situation war nie ungefährlich, aber im Februar 1944 wurde der Druck auf den Maquis erheblich stärker. Durch einen Erlass des für Frankreich zuständigen Oberbefehlshabers galten wir Résistancekämpfer als Terroristen, die außerhalb des Kriegsrechts standen. Wir waren quasi vogelfrei. Daran änderte sich auch nichts, als wir uns Monate später als *Forces françaises de l'intérieur* zusammenschlossen und unsere Anweisungen direkt aus dem Stab von Général de Gaulle erhielten. Je mehr sich die militärische Niederlage Deutschlands abzuzeichnen begann, desto mehr ließen die Besatzer jeglichen Anstand vermissen. Uns schimpften sie feige Gesellen, die aus dem Hinterhalt operierten und keiner Gnade bedürften. Die Wehrmacht wollte die bedingungslose Unterwerfung aller Franzosen. Beim geringsten Verdacht wurden drakonische Maßnahmen eingeleitet, selbst Übergriffe gegen die Zivilbevölkerung kamen jetzt immer häufiger vor. Das, was in Oradour-sur-Glane geschehen ist, war nur die Spitze des Eisbergs. Vehement verfolgten die Deutschen jedes Anzeichen von Widerstand; Dutzende von Freischärlerkorps wurden zerschlagen, Schnellverfahren und Exekutionen gehörten zum Alltag. Willkürmaßnahmen, ohne Rücksicht auf Alter und Geschlecht. Vor der Brutalität der in die Enge getriebenen Deutschen gab es kein Entrinnen: Fast jede Stadt, jedes Dorf hatte Opfer zu beklagen.«

NEUN

»Public Sleeping« war in dicken blauen Lettern auf einem weißen Transparent zu lesen, das zwischen den filigranen Stützstreben des Carré d'Art gespannt war. Darunter stand auf einem etwas kleineren Transparent in der gleichen Schrift gesetzt »Carla van Holden«. Beide waren fest an der Fassade und den Säulen verschnürt, um dem Mistral zu trotzen. Ich war zu Fuß durch die Altstadt geschlendert und hatte schon befürchtet, mich verlaufen zu haben, als sich das Gewirr der Gassen in unmittelbarer Nähe der Maison Carrée zu einem größeren Platz öffnete. Auf den Steinstufen turtelten die Liebespaare in der warmen Abendsonne. Ich blieb noch einen Augenblick vor dem römischen Tempel stehen, um mich an seiner Eleganz und seinen formvollendeten Proportionen zu erfreuen, bevor ich hinüber zum Carré d'Art ging. Unter der luziden Vorhalle standen schon zahlreiche Menschen in großen und kleineren Gruppen zusammen, auch im Foyer herrschte offenbar schon dichtes Gedränge. Bemüht, dem festlichen Anlass in puncto Kleidung gerecht zu werden, schlüpfte ich auf dem Weg zum Museum in mein Jackett, das ich bis jetzt über die Schulter hatte baumeln lassen. Ich war etwas spät dran und mischte mich unter die Gäste der Eröffnungsfeierlichkeiten.

Vernissagen und Ausstellungseröffnungen sind stets ein besonderes gesellschaftliches Ereignis, ein Treffpunkt der Selbstdarsteller und Szenegänger – da gibt es zwischen Frankreich und Deutschland keinen Unterschied. Nach kurzer Zeit erspähte ich zuerst Thilo und Kathrin, dann Daniel und Franca. Ich konnte ihnen nur kurz zuwinken, da schon alle Besucher in Bewegung waren, um sich einen Platz zu sichern. Mit Glück ergatterte ich noch einen freien Stuhl. Ich saß getrennt von den anderen ziemlich weit hinten und ließ den Blick über die mir unbekannten Gesichter wandern. Saloppe, dunkel gekleidete Zeitgenossen, mit den uhren- und krawattenlosen Insignien der Künstlergemeinde. Steife Vertreter der lokalen Prominenz, ein paar aufgetakelte Arztgattinnen sowie ergraute Honoratioren, wie man sie wohl in jeder Provinzmetropole vorfindet. Und überall stilsichere Kommunikation, am Rande der Bedeutungslosigkeit balancierend, dazwischen ein paar wohldosierte Lästereien.

Schließlich ebbte das Gemurmel ab. Carla – sie trug einen eleganten dunkelgrauen Hosenanzug, der sie vor dem versammelten Auditorium fast zerbrechlich wirken ließ – schritt eingerahmt von drei Männern zum Podium und setzte sich in die Mitte der ersten Stuhlreihe. Es folgten mehrere Ansprachen vom Museumsdirektor über den Kulturreferenten bis hin zum Stellvertreter des Regionalpräfekten, die unisono nicht nur Carlas Werk lobten, sondern auch die Bedeutung von Nîmes als Stadt der Künste und der Kultur betonten. Ein paar Plätze neben mir machten sich zwei Journalisten ein paar Notizen, weiter vorne wurde das Geschehen von den Blitzlichtern der Kameras erhellt. Noch eine letzte Rede, dann war die Ausstellung eröffnet; die Menschen im Foyer gerieten in Bewegung, drängten den Ausstellungsräumen entgegen.

Ich stieg die mattgläsernen Stufen der monumentalen Treppe empor, die das gesamte Gebäude durchmisst. Interessiert verfolgte ich, wie Carla noch immer im Fokus des Medieninteresses stand. Zwei Fernsehkameras begleiteten sie auf ihrem Gang durch die Ausstellung. Wie die meisten Fotografen, die ich kenne, lässt sich auch Carla nur höchst ungern fotografieren und aus der Rolle des Beobachters drängen. Doch sie wusste, dass sie an diesem Abend der Öffentlichkeit verpflichtet war, und begegnete den Pressevertretern mit ausgesprochener Höflichkeit; selbst als diese den Wunsch äußerten, sie möge doch vor einem ihrer Bilder posieren, fügte sie sich ohne Widerspruch. Um dem Trubel und den klirrenden Sektgläsern zu entgehen, entschied ich mich zuerst für einen der hinteren, weniger besuchten Räume. Soweit es möglich war, wollte ich Carlas Fotos in Ruhe auf mich wirken lassen.

Doch als ich ein Bild betrachtete, das einen schlafenden Soldaten zeigte, der seinen Helm zärtlich wie ein Baby umschlungen hielt, schweiften meine Gedanken zu Fabienne ab. Betroffen und wortkarg waren wir nebeneinander hergelaufen, hatten unsere Bahnen planlos durch Nîmes gezogen. Georges Goudineaus tragische Geschichte hüllte uns ein. Die Stadt war voll von Touristen, die sich in Scharen träge durch die schmalen Straßen bewegten. Nach und nach passte sich unser Gemüt wieder dem heiteren Sommertag an. In einem kleinen Supermarkt hatten wir uns mit Mineralwasser, Obst und Käse eingedeckt, dann hatte Fabienne vorgeschlagen, einen lauschigen Platz in den Jardins de la Fontaine zu suchen. Wir kauften noch ein Baguette und machten uns auf den Weg, liefen an Boulespielern vorbei, die ihr Können begleitet vom metallischen Klacken der Kugeln im Schatten der Platanen zelebrierten; neben überdimensionalen Statuen hatten sich ein paar alte Männer zum Kartenspielen zusammengefunden, und Mütter schoben ihren friedlich schlummernden Nachwuchs im Kinderwagen vor sich her, das dunkle Dach der Baumkronen als Sonnenschutz suchend.

»Zusammen mit dem Jardin du Luxembourg in Paris ist dies mein Lieblingspark«, sagte Fabienne, drehte sich einmal um die eigene Achse und eilte mir ein paar Schritte voraus. Auf eine Balustrade gestützt, erwartete sie mich. »Ein paar Stunden inmitten steinerner Vasen und barocker Putten, behütet von Nymphen und Faunen lassen einen allen Unbill vergessen.«

Ich trat neben sie und berauschte mich an der imposanten Fabelwelt mit ihren Wasserbecken, Fontänen und skurrilen Skulpturen. »Vielleicht sollten wir dem Quellgott Nemausus ein Opfer bringen.«

»In welcher Angelegenheit willst du ihn denn gütlich stimmen?«

»Tja, dies bleibt mein Geheimnis, sonst geht es nicht in Erfüllung.«

Sie knuffte mich in den Bauch, und wir machten uns auf, die Parkanlagen zu erkunden. Schließlich stiegen wir an den Zedern- und Tannenhängen des Mont Cavalier zur Tour Magne hinauf, Meter um Meter ließen wir den Lärm der Stadt hinter uns. Als ich Fabienne intuitiv die Hand reichen wollte, um ihr über einen steilen Abhang zu helfen, lehnte sie freundlich, aber energisch ab. Geschickt nutzte sie einen Mauervorsprung aus und zog sich empor. Oben angekommen, atmeten wir kurz durch. Die Aussicht war phantastisch: Nîmes lag uns zu Füßen. Ein steter Wind strich erfrischend über die Hügelkuppe. Wir fanden einen geeigneten Platz, setzten uns ins gepflegte dunkle Gras und hielten inne, nicht aus Erschöpfung, sondern um uns zu sammeln. Dann breiteten wir unsere Einkäufe vor uns aus und begannen zu essen. Fabienne widmete sich konzentriert einem weißen Pfirsich, wobei sie sichtlich bemüht war, sich nicht vollzutropfen. Minutenlang wechselten wir keine Silbe. Jeder hatte sich in seine Gedanken zurückgezogen.

»Pauletta und Paul – seltsame Koinzidenzen«, dachte ich laut. »Zwei deutsche Emigranten mit nahezu gleichen Namen, mit gleichen Idealen, mit dem gleichen Leidensweg.«

»Und glücklicherweise sind beide nicht dem Vergessen anheimgefallen«, ergänzte Fabienne. Sie nahm ihre Sonnenbrille ab und führte den Bügel bedächtig an ihrer Unterlippe entlang. »Über den Tod hinaus verbunden, ohne sich wahrscheinlich je kennengelernt zu haben.«

»Glaubst du, Monsieur Goudineau hat für Pauletta mehr als Freundschaft empfunden?«

»Er hat sie zumindest aufrichtig bewundert. Und ist die Liebe nicht immer eine andere Form der Verehrung? Selbstlos und unvollendet – jedenfalls in ihrem Anfangsstadium.«

»Kein Taumel, kein Sichverlieren im Hier und Jetzt?«

»Nein. Wer liebt, projiziert seine Wünsche und Sehnsüchte in die Zukunft.«

Ein paar Sekunden lang sinnierte ich mit geschlossenen Augen darüber, wie Fabienne dies gemeint haben könnte.

»Träumst du?« Fabienne stieß mich sachte an und schenkte mir ein Lächeln, als sei sie bereit, die Welt in Frage zu stellen.

Ich verneinte und unternahm einen Ablenkungsversuch, indem ich sie fragte, ob sie noch einen Pfirsich wolle. Sie schüttelte den Kopf und sagte, sie sei satt, einzig eine Schale Erdbeeren könne sie noch in Versuchung bringen.

»Hast du noch etwas von Monsieur Perras gehört?«, erkundigte sich Fabienne unverhofft.

»Nein, ich habe noch zweimal im Hotel angerufen und dort

auch meine Telefonnummer hinterlassen, aber es hat sich bisher niemand gemeldet. Und eine Vermisstenanzeige kann ich ja schwerlich bei der Polizei aufgeben.«

»Seltsam«, murmelte Fabienne.

»Ja, anscheinend bin ich der Einzige, der nach ihm gefragt hat.«

Nachdenklich zupfte Fabienne ein paar Grashalme heraus. »Bleibt noch eine weitere Frage zu klären: Wer hat ihm diese Unterlagen zugeschickt?«

»Genauso interessant wie die Frage nach dem Wer erscheint mir die Frage nach dem Warum.«

Schweigend hatten wir uns im Halbschatten ausgestreckt. Irgendwann müssen mich die Hitze und die Müdigkeit übermannt haben. Ich schlief ein. Als ich benommen mit einem faden Geschmack im Gaumen erwachte, lag ich alleine auf der Wiese.

»Public Sleeping« war ein Langzeitprojekt, eine Fotostudie über das öffentliche Schlafen in seinen verschiedensten Facetten, die Carla seit annähernd zehn Jahren intensiv verfolgte. Wir hatten uns oft darüber unterhalten, und ich wusste, dass sie im wahrsten Sinne des Wortes über dieses Thema gestolpert war, als sie in Vietnam eine Reportage über die Spätfolgen des Krieges fotografiert hatte. Fast an jeder Straßenecke war sie auf schlafende Menschen getroffen, die inmitten der städtischen Hektik selbstverloren vor sich hin dösten, sich in all ihrer Verletzlichkeit preiszugeben schienen. Damals entstanden die ersten Fotos, zufällige Schnappschüsse, deren Bedeutung sich erst im Laufe der Jahre herauskristallisierte. Die Dokumentation einer schlafenden Welt, Bilder höchster Affinität zwischen Objekt und Fotograf. Einige von den Aufnahmen, die in Nîmes gezeigt wurden, kannte ich schon; ein paar Abzüge der ausgestellten Fotos hatte Carla an die Mauern ihres Ateliers geheftet, darunter die Aufnahme eines Vietnamesen, der sich quer über drei Motorräder hingebettet hatte und den trotz der vermeintlich unbequemen Lage eine fast meditative Aura umgab. Allesamt unaufdringliche Momentaufnahmen. Mir gefiel der fern jeglicher Banalität angesiedelte dokumentarische Charakter von Carlas Bildern. Carla fotografierte fast ausschließlich in Schwarz-Weiß; für sie waren Kontrast und Schattierung wichtiger als Farbakzente.

Irgendwie beneidete ich Carla. Weniger um ihren Erfolg als um ihre Kompromisslosigkeit. Von Anfang an hatte sie konsequent das Ziel verfolgt, sich als Fotokünstlerin zu etablieren, stets bemüht, eine unverkennbar eigene Bild- und Motivsprache zu entwickeln. Nach einem kurzen Ausflug in die Magazinszene nahm sie nur noch Aufträge an, die es ihr ermöglichten, eigenständig zu arbeiten, ohne auf die speziellen Wünsche eines Auftraggebers eingehen zu müssen. Zwar glitt sie zeitweise am Rande des Scheiterns entlang, finanziell wie ästhetisch, doch letztendlich setzte sie sich mit ihren Vorstellungen durch, entwickelte ihren eigenen Stil. Zusammen mit Andreas Gursky, Jürgen Teller und Wolfgang Tillmans gehört sie zu jenem halben Dutzend deutscher Fotokünstler der jüngeren Generation, deren Arbeiten auch international Beachtung finden.

In dem Raum, in dem ich mich befand, wurde die soziale Dimension des öffentlichen Schlafens thematisiert. Der von Pappkartons behütete Schlaf des Obdachlosen kontrastierte mit dem Wohlstandsnickerchen des Kreuzfahrtpassagiers auf dem Sonnendeck, zwei Meter daneben lagen ermattete Erntehelfer aus den Ostblockstaaten zwischen Spargelkisten an eine Mauer gelehnt. Allenthalben Erschöpfungszustände, manchmal an groteske Bestandsaufnahmen erinnernd. Gleichwohl waren es alltägliche Szenarien, deren raffinierte Bildkomposition sich oft erst beim zweiten Hinschauen offenbarte. Nahaufnahmen ohne jeglichen Voyeurismus, teilnahmslos klar. Je kleiner die Formate waren, desto mehr gewannen die Porträts an physiognomischer Konzentration.

Die meisten Bilder stammten aus Fernost und Indien. Carla hatte mir einmal nach einer längeren Asienreise erklärt, dass in Japan das öffentliche Schlafen auch einen Status ausdrückt; der *Inemuri* ist ein Sozialschlaf, der zur Schau stellt, man habe sich bis zur vollkommenen Erschöpfung abgearbeitet. Eine Form sozialer Kommunikation, für die es keine Äquivalente in der westlichen Welt gibt; für Europäer ist dieses Verhalten befremdlich, da für uns Schlafen gleichbedeutend mit Privatsphäre und Intimität ist. In Europa ist öffentliches Schlafen nicht akzeptiert, ein tabuisierter Zustand, der sich höchstens als eine Form der Provokation etablieren konnte. In Deutschland oder Amerika schlafen öffentlich nur Personen, die aus dem sozialen Netz gefallen, vom Alter oder anderen »Unbilden« geschwächt sind, sieht man von wenigen Ausnahmen ab. Mir fielen dazu zwei Mädchen ein, die Carla auf einem Bahnsteig fotografiert hatte, die Köpfe auf riesige Rucksäcke gestützt, oder der pendelnde Börsenmakler, der in einem englischen Zug über einem aufgeschlagenen Kurszettel vor sich hin döste.

»Beeindruckend, wie es Carla versteht, eine fast beängstigende Nähe zu ihren Motiven herzustellen. Subtile Momente der Intimität.«

Durch diese Bemerkung wurde ich aus meinen Gedanken gerissen. Ich drehte mich um und begrüßte Daniel, der von der Seite an mich herangetreten war. Er war in den letzten Tagen auf Carla fixiert gewesen und suchte jetzt offenbar einen Gesprächspartner, der ihm als Anker in den weiten Fluten der Ausstellung dienen konnte. Wir unterhielten uns über den Spannungsaufbau, den die geschickte Hängung der Bilder erzeugte, dann, gerade als er sich warmgeredet hatte und, Roland Barthes zitierend, etwas von hellen oder dunklen Kammern erzählte, gesellten sich glücklicherweise Thilo und Kathrin zu uns. Wir lobten die klare Bildsprache ohne technische Spielereien – Carlas Handschrift war unverkennbar – und waren uns einig, dass Carla auf einer Welle des Erfolgs schwamm, deren Ende nicht abzusehen sei.

Ein kleines »Familientreffen«. Nur Franca machte sich rar; beim Durchstreifen der Ausstellung hatte ich sie zweimal flüchtig gesehen. Unbewusst wichen wir uns aus. Doch durch den Spiegeleffekt einer Glasscheibe bemerkte ich, dass sie mich mit kritischen, zurückhaltenden Blicken musterte – zumindest bildete ich mir dies ein. Es war unsere erste Begegnung seit der gemeinsam verbrachten Nacht; beide vermieden wir es, dem anderen zu nahe zu treten.

Ich schlenderte in einen angrenzenden Raum, dessen Bilder

sich von den anderen in einem wesentlichen Punkt unterschieden: Alle Porträts waren bewusst arrangiert, obwohl sie sich scheinbar nahtlos zu den anderen Aufnahmen fügten. Erst auf den zweiten Blick erkannte man, dass die schlafenden Menschen in den vermeintlich zufälligen Alltagsszenarien mit den üblichen Vorstellungen brachen. Ein Spiel mit Grenzüberschreitungen, die auf eine Grauzone verweisen, die mit der eigenen Interpretationskraft gefüllt werden muss.

Während sich Kathrin und Daniel mit ihren Analysen und Kommentaren gegenseitig zu übertreffen suchten, verdrückte ich mich dezent. Ich wollte allein sein, Abstand gewinnen und ging zurück ins Foyer. Dort waren die ersten Anzeichen von Ermüdung und Aufbruchstimmung zu erkennen. Die Reihen lichteten sich. Ein paar Pressefotografen und Journalisten hatten sich schon mit einem unter den Arm geklemmten Ausstellungskatalog davongemacht; die restlichen Besucher schienen sich inzwischen der luftigen Aussichtsterrasse intensiver zu widmen als Carlas Fotografien. Für einen kurzen Augenblick glaubte ich, Fabienne in einer Ecke gesehen zu haben, doch suchte ich sie vergeblich.

Während ich mich umblickte, drängten sich mir immer wieder Bilder und Gesprächsfetzen von unserem in den Jardins de la Fontaine verbrachten Nachmittag auf. Die Irritation über Fabiennes Abwesenheit hatte nur kurz gewährt. Während ich mir gerade überlegt hatte, wohin und warum sie ohne Ankündigung verschwunden sein könnte, bog sie unbekümmert um eine Hecke herum. Sie schmunzelte, als sie sich wieder neben mich auf den Rasen fallen ließ und mir einen Grashalm aus dem Haar strich. Ich stützte mich auf den Ellenbogen, trank einen Schluck Wasser und rückte mein zerknittertes Hemd zurecht. Ich fühlte mich in Fabiennes Gegenwart ausgesprochen wohl und genoss ihre Nähe. Ihre unkomplizierte, erfrischende Wesensart fesselte meine Sinne auf eine spielerisch leichte Weise und versetzte mich in eine Ferienstimmung.

»Wie bist du eigentlich zur Fotografie gekommen?«, erkundigte sich Fabienne auf Französisch. Dieser Wechsel zwischen den beiden Sprachen hatte sich eingespielt, doch sobald ich Schwierigkeiten mit der Grammatik hatte oder nach einem Wort suchte, antwortete ich nach wenigen Silben wieder auf Deutsch.

»Nun«, entgegnete ich nachdenklich. »Das ist keine einfache Frage. Letztlich war es wie so oft im Leben wohl weniger Bestimmung als Zufall.«

Es ist immer ein befremdliches Gefühl, das eigene Leben in wenigen Minuten ohne Aussparung und Schönfärberei zu skizzieren. Etwas verlegen kratzte ich mich am Kinn, dann entwarf ich mit knappen Worten einen Kurzabriss meines beruflichen Werdegangs, schilderte meine problematische Schulkarriere, die letztlich ohne Abitur und Perspektiven endete und nahtlos in eine Phase der Orientierungslosigkeit mündete. Nach einem annährend zweijährigen Zivildienst, den ich die meiste Zeit staubsaugend in einer Jugendherberge verbracht hatte, tingelte ich ein paar Monate lang durch Südostasien. Zurück in Deutschland, verbrachte ich meine Tage zwischen Langeweile und Ahnungslosigkeit, jobbte in einer Kneipe und begann nebenbei mit einer alten Leica zu experimentieren. In der Dunkelkammer eines alternativen Kulturzentrums versuchte ich im Chemikaliennebel der Schalenflüssigkeiten ein paar korrekt gefilterte Aufnahmen zu entwickeln. Als ich in einem Fotoladen stand, um ein paar edle Barytpapiere zu erstehen, hörte ich zufällig, dass ein mir dem Namen nach bekannter Fotograf einen Praktikanten suchte. Ich rief an, und schon am nächsten Tag durfte ich in seinem Studio arbeiten.

Das Praktikum war interessant, ich lernte schnell einiges hinzu und verbrachte fortan meine Wochenenden nur noch mit der Kamera oder im Labor. Als ich mich dann mit einer Mappe an der Fotoschule in München bewarb, hatte ich Glück und wurde aufgenommen. Eins fügte sich zum anderen. Ein paar Kontakte hier, eine Assistenz dort, und ich rutschte Stück für Stück in die Branche hinein, akquirierte eigene Kunden und Aufträge. In den ersten Jahren erfreute ich mich an meiner Ungebundenheit und lebte meine Kreativität aus, die Erfolge stellten sich fast von alleine ein. Die Auftraggeber wurden nicht nur zahlreicher, sondern auch renommierter, meine Werbebilder leuchteten in Magazinen und hingen gelegentlich auch an Plakatwänden.

Ich machte eine kurze Pause, richtete mich auf, um einen Schluck zu trinken.

»Wo bleibt der euphorische Unterton?«, fragte Fabienne. »Dein Bericht klingt irgendwie recht abgeklärt, verhalten. Bist du nicht stolz auf das, was du erreicht hast?«

»Doch, doch, aber in der letzten Zeit hat mich meine Arbeit verdrießlich gemacht. Allzu lange war ich vom Glanz der Branche geblendet; es berauschte mich, von bekannten Agenturen gebucht zu werden und mich zwischen schönen Models zu bewegen. Identitätskrise, frühe Midlife-Crisis – wie du es auch immer bezeichnen willst. Die mit einem Lächeln vorgetragene Oberflächlichkeit, die im Werbemilieu vorherrscht, hat mich schon seit Längerem abgestoßen. Unverbindlichkeit auf allen Seiten, inhaltslos, auch meine Geschäftsreisen sind längst mehr Last als Lust.«

»Und jetzt?«

»Jetzt werde ich Detektiv und suche nach geheimnisumwitterten Résistancekämpfern und verschwundenen Hotelgästen.«

Sie stupste mich, ich verlor das Gleichgewicht und fiel lachend zur Seite.

»Gib mir eine ehrliche Antwort.«

»Ich weiß es wirklich nicht. Wenigstens sind die Honorare in den letzten Jahren reichlich geflossen, so dass ich mir um meinen Lebensunterhalt erst mal keine Sorgen machen muss. Und zur Not mache ich eben weiter wie gehabt. Abgesehen davon habe ich wirklich Gefallen an unserer Spurensuche gefunden, und das eigenartige Verschwinden von Monsieur Perras geht mir auch nicht mehr aus dem Kopf.

Fabienne lehnte sich nach hinten, stützte sich auf ihre Hände und winkelte ein Bein an, wodurch sich mir die Gelegenheit bot, mich mit ihren wohlgeformten Wadenansätzen zu beschäftigen, die aus der Dreiviertelhose herausschauten, sich in einem grazilen Bogen zu ihren schlanken Fesseln hin verengten und die senkrechten Stränge ihrer Achillessehnen wohltuend betonten.

»Was meinst du, soll ich versuchen, die beiden ehemaligen Résistancekämpfer zu kontaktieren?«

»Ja, ich denke, das ist eine gute Idee. Es ist sicherlich einfacher, wenn du mit den beiden telefonierst. Warte, ich gebe dir die Adressen.«

Ich zog den zusammengefalteten Notizzettel aus der Hosentasche und streckte ihn ihr entgegen. Ohne Hast packten wir unsere Sachen zusammen und machten uns gemächlichen Schrittes auf den Rückweg.

Als wir entlang des Quai de la Fontaine wieder in die Altstadt zurückkehrten, neigte sich der Nachmittag bereits seinem Ende zu; Stück für Stück wurde unsere Zweisamkeit vom Tosen des Berufsverkehrs aufgesogen. Unweit meines Hotels trennten wir uns, ich strich ihr zaghaft über die Schulter, während sie mir einen Kuss an die Wange hauchte. Erst jetzt wurde mir bewusst, dass sie fast einen Kopf kleiner war und mir nur knapp bis zur Schulter reichte. Beinahe gleichzeitig drehten wir uns noch einmal um und winkten uns zu. Schnellen Schrittes verschwand Fabienne in einer Nebenstraße. Sie war auf dem Weg zu einer Studienfreundin, bei der sie immer wohnte, wenn sie in Nîmes war.

★★★

Ein paar mir unbekannte Gesichter hatten sich unserer illustren Runde angeschlossen, als wir das Museum verlassen hatten, um in einem nahen Bistro weiterzufeiern, dessen Marmorboden wie ein Schachbrett gewürfelt war. Im intimen Kreis erzählte Carla von neuen Projekten, was einen manierierten Dunkelhaarigen zu intensiven Nachfragen animierte. Wie sich im Verlauf des Abends herausstellte, schrieb er für eine bekannte Kunstzeitschrift. Wer sollte es ihm verdenken, dass er die Gelegenheit ergriff, um im privaten Rahmen ein paar Informationen aufzuschnappen, mit denen er seinen Artikel aufpeppen und sich als Insider inszenieren konnte.

Carla ließ sich durch seine Anwesenheit nicht weiter stören, skizzierte ihre Arbeiten an einer Porträt-Reihe von an Alzheimer erkrankten Menschen und hob hervor, wie schwer es ihr fiel, die kurzen Sequenzen zwischen Verunsicherung, Identitätssuche und Selbstvergewisserung würdevoll mit der Kamera einzufangen. Es war typisch für Carla, ihre eigenen Arbeiten mit einer skeptischen Grundhaltung zu bewerten, so, als sei sie enttäuscht, dass sie letztlich bloß ein paar Fotos gemacht hat. Wer Carla nicht näher kannte, hätte ihre Selbstzweifel fälschlicherweise auch als eine Art Fishing for Compliments deuten können.

Als das Bistro schloss, gingen wir zurück ins Hotel. Bis zum frühen Morgen saßen wir noch in der Hotelbar zusammen, hatten geredet und getrunken. Um Normalität bemüht, hatte ich mich bewusst für den Platz neben Franca entschieden. Beide verhielten wir uns abwartend, gehemmt. Dennoch wagte es anfangs keiner von uns, den anderen direkt anzusprechen. Der Fehler der Wiederholung. Erst langsam löste sich die Steifheit zwischen uns auf, was ich erleichtert zur Kenntnis nahm. Vielleicht lag es aber auch am milde stimmenden Alkohol – wer weiß?

Zur vorgerückten Stunde fiel es mir immer schwerer, den Gesprächen zu folgen. Nur mit Mühe konnte ich ein Gähnen unterdrücken, und eine bleierne Müdigkeit befiel mich. Ich stand auf, wünschte allen eine gute Nacht, schnappte mir den Zimmerschlüssel und stieg die Treppe zum zweiten Stock hinauf. Der dicke Teppich im Hotelflur dämpfte meine Schritte, als ich mich im Halbdunkel zu meiner Zimmertür vortastete. Ich war so müde, dass ich am nächsten Morgen nicht einmal mehr wusste, ob ich mir noch die Zähne geputzt hatte.

ZEHN

»Übrigens – ich bin erfolgreich gewesen!«

Merklich gut gelaunt begann Fabienne von ihren Telefonaten zu erzählen, als wir auf eine Landstraße einbogen. Wir hatten uns vor der Arena verabredet, um wieder gemeinsam zurück nach Aix-en-Provence zu fahren. Während ich in Anbetracht der ausgeleierten Stoßdämpfer damit beschäftigt war, das Auto abzubremsen, um behutsam über eine der Straßenschwellen zu gleiten, die an den Ortsrändern mit sanftem Druck die Geschwindigkeitsbegrenzung regeln, berichtete Fabienne, dass es ihr gelungen sei, Pierre Peltier zu erreichen. Das Gespräch sei schwierig gewesen, denn Monsieur Peltier sei schwerhörig, und sie habe ihn am Telefon nicht mit Detailfragen konfrontieren wollen, da sie sich nicht sicher war, ob er unser Anliegen verstehen würde. Trotzdem sei er sehr zuvorkommend gewesen und habe uns eingeladen, doch einfach auf ein Glas Wein vorbeizuschauen. Etwas problematischer sei die Kontaktaufnahme im Fall von Henri Veyrat gewesen. Erst nach diversen Umwegen und mehreren Anrufen hatte sie die Schwiegertochter am Apparat und von ihr erfahren, dass er seit einer Woche mit einem Oberschenkelhalsbruch im Krankenhaus von Apt liege, sich aber sicherlich über einen Besuch und die damit verbundene Abwechslung freuen würde. Ich fand anerkennende Worte für ihren detektivischen Eifer, und wir kamen überein, in den nächsten Tagen einen Ausflug nach Apt zu unternehmen.

Carlas Renault besaß keine Klimaanlage, und der Fahrtwind, der durch die geöffneten Seitenfenster hereinwirbelte, sorgte mehr für Lärm als für Abkühlung. Bei geschlossenen Fenstern wären die Temperaturen allerdings unerträglich gewesen, und so nahmen wir den flackernden Luftzug in Kauf. Die Reifen surrten über den Asphalt, wir sprachen über Alter, Gebrechlichkeit und den Sinn des Lebens, dann begann Fabienne unvermittelt von ihrem Vater zu erzählen. Ich drosselte das Tempo, um ihr besser zuhören zu können. Mir gefiel das dunkle Timbre ihrer Stimme.

Seit dem Tod ihrer Mutter fühlte sie sich zunehmend für ihren Vater verantwortlich. Fabienne war ein Einzelkind – wie ich. Nachdem er vor zwei Jahren in Pension gegangen war – er hatte lange Zeit als Ingenieur bei der Staatlichen Elektrizitätsgesellschaft gearbeitet –, war ihre Beziehung intensiver geworden. In losen Abständen verbrachten sie das Wochenende zusammen, oder er kam abends nach Aix, um mit ihr in ein Restaurant zu gehen – mühelose, lieb gewonnene Rituale. Da es ihm schwergefallen war, sich mit seinem Rentnerdasein anzufreunden, hatte Fabienne ihm den Posten in Les Milles vermittelt. Anfangs hatte er auf den Vorschlag ablehnend reagiert, erst als sie insistierte, offenbarte er nach und nach, dass sein Onkel als Aufseher im Lager gearbeitet hatte. Fabiennes Verblüffung war groß: Sie hatte zwar gewusst, dass ihr Großonkel bei der Gendarmerie gewesen war, aber erst jetzt erfuhr sie, dass er zum Wachdienst in Les Milles eingeteilt worden war.

Fabienne beendete ihren Bericht, als wir die ersten modernen Vororte erreichten – urbane Wucherungen, deren Monotonie sich in ganz Europa ähnelt und von denen auch das stolze Aix nicht verschont geblieben ist. Es war früher Nachmittag. Der Asphalt flirrte; die Stadt brütete unter einer milchigen Hitzeglocke. Die Montagne Sainte-Victoire, Cézannes heiliger Berg, lag im Dunst, kaum mehr als ein dunkler Schatten. Die Straßen waren wenig befahren, so dass wir zügig ins Zentrum gelangten. Fabienne lotste mich zu einer am Altstadtrand gelegenen Adresse, unweit der Place des Quatre Dauphins, wo ich sie am gestrigen Morgen abgeholt hatte.

»Ich wohne in dem grauen Haus dort an der Ecke«, lenkte mich Fabienne zu einem unscheinbaren Gebäude, dessen Sandsteinfassade von Ruß und Abgasen stark in Mitleidenschaft gezogen worden war.

Ich steuerte den Renault in eine Parklücke. Wir stiegen aus. Ich öffnete den Kofferraum, nahm Fabiennes Gepäck heraus und stellte es auf den Bürgersteig. Mit Schwung klappte ich den Kofferraumdeckel zu. »Ich würde gerne sehen, wie du wohnst.«

Fabienne musterte mich eindringlich, dann huschte ein Lächeln über ihr Gesicht, und sie deutete auf den Boden. »Wenn du mir die Tasche hinaufträgst, dann lade ich dich zu einer Besichtigungstour ein.«

Sie drückte die in eine Toreinfahrt eingelassene Holztür auf. Wir überquerten einen kopfsteingepflasterten Innenhof und standen vor einer weiteren Tür, die wahrscheinlich einst als Dienstboteneingang fungiert hatte. Fabienne schloss auf und hielt mir die Tür mit demonstrativer Demut auf, damit ich ihre Tasche hinauftragen konnte. Die Wohnung befand sich im dritten Stock. Die Fenster waren abgedunkelt, und erst langsam, als sich meine Augen an das diffuse Licht gewöhnt hatten, konnte ich ein paar Details ihrer Einrichtung erkennen. Soweit ich sehen konnte, waren es drei, vielleicht auch vier Zimmer, geräumig und mit hohen Decken.

Die Autofahrt war anstrengend gewesen. Wir waren matt und verschwitzt. Während Fabienne in die Küche ging, um uns etwas zu trinken zu holen, ließ ich meinen Blick durch die offenen Türen über Bücherregale, eine altertümliche Holztruhe und das gleichmäßige Muster des Schiffsparketts gleiten. Es interessierte mich, wie Fabienne lebte, aber da ich nicht den Verdacht erwecken wollte, indiskret zu sein, folgte ich ihr zügig.

»Was möchtest du trinken?«

»Ein Glas Mineralwasser, und am besten schön gekühlt, wäre wunderbar.«

»Mit Eiswürfeln?«

»Nein danke, einfach nur sprudeliges Wasser«, antwortete ich. Aus den Augenwinkeln heraus erspähte ich das Plakat von einer Beckmann-Ausstellung, die ich vor Jahren selbst besucht hatte.

Sie holte eine Flasche Perrier aus dem Kühlschrank, stellte zwei Gläser auf den Tisch und füllte diese bis knapp unter den Rand. Als sie den Verschluss zudrehte, musterte ich ihre wohlproportionierten Hände. Die Finger waren schlank und zart, während der sehnige Handrücken mit seinen deutlich hervortretenden Adern signalisierte, dass sie kräftig zupacken konnte.

Noch im Stehen leerten wir unsere Gläser. Fabienne schenkte nach.

»Du warst schon mal in Leipzig?«, fragte ich unvermittelt.

»Woher weißt du das?«, erwiderte sie auf meine Anspielung

mit einem Stirnrunzeln, in dem sich Überraschung und Neugier paarten.

Ich deutete auf das Ausstellungsplakat, das an der Wand über dem Tisch hing: ein in Rot- und Brauntöne getauchtes Selbstporträt, auf dem sich Beckmann mit erhobenem Waldhorn formatfüllend in Szene gesetzt hat.

»Aahh«, schnalzte sie jetzt wissend. »Zusammen mit Torsten, meinem damaligen Freund, hatte ich einen Ausflug in die – wie sagt man doch so schön? – neuen Bundesländer unternommen. Der Mauerfall lag noch nicht lange zurück, und weder Torsten noch ich waren jemals zuvor in Ostdeutschland gewesen. Zufällig fand damals in Leipzig eine große Max-Beckmann-Ausstellung statt. Ich kannte Beckmann bis dato kaum, aber seither ist er einer meiner Lieblingsmaler. Komm, lass uns hinüber ins Wohnzimmer gehen«, sagte sie, nahm die Flasche in die eine und ihr Glas in die andere Hand. Nachdem sie mir den Vortritt gelassen hatte, stand ich etwas verlegen im Zimmer und blickte mich um. Der Raum war spärlich möbliert, ein kleiner Fernseher stand in einer Ecke auf dem von Schrammen und Kratzern gezeichneten Holzboden. Fabienne setzte sich auf ein breites Sofa, das unter einem schweren Leinentuch verborgen war. Sie hatte ihren Fuß unter den Oberschenkel geschoben und forderte mich mit einer einladenden Geste auf, neben ihr Platz zu nehmen.

Ohne ein Wort zu wechseln, saßen wir ein paar Minuten lang nebeneinander, jeder an eine der Seiten des Sofas gelehnt. Ich war immer noch ein wenig erschöpft, aber zufrieden und ließ meine Gedanken ins Leere gleiten. Dann durchbrach Fabienne die Stille, die zwischen uns getreten war: »Ich bin noch im Carré d'Art gewesen.«

Sie blickte mich abwartend an, so als wollte sie meine Reaktion verfolgen, um nach einer kurzen Pause hinzuzufügen: »Doch wollte ich dich nicht stören, und so bin ich bald wieder gegangen.« Noch bevor ich beteuern konnte, dass ich mich darüber gefreut hätte, fuhr sie emotionslos fort: »Es war gar nicht so einfach, dir zu folgen, ohne bemerkt zu werden. Aus sicherer Distanz habe ich dich beobachtet, ich wollte sehen, wie du dich durch die Ausstellung bewegst, ich wollte sehen, ob du durch die Räume schlenderst oder stolzierst, ich wollte sehen, vor welcher Fotografie du stehen bleibst und mit wem und wie du dich unterhältst, ich wollte deine Gestik und deine Mimik aus der Warte des neutralen Beobachters studieren.«

Ihre Direktheit imponierte mir und machte mich gleichzeitig verlegen, dabei hatte Fabienne ihre Worte weniger an mich als an sich selbst gerichtet; sie horchte in sich hinein, so als wollte sie sich vergewissern, ob sie nur einem spontanen Einfall oder einem tieferen Verlangen nachgegeben hatte. Unruhig rutschte ich ein paar Zentimeter von links nach rechts, da ich ihren Monolog nicht unterbrechen wollte, doch Fabienne ließ sich nicht stören, sie redete unbeirrt weiter, und ich konnte, wie schon bei unserer ersten Verabredung, dem Sog ihrer Stimme nicht widerstehen.

In diesem Moment klingelte das Telefon. Nicht schrill, sondern mit einer kurzen, sich leicht steigernden Tonfolge. Zweimal, dreimal. Irritiert beobachtete ich Fabienne, aber sie reagierte nicht, obwohl es mittlerweile schon zum sechsten oder siebten Male geklingelt hatte. Gerade als ich die Situation mit einer Frage überspielen wollte, schaltete sich im Nebenzimmer der Anrufbeantworter ein. Fabiennes Blick verharrte erwartungsvoll auf dem Fußboden; sie hatte ihre Schultern fast unmerklich ein paar Millimeter nach oben gezogen. Nach dem üblichen Singsang des Ansagetextes vernahm ich eine männliche Stimme, die in einem durchdringenden, geradezu beschwörenden Tonfall auf das Band einredete. Erst jetzt stand Fabienne auf und ging zum Telefon hinüber, ohne jedoch das Gespräch anzunehmen. Ich schnappte nur ein paar Wörter und Satzfetzen auf, auf die ich mir keinen Reim machen konnte. Mit knappen Worten beendete Fabienne das Gespräch. Unruhig lief sie zweimal in die Küche und holte eine neue Flasche Wasser, dann setzte sie sich wieder zu mir und bemühte sich, unser Gespräch fortzusetzen. Doch sie erschien mir weiterhin fahrig und unkonzentriert. Wenig später unterbrach sie mich mitten im Satz und legte mir ihre Hand auf den Oberschenkel.

»Du musst jetzt gehen«, sagte sie mit einem eindringlichen Unterton. »Bitte. Ich weiß, es ist unhöflich von mir, dich so unvermittelt vor die Tür zu setzen, aber ich werde es dir später erklären.«

***

Die Tür fiel hinter mir mit einem lauten Krachen ins Schloss; das Einfahrtstor vibrierte noch sekundenlang. Unentschlossen stand ich auf der Straße und nahm mir vor, die Tür das nächste Mal sanfter zu schließen – wenn es ein nächstes Mal geben würde, korrigierte ich meine Überlegungen. Ohne dass es Fabienne nochmals direkt angesprochen hatte, war ich mir sicher, dass die Stimme auf dem Anrufbeantworter Jean-Philippe gehörte. Und obwohl es mir schwerfiel, hatte ich nicht weiter nach ihrer Beziehung zu ihm gefragt, ich scheute davor zurück, da ich fürchtete, die Grenze zur Aufdringlichkeit zu überschreiten. So stand mir einstweilen nur das Reich der Spekulation offen.

Nach kurzem Suchen erspähte ich Carlas Renault, dessen weinrote Farbe unter einer dicken Schmutzschicht kaum mehr auszumachen war. Während ich in meinen Hosentaschen nach dem Autoschlüssel tastete, entschloss ich mich spontan, noch etwas durch Aix-en-Provence zu spazieren. Ohne Ziel lief ich durch die Altstadt, wünschte mir, ich hätte einen iPod dabei, um mich mit Musik zuzudröhnen und von der Welt abzuschotten. Doch auch ohne Musik wankte ich wie ein Betrunkener durch die Stadt, einmal wäre ich fast über eine Hundeleine gestolpert. Ein oder zwei Stunden mochten so vergangen sein, dann kaufte ich mir aus alter Gewohnheit eine Zeitung und setzte mich in das erstbeste Café. Es fiel mir schwer, mich auf meine Lektüre zu konzentrieren. Vergeblich versuchte ich, meine Gedanken zu ordnen, und legte die Zeitung, die ich mehr durchgeblättert als gelesen hatte, zur Seite. Ich bestellte eine Noisette und trank den kleinen, mit etwas Milchschaum zubereiteten Kaffee mit zwei schnellen Schlucken aus, warf das passende Münzgeld in das schwarze Plastikschälchen, unter dessen Klammer der Kellner den Kassenbon geklemmt hatte, und ging.

Es war spät geworden. Die Dämmerung senkte sich bereits über die Stadt, als ich mich auf den Rückweg machte. Die ersten Sterne drückten sich durch die bläulichen Wolken. Eine halbe Stunde später war es stockdunkel, der Motor schnurrte gleichmäßig. Die Fahrbahn glänzte im nächtlichen Lichtkegel der Scheinwerfer, die den Straßenrand behutsam nach Orientierungspunkten abtasteten: ein helfender Felsblock, ein dichtes Gestrüpp, wo die Markierungen fehlten und die Grenzen zwischen Fahrbahn und Bankett verschwammen. Die Dunkelheit verstärkte das Gefühl der Geschwindigkeit. Ich ärgerte mich ein wenig, nicht früher aufgebrochen zu sein, andererseits forderte die kurvenreiche Strecke meine ganze Konzentration und lenkte mich ab.

★★★

Die Sonne brannte erbarmungslos vom Himmel. Keine Wolke war zu sehen, indes die Luft über den Weinbergen flimmerte und sich die Konturen wie unter einem Weichzeichner aufzulösen begannen. Seit Tagen hatte es nicht mehr geregnet, und der lehmige Boden war von spröden Rissen zerfurcht, die an manchen Stellen fast zentimeterbreit aufklafften. Eingebrannte Wundmale des provenzalischen Sommers. Carlas Hunde lagen hechelnd mit weit heraushängenden Zungen träge in einer dunklen Ecke. Kein Windhauch war zu spüren. Über dem Tal schraubten sich zwei Bussarde in Spiralen nach oben, die Schwingen braun gefleckt.

Frisch geduscht, mit noch feuchten Haaren, setzte ich mich mit einer Flasche Mineralwasser auf die beschattete Terrasse, legte die Füße hoch und nahm einen großen Schluck aus der bauchigen Flasche. Die Kohlensäure prickelte angenehm am Gaumen, während ich mich meinen Tagträumen hingab und mir überlegte, dass ich an Carlas Stelle längst einen Pool angelegt hätte. Als passionierter Hobbyschwimmer sehnte ich mich nach einem Edelstahlpool, mindestens zwanzig, am besten gleich fünfundzwanzig Meter lang; ein langes, schmales Becken, direkt an der Bruchsteinbalustrade vorbei und ein Stück weit ins Tal ragend, so dass die Wasseroberfläche und der Horizont fließend ineinander übergingen.

Aber auch ohne Pool genoss ich es, wieder alleine in Raboux

zu weilen, wenngleich nur für ein paar Stunden. Kathrin, Thilo und Lena hatten ihre Urlaubsreise wie geplant fortgesetzt, während Carla gerade auf dem Weg nach Marseille war, um Daniel und ihre Schwester zum Flughafen zu bringen. Auch für mich wurde es allmählich Zeit, Abschied zu nehmen. Zwar hatte Carla mehrfach betont, es würde ihr nichts ausmachen, wenn ich noch länger bliebe, doch hatte ich das vage Gefühl, dass sie langsam wieder zur Ruhe kommen und allein sein wollte. Drei oder vier Tage benötigte ich noch für den Kalender. Morgen wollte ich meine letzte Tour durch die Lavendelfelder unternehmen, das Kloster von Sénanque fotografieren und noch ein oder zwei Destillerien besichtigen. Allzu lange durfte ich wohl nicht mehr warten, denn die Lavendelernte hatte bereits begonnen. Ich merkte, wie mich eine dräuende Unzufriedenheit befiel, stellte die leer getrunkene Flasche auf dem Tisch ab und ging ins Haus, um mir etwas zu essen zu machen.

★★★

Mit gemächlichem Tempo lenkte ich den altersschwachen Renault über die holprigen Asphaltpisten der Haute-Provence. Die engen Straßen waren kaum befahren, so dass ich nur mit einem Auge die Fahrbahn beobachten musste und mit dem anderen auf Motivsuche gehen konnte. Einmal wäre ich fast mit einem entgegenkommenden Lieferwagen kollidiert, weil ich mich mehr auf potenzielle Motive als auf den Straßenverkehr konzentriert hatte. Doch glücklicherweise hatte der Fahrer rechtzeitig lautstark gehupt, so dass ich gerade noch zur Seite lenken konnte, dabei aber von der Fahrbahn abkam. Es rumpelte, dann knallte etwas von unten gegen die Karosserie. Mein Puls pochte, als ich anhielt und mich bückte, aber das Auto schien unversehrt.

Erleichtert fuhr ich weiter, obwohl es mir nicht leichtfiel, mich zu konzentrieren. Immer wieder schweiften meine Gedanken ab. Einerseits versuchte ich mir vorzustellen, wie es einem Deutschen in der Résistance ergangen sein mochte, andererseits dachte ich darüber nach, wie ich mehr über Monsieur Perras herausfinden konnte. Der Rest meiner Aufmerksamkeit war mit der Motivsuche beschäftigt, denn das Landschaftsszenario war fürwahr faszinierend. Immer wieder öffneten sich phantastische Blicke auf die karge Gebirgslandschaft mit ihren bizarren Gesteinsformationen und der darin sanft eingebetteten Vegetation. Und ganz in der Ferne türmten sich die Hügelketten zur Montagne de Lure auf. Hinzu kam das sprichwörtliche Licht der Provence, das Maler von Cézanne bis van Gogh begeistert hatte und mir an diesem Morgen besonders rein und klar erschien.

Ich passierte zwei enge Kurven und blickte unverhofft über einen gewellten Hang zu einer Senke hinunter: Zwischen zwei markanten Felsen breiteten sich lila blühende Lavendelfelder aus, ein halb verfallenes Haus setzte einen weiteren Akzent. Ich stieg kurz aus, um mir einen besseren Überblick zu verschaffen.

Fünf Minuten später hielt ich erneut an: Hochrädrige Trecker ratterten mit ihren kunstvoll konstruierten Mähmaschinen über die kalkigen Böden und hinterließen lange monotone Reihen, die einem Heer von grünen Igeln glichen. Die Ernte war bereits in Gange.

Die hügeligen Ausläufer des Mont Ventoux machten sich bereits bemerkbar, als mir der Zufall beistand: Ein alter Mann trennte mit einem gekonnten Sichelschnitt die blauvioletten Blütenrispen vom Strauch und legte sie gebündelt auf das schon zur Hälfte abgeerntete Feld. Sanft bremste ich im Straßenbankett, nahm mein Equipment von der Rückbank und stieg aus, nachdem ich noch schnell einen neuen Diafilm eingelegt hatte. Ich nutzte meinen erhöhten Standpunkt, blickte durch das Objektiv und zoomte den Mann heran.

Er war schon deutlich über sechzig, doch unbekümmert von der Last des Alters ging er seiner Arbeit nach; das verwaschene Hemd klebte ihm auf dem schweißnassen Rücken, die Hände waren grob und furchig. In einem gleichbleibenden Rhythmus bewegte er sich zwei Schritte zur Seite, um sich dem nächsten Busch entgegenzubeugen. Alle zwanzig Meter blieb er stehen und wetzte seine Sichel. Kurz prüfte ich die Lichtverhältnisse und setzte einen Polarisationsfilter auf, um die Farben kräftiger und satt zur Geltung zu bringen. Ich wollte ihn nicht stören und näherte mich vorsichtig mit meiner Kamera. Er nahm immer noch keine Notiz von mir und dem trockenen Klicken des Kameraverschlusses; selbst als ich ihn in einem weiten Bogen umrundete, um die Sonne im Rücken zu haben, ließ er sich nicht stören. Dann entdeckte ich einen morschen Zaun, den ich in den Vordergrund rückte, um dem Bild mehr Tiefe und Spannung zu verleihen.

Ich war zufrieden und verließ die archaische Szenerie so unauffällig wie möglich. Ein paar Straßenkehren später stiegen ein paar Rauchfahnen hinter einem Hügel auf. Ich wusste, dass eine Lavendeldestillerie schon vom Weitem an ihren fahrig wabernden Wolken zu erkennen ist. Zwei Minuten und eine lang gestreckte Kurve später sah ich meine Vermutung bestätigt: Die Rauchschwaden stammten von einer Destillerie, die von Feldern umgeben am Rand eines Dorfes lag. Wie eine schwere Wolke hing der Lavendelduft in der Luft.

Zwei Männer waren damit beschäftigt, die trockenen Lavendelbündel mit Heugabeln in einen großen Bottich zu stopfen. Die Destillerie glich einer halb offenen, windigen Scheune. Ich nickte den beiden freundlich zu und erkundigte mich, ob ich sie fotografieren dürfe. Sie bejahten und fuhren mit ihrer Arbeit fort, bis sich der Deckel gerade noch schließen ließ. Dann schürten sie das Feuer unter einem Kessel wieder an und leiteten den Dampf in den Bottich, um die ätherischen Öle des Lavendels zu lösen. Währenddessen hielt ein Traktor vor der Destillerie. Der offene Anhänger war gefüllt mit gebündelten Blütenzweigen. Ein junger Bauer, dessen nackter Oberkörper in einer blauen Latzhose steckte, kletterte vom Fahrersitz und kam auf mich zu. Ich lächelte ihn an. Er blickte auf meine umfangreiche Kameraausrüstung, und ohne dass ich danach gefragt hatte, erklärte er mir, dass der Lavendel spätestens drei Tage nach der Ernte verarbeitet werden müsse. Mit einer Kopfbewegung forderte er mich auf, ihm zu folgen.

»Die Stängel dürfen nicht zu dicht gepresst sein, sonst kann der Dampf nicht aufsteigen, und nicht zu locker, sonst zieht er zu schnell durch«, sagte er, als wir direkt vor der Destillerieanlage standen, deren Gerüche mir längst mit einer aufdringlichen Penetranz die Nasenschleimhäute vernebelt hatten. »Anschließend wird der Druck im Kessel erhöht, so dass dem Lavendel seine Wirkstoffe entzogen und im Öl gebunden werden.« Er wies mich auf ein von kaltem Wasser umspültes Rohr hin, aus dem das gelblich schimmernde Öl träge in einen Auffangbehälter floss. »Für einen Liter brauchen wir vierzig Kilogramm Lavandin oder mehr als die dreifache Menge echten Lavendels.« Ich gab meiner Verwunderung über das Missverhältnis Ausdruck, doch er schwärmte, dass man den wilden Lavendel schon am Duft erkennen könne. Er sei viel intensiver, so versicherte er mir, und unterscheide sich von Lavandin wie das Aroma von Walderdbeeren von dem der auf Feldern geernteten Früchte. Eine Stunde verfolgte ich das Geschehen, dann hatte ich genug fotografiert. Ich packte meine Ausrüstung und bedankte mich zum Abschied.

Im Auto griff ich nach der Landkarte, die halb ausgebreitet über dem Beifahrersitz hing, und studierte den Weg zur Abbaye de Sénanque. Lars hatte mich eindringlich gebeten, ein paar schöne Aufnahmen von der Abtei zu machen. Zusammen mit seinen vorgelagerten Lavendelfeldern verkörperte das Kloster von Sénanque den provenzalischen Sehnsuchtsmythos. Es dauerte fast doppelt so lange wie geplant, einen kurzen Zwischenstopp in einem Café in Sault nicht eingerechnet. Obwohl es nur rund fünfzig Kilometer Luftlinie waren, zog sich die Fahrt auf den kleinen Départementstraßen über nahezu zwei Stunden hin. Der Renault kämpfte sich mit röhrendem Motor mehrere kleine Anhöhen empor, einmal steckte ich inmitten einer Schafherde fest, später musste ich eine Viertelstunde lang hinter einem mit Fahrrädern, Kajaks und Surfbrettern dekorierten Wohnmobil herzockeln, das zu breit war, als dass ich es in der engen Schlucht hätte überholen können.

Dementsprechend verschwitzt und genervt war ich, als ich endlich in die staubige Stichstraße zum Kloster einbog. Doch ich hatte Glück: Die Ernte hatte noch nicht begonnen! Das Lavendelfeld erstreckte sich in seinem blauen Glanz bis fast an die Klostermauern. Entspannt stellte ich das Auto auf dem Besucherparkplatz ab, warf meinen Kamerarucksack über die

Schulter und erkundete das Areal, um ein paar Einstellungen und Bildausschnitte zu prüfen. In mehreren parallelen Reihen waren die Lavendelbüsche direkt auf das von einem schlichten quadratischen Glockenturm bekrönte Kloster ausgerichtet; nur ein knorriger Olivenbaum schob sich plakativ vor das alte Gemäuer, das noch immer den strengen Geist der Zisterzienserarchitektur ausstrahlte.

Um die Zeit zu überbrücken, bis die Sonne tiefer stand, das Licht weicher und die Farben satter werden würden, entschloss ich mich, die Abtei zu besichtigen. Bald stand ich in dem in dämmriges Licht getauchten Dormitorium. Das dicke, zu einer Spitztonne gewölbte Mauerwerk sperrte die Hitze aus. Von irgendwoher strich mir ein leichter Luftzug um den Hals. Den gleichen Weg wie einst die Mönche nehmend, stieg ich vom Schlafsaal hinunter zur Kirche, deren Chor, wie mir ein kleines Faltblatt verriet, ungewöhnlicherweise nach Norden hin ausgerichtet war; die Enge des Tals hatte den unbekannten Baumeistern den Standort ihres Gotteshauses vorgegeben. Hier wie im angrenzenden Kreuzgang bewunderte ich, wie nahtlos die glatten Quadersteine auf- und aneinandergefugt waren.

Fast eine Stunde verbrachte ich in dem von Arkaden eingerahmten Hof und studierte die filigran gearbeiteten Kapitelle. Trotz der vielen Besucher war der Kreuzgang ein Ort der Stille geblieben. Die Besichtigungszeit neigte sich ihrem Ende zu, als ich als einer der Letzten die Abtei verließ. Mein Warten hatte sich gelohnt: Am Rande des Lavendelfeldes entdeckte ich eine Frau und einen Mann vor ihren Staffeleien, jeder auf einem dreibeinigen Malerschemel sitzend. Sie arbeiteten konzentriert, ohne ein Wort zu wechseln; die Harmonie setzte sich bis zu den zwei nahezu identischen, in den Nacken geschobenen Strohhüten fort. Dankbar für den zusätzlichen Blickfang positionierte ich mich hinter den beiden, schraubte ein Weitwinkelobjektiv auf die Kamera und wählte die kleinstmögliche Blende, um sicherzustellen, dass alle Details von den Pinselstrichen auf der Leinwand bis in den Hintergrund scharf waren. Dann drückte ich den Auslöser.

ELF

»Haben Sie noch ein Zimmer frei?«

»Ja«, antwortete die Frau an der Rezeption. Sie holte eine dicke schwarze Mappe heraus, die sie geräuschvoll auf den Tresen fallen ließ. »Wie lange möchten Sie denn bleiben?«

»Zwei, vielleicht auch drei Nächte.«

Wir standen im Foyer eines kleinen Hotels. Während Fabienne die Eincheckformalitäten erledigte und ein Formular ausfüllte, begutachtete ich die in einem Regal zum Verkauf angebotenen kandierten Früchte und Marmeladen.

»Sie haben das Zimmer Nummer 21 im zweiten Stock«, ließ uns die Dame mit einem geübten Lächeln wissen und reichte den an einem kantigen Holzanhänger baumelnden Schlüssel über den hölzernen Tresen. »Frühstück gibt es ab acht Uhr, bei schönem Wetter wird es auf der Terrasse serviert.«

Wir bedankten uns und holten das Gepäck aus dem Auto. Es gab keinen Aufzug. Ich hatte mit meiner Kameraausrüstung und dem Koffer alle Hände voll, während Fabienne, die sich ihre einfache Reisetasche über die Schulter geworfen hatte, leichtfüßig voranging. Die Holzstufen knarrten unter dem Läufer, als wir die Treppe hinaufstiegen.

Das Zimmer lag im Halbdunkel, nur ein schmaler Lichtstreifen zog sich vom Fenster quer über den Teppichboden bis zur gegenüberliegenden Wand. Die Einrichtung war in Pastelltönen gehalten und etwas plüschig, aber trotzdem nicht ohne Charme. Als ich die angelehnten Holzläden aufstieß, waberte die schwülwarme Luft ins Zimmer. Über ein kanalisiertes Flussbett hinweg bot sich ein schöner Blick auf die Dächerlandschaft von Apt. Die Sonne zeichnete bereits tiefe Schatten. Fabienne trat neben mich. »Wir sollten noch einen Spaziergang durch die Stadt unternehmen und irgendwo etwas trinken.«

Auf einem Eisensteg überquerten wir das Flussbett – es war vollkommen ausgetrocknet – und schlenderten über einen breiten Platz, der von Cafés gesäumt war. Ein Stück weiter bogen wir in eine zur Fußgängerzone umgewandelte Gasse ein, die für den modernen Verkehr zu schmal war, aber, wie der Name »Rue des Marchands« verriet, ehedem die Hauptstraße von Apt gewesen sein musste. Wir bummelten an den Schaufenstern vorbei und liefen geradewegs auf einen imposanten Turm zu, der die Straße wie ein Stadttor überspannte.

»Dies ist der Uhrenturm, von dem Monsieur Goudineau gesprochen hat«, sagte Fabienne und fuhr sich mit den Händen durch das Haar.

»Dann muss sich die Kathedrale direkt daneben befinden«, rekapitulierte ich.

Wenig später war die mächtige Bischofskirche nicht mehr zu übersehen. Schnell fanden wir das sich zu einer Seitenstraße hin öffnende Portal und gingen hinein. Das Innere der ehemaligen Kathedrale präsentierte sich als ein weitgehend schmuckloser romanischer Bau. Gemächlichen Schrittes inspizierten wir das Mittelschiff der Kirche. Mit einer Kopfbewegung signalisierte mir Fabienne, dass sie den Eingang zur Krypta gefunden hatte. Vorsichtig gingen wir die steilen Stufen hinunter, so als müssten wir Georges Goudineaus Schilderungen verifizieren, obwohl wir diese nie in Zweifel gezogen hatten.

Ich war überrascht von der Größe der oberen Krypta; sie besaß sogar einen kleinen Chorumgang. Eine schmale Treppe führte noch tiefer ins Innere der Kathedrale. Ein schwacher muffiger Kellergeruch stieg mir in die Nase.

»Die untere Krypta stammt wahrscheinlich noch aus der merowingischen Epoche«, raunte mir Fabienne zu, während ich mich in dem engen, mäßig beleuchteten Gewölbe umsah. Die Historikerin in ihr meldete sich zu Wort. »Es handelt sich um einen der ältesten Sakralräume in der Provence.« Sie deutete auf eine Stele mit lateinischen Inschriften: »Die Fundamente dürften sogar noch in gallorömischer Zeit errichtet worden sein.«

In uns versunken standen wir noch eine Zeit lang in der Krypta, dann stiegen wir wieder hinauf und verließen die Kirche, ohne ein weiteres Wort gewechselt zu haben. Das Tageslicht blendete, Fabienne schob ihre Sonnenbrille, die sie wie einen Haarreifen getragen hatte, wieder herunter. Unbeabsichtigt atmete ich tief durch. Erst jetzt merkte ich, wie bedrückend die Enge der Grablege auf mich gewirkt hatte. Wir bummelten noch durch die Altstadt und besichtigten ein Museum. Schließlich ließen wir uns unter der ausladenden Markise eines Cafés nieder, wo wir unsere Pläne für die nächsten Tage besprachen. Wir kamen überein, zuerst Henri Veyrat im Krankenhaus zu besuchen, um dann Pierre Peltier unsere Aufwartung zu machen.

Am Abend saßen wir noch auf der Terrasse unseres Hotelrestaurants. Das dichte Blätterwerk einer Platane schirmte uns ab und dämpfte den Verkehrslärm, der sich mit den dumpfen Bässen eines Open-Air-Konzerts vermischte und zu uns herüberdrang. Fabienne bestellte einen marinierten Thunfisch und ein orientalisch zubereitetes Kaninchen mit eingelegten Feigen und Couscous, während ich mich für Croustillant de Loup et Crabe sowie ein Lammfilet mit frischen Pfifferlingen entschied. Schon der Gruß aus der Küche stimmte uns erwartungsfroh. Zu Recht: Das Essen war phantastisch. Wir waren bereits mehr als satt, als der wohlbeleibte Chefkoch zu meiner Verwunderung noch einen Dessertwagen an unseren Tisch rollte und uns aufforderte, aus rund einem Dutzend leckerer Nachtischen auszuwählen.

***

Unsere Nacktheit weckte keine Schamgefühle. Im Gegenteil: Sie löschte alle Grenzen zwischen uns aus, entledigte uns aller Maskenhaftigkeit. Wir lagen nebeneinander und waren gelöst, regelrecht befreit; ein Gefühl, das sich durch den Mangel an gemeinsamen Ritualen speiste. Die Gegenwart hatte keinen Anfang und kein Ende, sie war zeitlos, nur die Stille und der Halbschatten hüllten uns ein. Wir mussten nicht nach einer Bedeutung suchen, um das Geschehene zu bewerten, niemand rief uns zur Ordnung. In dem spärlichen Licht, das durch die zusammengeklappten Fensterläden in das Zimmer fiel, sah ich die blonden Haare auf ihren Unterarmen schimmern, kaum mehr als ein zarter Flaum. Von Leichtigkeit ergriffen, schwebte ich wie auf einem Luftkissen. Wunschlos leer. Noch Minuten nach dem Aufwachen war ich so abwesend wie ein Schwimmer, der erschöpft aus dem Becken klettert.

Es war spät geworden, sehr spät. Ist nicht das gemeinsame Erleben des Morgengrauens die Hochzeitsfanfare aller Liebenden? Die Laken waren zerwühlt, die Düfte der Lust füllten den Raum, und noch immer spürte ich die Wege ihrer Finger auf meiner Haut. Ich hatte kaum geschlafen und war noch betört von der Trunkenheit und der Maßlosigkeit des ersten Mals. Befriedigt nahm ich zur Kenntnis, dass auch Fabienne noch immer meine Nähe suchte, sich an mich schmiegte mit sinnlicher Schwere und entblößter Brust. Ich streichelte über ihren Nacken, ließ meine Hand tiefer gleiten, so als wollte ich ein letztes Mal die Zeit anhalten, die Nacht in den Tag dehnen, ihren Rhythmus spüren. Der Klang, mit dem sie meinen Namen aussprach, schmiegte sich an mein Ohr wie eine zweite Haut aus Worten. Ich suchte ihren großen, sahnigen Mund, ihre Lippen, die sich erwartungsvoll öffneten. Wir pressten uns aneinander, wiegten uns mit verschränkten Schenkeln und sich langsam steigernden Bewegungen voll unbeschwerter ausufernder Sinnlichkeit, dann sanken wir ein letztes Mal schweißgebadet zurück. Regungslos rangen wir nach Luft und Worten.

Irgendwo hatte ich einmal gelesen, der Morgen nach der ersten gemeinsam verbrachten Nacht sei entscheidend für den weiteren Verlauf einer Beziehung. Schon beim Aufwachen merkt man, ob man die Nähe des anderen noch sucht oder es vorzieht, die mehr oder weniger erfreuliche Episode als einmaligen Vorgang zu behandeln und sich diskret zu verabschieden: je nach Belieben vor oder nach dem Frühstück. Bleibt man, so leitet man einen Rollenwechsel ein. Die Affäre wandelt sich fast unweigerlich zur Beziehung.

Ein Lastwagen hupte vor dem Haus. Sie stand auf, fuhr mir durchs Haar und ging ins Bad. Durch die halb offene Tür hörte ich das Wasser in die Wanne prasseln.

★★★

Das Krankenhaus befand sich ein Stück außerhalb von Apt an der Straße, die in Richtung Marseille führt. Wir erkundigten uns nach dem Zimmer von Monsieur Henri Veyrat. Das gesamte Gebäude schien mit Lysol getränkt zu sein – ein Geruch, der meine Nasenschleimhäute reizt und bei mir jedes Mal ein beklemmendes Gefühl hervorruft. Wir gingen bis zum Ende eines langen dunklen Flurs und klopften an die beschriebene Tür. Vorsichtig drückte Fabienne die Klinke hinunter.

»Monsieur Veyrat?«, fragte Fabienne verhalten in die uns neugierig anblickende Männerrunde eines Mehrbettzimmers hinein.

»Das bin ich«, antwortete einer der beiden älteren Herren, die in dem Zimmer untergebracht waren. Monsieur Veyrat, ein kleiner, untersetzter Mann mit lebhaft funkelnden Augen, lag in einem Bett direkt vor der Fensterfront.

Wir stellten uns kurz vor. Als wir gerade zwei Stühle an das Krankenbett schieben wollten, wiegelte er freundlich ab. »Lassen Sie uns ein wenig hinausgehen. Der Arzt hat gesagt, ich soll mich bewegen.«

Er richtete sich mit Hilfe eines über dem Bett baumelnden Griffes auf, rutschte an den Rand, klemmte sich die Krücken unter den Arm und machte sich mit bedächtigen Schritten auf den Weg zur Tür.

»Außerdem wollte ich sowieso eine Zigarette rauchen«, verkündete er mit einem Augenzwinkern, als er von uns eingerahmt dem Aufzug entgegenschritt.

»Sie sind ja schon wieder ganz flott unterwegs«, sagte Fabienne aufmunternd.

»Ja, in zwei oder drei Tagen soll ich voraussichtlich entlassen werden – und, ehrlich gesagt, es wird auch langsam Zeit. Auf Dauer ist es hier ganz schön langweilig. Und in meinem Alter«, fügte er spitzbübisch hinzu, »lässt auch die Begeisterung für hübsche Krankenschwestern allmählich nach.«

Eingehüllt in einen verblassten weinroten Morgenmantel, der seine besten Tage hinter sich zu haben schien, steuerte Monsieur Veyrat auf eine etwas abseits gelegene Bank zu, die angenehm im Schatten lag. Vorsichtig setzte er sich, lehnte die Ellenbogenstützen seiner Krücken gegen die Sitzfläche und bekundete: »Hier draußen gefällt es mir schon besser.«

Wir nahmen rechts und links von ihm Platz, dann erklärte

ich ihm, dass ich mich für das Schicksal eines deutschen Exilanten interessiere und hoffe, dass er mir bei meinen Recherchen weiterhelfen könne.

»Ich weiß nicht, ob Sie bei mir an der richtigen Adresse sind«, brummte er skeptisch und begann sich am Hals zu kratzen.

»Nun«, entgegnete ich, ohne mich von seiner Skepsis beeindrucken zu lassen, »der von uns gesuchte Deutsche hat während des Krieges eine Zeit lang in der Nähe von Apt gelebt und ist in der Résistance aktiv gewesen.« Seine Miene hellte sich auf, als er das Wort Résistance vernahm. Erleichtert fuhr ich mit meinen Erklärungen fort: »Leider sind unsere Informationen über ihn noch recht lückenhaft; es ist nicht einmal gesichert, ob Paul sein richtiger Vorname war, fest steht nur, dass er wohl im Frühjahr 1944 aufgrund seiner Beteiligung an einem Anschlag hingerichtet worden sein soll. Zu seinen wenigen Hinterlassenschaften gehören Briefe, eine Art Tagebuch und ein paar Fotografien, die hier in der Provence aufgenommen worden waren. Es wäre wichtig für uns, wenn wir herausbekommen könnten, mit wem er hier in der Region Kontakt gehabt und wo er Unterschlupf gefunden hat.«

Monsieur Veyrat hatte mir aufmerksam zugehört. Vielleicht eine halbe Minute saß er regungslos da, dann griff er in die Tasche seines Morgenmantels und fischte eine Zigarettenschachtel heraus. Bedächtig zündete er sich eine Zigarette an, klemmte den Filter zwischen Daumen und Zeigefinger, nahm einen tiefen Zug und begann mit seiner sonoren Stimme zu erzählen: »Ach, wissen Sie, das waren damals wilde Zeiten. Wir lebten in ständiger Sorge, enttarnt oder denunziert zu werden. Daher blieben einige von uns im Verborgenen, andere konnten den Schein der Normalität wahren. Unsere Arbeit bestand großteils darin, illegale Broschüren, Anweisungen und Zeitungen zu verteilen. Hierzu waren wir in zumeist kleineren Gruppen organisiert. Nur wenige hatten Zugang zum inneren Führungszirkel und wussten somit, wer in anderen Regionen zum Widerstand gehörte. Wir waren dringend angehalten, den *Cloisonnement* zu befolgen und uns von den anderen Gruppen abzugrenzen. Dies war eine Vorsichtsmaßnahme, denn auf Gnade durfte man bei den deutschen Besatzern nicht hoffen. Und unter der Folter hat schon so mancher zu reden begonnen, Freunde und Waffendepots verraten. Da ich zu den wenigen in unserer Gruppe gehörte, die offiziell zur Fahndung ausgeschrieben waren, musste auch ich untertauchen. Das Leben im Untergrund war nicht einfach. Als meine Frau Yvette in anderen Umständen war, mussten wir sogar heimlich heiraten. Wissen Sie, dessen ungeachtet kam für uns eine Abtreibung nie in Frage – nicht etwa weil das Vichy-Regime dies als Schwerverbrechen erachtete, nein, wir wollten das Kind, wir wollten uns nicht unterkriegen lassen. Und da in Frankreich bekanntlich die Namen eines Brautpaars vor dem Rathaus öffentlich ausgehängt werden müssen, fuhren wir ins Département Ardèche, wo ich einen in der Résistance aktiven Bürgermeister kannte. Die Prozedur dauerte nur wenige Minuten, dann hatten wir die Urkunde unterschrieben und waren Mann und Frau. Weder Yvette noch ich waren betrübt, dass es keine Feier geben würde. Nicht einmal einen Anzug hatte ich getragen, und Yvettes Hochzeitskleid war auch nicht weiß gewesen; es war ein schlichtes graues Jerseykleid. Aber für mich war sie dennoch die Schönste!«

Er räusperte sich kurz und strich sich mit seinen nikotingelben Fingern durchs Haar. »Ach, ich will Sie nicht langweilen ...«

»Nein, das tun Sie in keinster Weise«, versicherten wir einstimmig.

Mit einer Handbewegung wischte er unsere Beteuerungen beiseite und fuhr im Plauderton fort: »Rückblickend ist es schwer überschaubar, wer wo und in welcher Funktion zur Résistance gehört hat. Bis auf einen kleinen Kreis, mit dem man ständig in Verbindung stand, um gemeinsame Aktionen zu planen, waren die Kontakte begrenzt. Und so ist es auch verständlich, dass schon kurz nach Kriegsende eine regelrechte Legendenbildung einsetzte. Ein paar Jahre später konnte man sich des Eindrucks nicht erwehren, es habe keine Kollaborateure gegeben. Nun, die Grenzen zwischen Kollaboration und Widerstand waren manchmal fließend. Es gab auch einen großen Kreis von Sympathisanten, während andere vor den

Verhältnissen längst resigniert hatten. In zahlreichen Fällen ist es bis heute undurchsichtig geblieben, wer während der Okkupation auf welcher Seite gestanden hatte. Viele hatten sich in diesem moralischen Niemandsland bequem eingerichtet. Im Alter wird man milder, daher will ich nicht pauschal urteilen. Millionen von Franzosen hatten sich damals angepasst, aber auch die Motive für die Mitarbeit in der Résistance waren vielfältig. Manche waren Kämpfer der ersten Stunde, andere schlossen sich dem Widerstand erst in den letzten Kriegswochen an. Das Spektrum reichte vom kommunistischen Werftarbeiter bis zum adeligen Grandseigneur, und viele junge Männer handelten anfangs verständlicherweise mehr aus persönlichen denn aus ideologischen Gründen: Sie gingen in den Untergrund, um dem verhassten Zwangsarbeitsdienst zu entgehen. Wie Sie wahrscheinlich wissen, hat die Vichy-Regierung sich in einem Abkommen dazu verpflichtet, alle Männer zwischen einundzwanzig und dreiundzwanzig Jahren den Nationalsozialisten als Arbeitskräfte zur Verfügung zu stellen. Und wer will es ihnen verdenken, dass sie lieber in den Wäldern untertauchten, als in irgendeiner deutschen Fabrik am Fließband zu schuften und Bomben für Hitler zu basteln? Mag es auch sein, dass es vordergründig der *Service du travail obligatoire* gewesen war, der viele in die Illegalität getrieben hat, aber es dauerte nicht lange, bis das Feuer des Widerstands auch in ihren Augen loderte. Der Maquis hatte einen regen Zulauf und formte seine Kinder.«

Monsieur Veyrat zündete sich eine weitere Zigarette an, nahm einen tiefen Zug und ließ den Rauch nachdenklich aufsteigen. Dann befand er, genug erzählt zu haben, und streckte mir die Hand entgegen. »Zeigen Sie mir doch die Fotos, die Sie mitgebracht haben. Wer weiß, vielleicht kann ich Ihnen ja doch weiterhelfen.«

Vorsichtig reichte ich ihm den Stapel, den er mit Interesse entgegennahm. Mit der Zigarette im Mundwinkel betrachtete er geduldig Bild für Bild. Manchmal zögerte er kurz und murmelte etwas vor sich hin, bevor er sich der nächsten Aufnahme zuwandte. Schließlich schnippte er den Zigarettenstummel in einem weiten Bogen davon und verkündete mit satter Zufriedenheit: »Die Frau auf den Fotos kenne ich. Sie war die Lehrerin von meiner kleinen Schwester Françoise, und sie hat hier in Apt unterrichtet.«

★★★

Pierre Peltier lebte in einem alten Bauernhaus inmitten von hügeligen Weinbergen. Wir hatten uns mehrfach in dem Gewirr der kleinen Flurstraßen verfahren und erst im dritten Anlauf die richtige Abzweigung zu seinem Haus gefunden. Als wir in den Hof einbogen, leerte Monsieur Peltier gerade einen Eimer auf dem Kompost aus. Das Anwesen machte einen etwas heruntergekommenen Eindruck, so als hätte er niemanden mehr, der ihm zur Hand ging. Wahrscheinlich lebte er schon längere Zeit alleine auf dem Hof. Ein rostiger Anhänger stand aufgebockt neben der Scheune, zwei Hühner pickten vor einem Stapel zerschlissener Autoreifen in der Erde. Im Gemüsegarten wucherte das Unkraut. Wir parkten unser Auto vor einer lang gezogenen Scheune neben einem alten R4 und stiegen aus.

Schweren Schrittes kam er uns ein Stück entgegen. Pierre Peltier musste einmal ein kräftiger Mann gewesen sein, aber jetzt war er deutlich vom Alter gezeichnet und atmete schwer. Das rechte Augenlid hing ein Stück herab. Seine weichen, formlosen Backen waren mit violetten, geplatzten Äderchen überzogen und wölbten sich schlaff über die schlecht rasierten Wangen, die wiederum nahtlos von einem mächtigen Doppelkinn geschluckt wurden. Abwartend blieb er stehen.

Fabienne ging ihm mit einem erfrischenden Lächeln entgegen und reichte ihm so demonstrativ die Hand, dass er sie reflexartig ergriff und schüttelte. Nach einem Moment des Zauderns lud er uns kurzerhand ein, ihm ins Haus zu folgen, wo er uns sofort ein Glas Wein anbot. Kaum hatten wir uns richtig vorgestellt, schon stellte er drei stumpffleckige Gläser auf den Tisch und teilte den Rest einer angebrochenen Flasche Rosé auf. Wir stießen auf sein Kommando hin an und täuschten höflich einen ordentlichen Schluck vor. Vergnügt prostete er uns zu und betonte, er hoffe, dass der diesjährige Jahrgang ebenso gut werde.

Das Gespräch verlief nicht so leicht wie erhofft. Er sprach undeutlich mit der dahinfließenden Eintönigkeit eines Gebets, und oft redeten wir aneinander vorbei, was ihn allerdings nicht weiter zu stören schien. Teilweise fiel es mir schwer, dem Gespräch zu folgen, da er immer wieder in den breiten Dialekt des Midi verfiel. Er wirkte zeitweise unkonzentriert, was wahrscheinlich an seiner Schwerhörigkeit lag. Ein Hörgerät trug er, soweit ich sehen konnte, jedenfalls nicht. Immer wieder musste er nachfragen, doch konnte er trotz unserer zahlreichen Erklärungen keine Informationen beitragen. Pierre Peltier holte in einem weiten Bogen aus, erging sich in detaillierten Schilderungen, die stellenweise an ein mittelalterliches Heldenepos erinnerten, uns bei unserer Spurensuche aber keinen Schritt weiterhalfen. Dann schwieg er minutenlang und stierte auf sein Weinglas. Weder wusste er etwas zu Paul noch über die Umstände seines Todes beizutragen.

Mit der Zeit reagierte er auf Nachfragen immer quarriger. Nachdem er mitbekommen hatte, dass ich Deutscher war, schimpfte er auf die von den Deutschen dominierte EU und beklagte die Streichung irgendwelcher Agrarsubventionen. Als sich Fabienne erkundigte, ob er sich an einen im Frühsommer 1944 gescheiterten Anschlag erinnern könne, war es mit seiner Geduld endgültig vorbei. Ziemlich abrupt beschied er uns, wir sollten doch die alten Zeiten ruhen lassen. Unwirsch begann er im Zimmer herumzuräumen und Untertassen zu stapeln. Ich suchte Blickkontakt zu Fabienne, die vielsagend die Schultern hob und in Richtung Auto schielte. Wir tauschten noch ein paar banale Floskeln aus, um die Situation zu retten, dann standen wir auf und entschuldigten uns mit einer weiteren Verabredung. Seine Stimmung verbesserte sich schlagartig. Er zeigte Verständnis und war erkennbar froh, dass wir uns wieder verabschiedeten. Anstandshalber forderte er uns dennoch auf, auf ein Glas vorbeizukommen, sollten wir wieder in der Nähe sein. Ernüchtert zogen wir von dannen.

***

Zusammen mit dem falben Morgenlicht sickerte die Erinnerung träge in mein Bewusstsein, bruchstückhafte bunte Steinchen eines riesigen Mosaiks. Zeitverloren taumelte ich zwischen Traum und Wirklichkeit, oszillierte zwischen erinnerter Lust und flüchtendem Glück, dann durchströmte mich Fabiennes Körperwärme, so als würde Schokolade in meinen Adern schmelzen.

Sie hatte ihr linkes Bein über das meine geschlungen und schlief dabei tief und fest. Ihr zur Seite geneigter Kopf ruhte auf meiner Brust, die sich gleichmäßig dehnte und wieder senkte, während ihr Arm über meinem Hüftknochen ins Leere ragte. Unbewusst hielt ich kurz die Luft an, dann bemühte ich mich, flacher zu atmen. Ich wollte sie nicht aufwecken; ihre Nähe schien mir zu kostbar, um sie durch eine unbedachte Bewegung zu verlieren. Mit geschlossenen Augen vergewisserte ich mich ihrer Gegenwart. Pore um Pore richtete ich meine Aufmerksamkeit auf all jene Körperpartien, die Fabienne berührten, während sie an mich geschmiegt schlief.

Ich verharrte in einem erotischen Wachkoma und tastete ihren Körper ab, ohne mich auch nur einen Millimeter zu bewegen. Im Zuge dieser imaginären Erkundungsreise stellte ich fest, dass meine Hand auf ihrer linken Pobacke lag, sie einhüllte und sich der Handteller mit den leicht aufgespreizten Fingern ihren Rundungen angepasst hatte. Je mehr ich mich darauf konzentrierte, desto mehr verstärkte sich der Eindruck, meine Hand löse sich von ihrem Körper, bis sie schließlich von einem warmen, pelzigen Gefühl ummantelt über ihrem nackten Po zu schweben schien und ich nicht mehr unterscheiden konnte, wo und an welchen Stellen sich unsere Haut berührte.

Vorsichtig hob ich den Kopf und schielte über ihre matt glänzende Schulter zu meiner Hand hinunter. Der Ansatz ihres Schlüsselbeins trat deutlich hervor, obwohl sie keinesfalls dürr oder knochig war. Im Gegenteil: Ihr Körper war sehnig und durchtrainiert, so als hätte Fabienne in ihrer Jugend Leistungssport betrieben – vielleicht Leichtathletik oder Turnen, was auch ihr leichtes Hohlkreuz erklären würde. Zentimeterweise folgte ich mit meinen Augen dem sanft geschwungenen Bogen ihrer

Wirbelsäule, die flankiert von zwei zarten, fein modellierten Muskelsträngen in einer Falte des Betttuchs verschwand.

***

Schwungvoll durchfuhren wir einen der allgegenwärtigen Ronds-Points. In den letzten Wochen hatte ich Dutzende dieser illustren Kreisverkehre passiert, muntere Landmarks, aufgepeppt mit gigantischen Weinfässern, Blumenrabatten oder irgendwelchen Skulpturen, die in einem Bezug zur jeweiligen Region stehen sollten. Immer rechtsherum, entgegen dem Uhrzeigersinn, zumeist ein-, manchmal zweispurig haben sie mich wie eine asphaltierte Zentrifuge durch die Provence gespült. Ursprünglich zur Beschleunigung des Verkehrs angelegt, könnte man meinen, sie wären längst zum Selbstzweck mutiert. L'art pour l'art.

»Du musst an der nächsten Abzweigung rechts abbiegen«, sagte Fabienne, während ich noch darüber grübelte, ob die Franzosen ein ganzes Heer von Landschaftsarchitekten für die phantasievoll-kitschige Gestaltung ihrer Kreisverkehre beschäftigen.

Fabienne hatte die Karte auf ihrem Schoß ausgebreitet und wies mir den Weg. »Dann sind es noch drei Kilometer bis nach Estrillon.«

Estrillon – der Name des Ortes war ein kleiner Hoffnungsanker, an den wir uns seit Henri Veyrats Anruf klammerten. Einen Tag nach unserem Besuch hatte er sich an eine Begebenheit erinnert, die im Zusammenhang mit Pauls Tod stehen könnte. Am Telefon hatte er Fabienne von einem durch Verrat vereitelten Anschlag erzählt, der im April, vielleicht aber auch im Mai 1944 in der Nähe von Estrillon stattgefunden hatte. Die deutsche Wehrmacht habe damals in dem Marktflecken einen Stützpunkt unterhalten. Mehrere Résistanceangehörige seien damals verhaftet und standesrechtlich erschossen worden. Genaueres wusste er allerdings nicht zu berichten.

Dies war nicht mehr als ein Anhaltspunkt, aber Fabienne war überzeugt, dass es dort vielleicht ein Denkmal oder eine Gedenktafel geben könnte. Andererseits befürchtete sie, dass die

Deutschen jemanden wie Paul, der anscheinend keine näheren Angehörigen besaß, in einem anonymen Gemeinschaftsgrab auf dem nächstbesten Friedhof bestattet haben könnten.

Die Sonne war bereits hinter den Hügelkuppen verschwunden, als die ersten Häuser am Horizont auftauchten. Nur ein paar Kumuluswolken standen noch am Himmel und leuchteten wie in Karmesin getunkte Wattebäusche. Estrillon war größer, als ich es mir vorgestellt hatte. Die Straßen waren menschenleer, so dass wir ein paarmal suchend abbogen, bis wir ein Schild mit der Aufschrift »Cimetière« entdeckten, das uns zu dem am Ortsrand gelegenen Friedhof führte. Wir parkten vor einer kahlen, abweisenden Mauer, der die Witterung sichtlich zugesetzt hatte. Das schmiedeeiserne Tor stand eine Handbreit offen und quietschte, als wir uns hindurchdrängten.

Der Friedhof war durch ein Netz staubiger, leicht abschüssiger Korridore gegliedert, entlang derer sich die Gräber reihten. Automatisch verlangsamte ich meine Schritte. »À mon père«, »à mon ami«, »à mon frère« und andere Widmungen konnte man auf den kleinen Gedenktafeln aus Marmor und Messing lesen. Namenslisten als Familiengeschichten; die ältesten ließen sich kaum mehr entziffern, die neueren glänzten golden. Auf manchen Gräbern waren in Medaillons gerahmte Porträts der Verstorbenen angebracht, aufgenommen zu einem Zeitpunkt, als sich noch niemand hätte vorstellen können, dass dieses Bild einst das eigene Grab zieren würde. Erinnerungen in Sepia, von der Sonne ausgebleicht. Ich entdeckte mehrere Bilder von Männern in Uniform, deren tragisches Schicksal sie dazu verdammt hat, noch im Tod Haltung bewahren zu müssen.

Unbewusst hielt ich die Luft an, Bilder aus meiner Kindheit wurden wach. Jedes Mal wenn ich zu Besuch bei meiner Großmutter war, musste ich sie auf den Friedhof begleiten. Während sie am Grab meines früh verstorbenen Großvaters Unkraut jätete, Blumen einpflanzte und mit einer blechernen Gießkanne Wasser schöpfte, strolchte ich über den Friedhof, las die Inschriften auf den Grabsteinen und errechnete das jeweilige Sterbealter. Doch ich konnte machen, was ich wollte: Ganz automatisch führten mich meine Beine zu einem kleinen Sandsteinhäuschen am hinteren Friedhofseingang, und obwohl ich mir jedes Mal aufs Neue schwor, einen weiten Bogen um das Gebäude zu machen, ging ich mit der Regelmäßigkeit eines Uhrwerks wieder hinein. Stocksteif stand ich vor den dicken Glasscheiben und fixierte die dahinter aufgebahrten Toten; sie schienen nur zu schlafen, sorgsam aufgebahrt im gestärkten Hemd, mit ihren über dem Bauch gefalteten Händen. Ihre Haut glänzte wächsern im Neonlicht. Minutenlang wagte ich kaum zu atmen, mein Herz raste; dann rannte ich so schnell ich konnte zu meiner Großmutter zurück, wo ich am Wasserbecken spielte, um mich abzulenken.

»Verstehst du, wie man auf einem Friedhof spazieren gehen kann?«, wandte ich mich an Fabienne, die ein paar Meter vorausgegangen war.

Doch sie antwortete nicht, sie schien in ihre eigenen Gedanken versunken, zudem tönten vom nahen Sportplatz, wo die Dorfjugend Fußball spielte, lautes Geschrei und Pfiffe herüber. Bedächtigen Schrittes liefen wir über ein fast schattenloses Areal, das nur von ein paar Zypressen aufgelockert war. Eine Eidechse huschte über den geschotterten Weg. Ich sah mich um: Die Stelen der älteren Gräber neigten sich oft ein paar Grad zur Seite, so sehr hatte sie ihr Gewicht in die Erde gedrückt. Eine Handvoll monumentaler Grabdenkmäler war über den Friedhof verteilt, so als könne allein die Größe den Glanz des Verstorbenen in die Ewigkeit hinüberretten. Einige Gräber waren gut gepflegt, auf manchen der fast hüfthohen Steinquader leuchteten bunte Blumengebinde in Keramiktöpfen. Bisweilen hatte man ein paar dekorative Lavendelbüsche gepflanzt. Auf anderen wiederum lagen welke Sträuße und zur Seite gekippte Vasen.

Das Fußballspiel schien beendet zu sein; eine gespenstische Ruhe lag jetzt über dem Friedhof, die jedes noch so kleine Geräusch um ein Vielfaches verstärkte. Selbst das trockene Gras wisperte unheimlich. Unentschlossen blieb ich stehen und strich mit zwei Fingern über den glatt polierten Rand eines Marmorsteins.

»Komm, lass uns im hinteren Teil des Friedhofs suchen«, rief Fabienne.

Ich folgte ihr langsam, wobei ich meinen Blick fest auf die

Inschriften gerichtet hielt und so fast auf den frischen Aushub eines Grabes getreten wäre. Ich hielt inne und sah mich nach Fabienne um. Sie stand zwischen einigen ungepflegten Grabplatten, die sich unweit der Friedhofsmauer aneinanderdrängten. Wahrscheinlich liegen hier die Selbstmörder und anderweitig Verfemten – die Bemerkung lag mir auf der Zunge, doch dann behielt ich meine Gedanken für mich. Kronwicken, Rosmarin und anderes Strauchwerk hatten sich wie ein löchriges grünes Netz über die Gräber gestülpt. Fabienne bückte sich, drückte hier und da ein paar Zweige zur Seite und versuchte die Inschriften zu entziffern.

»Hier – wir haben es gefunden!«

Fabiennes Stimme überschlug sich fast vor Aufregung, dann verstummte sie und sank ergriffen auf die Knie. Ich stand ein paar Grabreihen entfernt und eilte schnellen Schrittes herbei. Henri Veyrat hatte recht behalten: Wir standen vor einer Reihe fast vollkommen zugewucherter Grabmäler, um die sich schon lange niemand mehr gekümmert hatte. Ich beugte mich zu Fabienne heinab. Keine Frage: Trotz der anbrechenden Dämmerung konnte man den Namen, der auf der kleinen, verwitterten Steintafel eingraviert war, problemlos lesen: Paul Maier und darunter in kleineren Lettern nur die Jahreszahlen, ohne Tag und Monat: 1914–1944.

ZWÖLF

»Ja, selbstverständlich kenne ich diese Frau.«

Madame Boisset deutete auf das Foto, das ich ihr gegeben hatte. Es war jene Aufnahme, auf der Céline mit der Schulter an einer Wand lehnt und die Arme in abwartender Haltung verschränkt hält. Die Kuppe ihres Zeigefingers ruhte demonstrativ auf Célines Brust. »Wir waren Kolleginnen.« Madame Boisset nahm ihre Brille ab, lächelte selbstvergessen, dann beugte sie sich ein Stück vor und reichte mir das Bild wieder zurück. Eine schlanke, knochige Hand; dunkelviolette, deutlich hervortretende Venen zogen sich über ihren Handrücken, dessen Haut so dünn wie Pergament schien.

Dank einem Hinweis von Henri Veyrat und weiteren Nachforschungen hatten wir Madame Boisset, eine seit Jahrzehnten pensionierte Lehrerin, in einem Altenheim ausfindig machen können und unseren Besuch telefonisch angekündigt. Nicht mehr als ein vager Hoffnungsschimmer, der sich aber schnell als ein Volltreffer entpuppt hatte.

Wir hatten das Maison de retraite schnell gefunden und uns an der Pforte angemeldet. Madame Boissets Zimmer war geräumig, aber ziemlich düster; die beiden Fenster waren hinter schweren altrosafarbenen Samtvorhängen verborgen. Die Längsseite nahm ein breiter Schrank aus dunklem Holz ein, in dessen Vitrinen ein paar Kristallgläser und Nippes aus Porzellan zu erkennen waren. Das in die Ecke gedrückte Bett war mit einer gehäkelten Tagesdecke überworfen, darüber hing eine Landschaftsszene in einem verschnörkelten Goldrahmen. Ein Fernseher, ein mit Klassikern bestücktes Bücherregal und ein kleines Sofa samt Beistelltischchen gehörten noch zur Einrichtung, die mir etwas zusammengewürfelt erschien. Es roch nach einer schwer zu bestimmenden Mischung aus Sandelholz und welken Rosen.

Madame Boisset hatte sich trotz Fabiennes Aufforderung, doch bitte sitzen zu bleiben, unter Mühen aus ihrem Lehnstuhl erhoben, um uns zu begrüßen. Sie war schlank und zierlich, doch ließen die schlaffen Hautpartien an Hals und Unterarmen erahnen, dass sie einst von kräftigerer Statur gewesen sein musste. Ihr Mund war von einem wahren Faltengeflecht eingerahmt, aber die leuchtenden Augen ließen auf einen wachen Geist schließen. Madame Boissets Kleidung war tadellos, sie trug Brillantohrringe und ein goldenes Gliederarmband, das gelegentlich leise klirrte. Man sah, dass sie sich bemüht hatte, ihr graues Haar mit Bedacht zu frisieren. Ihre lackierten Fingernägel leuchteten dunkelrot. Nur die grauen Filzschuhe, aus denen ihre Beine wie hölzerne Stelzen herausragten, schienen der Bequemlichkeit geschuldet. Ich schätzte Madame Boisset auf Ende achtzig, vielleicht war sie aber auch schon Anfang neunzig. Auf alle Fälle hatte sie jenes Alter erreicht, in dem die Erinnerung einen größeren Platz einnimmt als die Gegenwart.

»Keine Frage, dies ist Céline Perras.«

»Perras?«, antworteten wir unisono.

Wie elektrisiert blickten wir uns mit weit aufgerissenen Augen an. Immer noch vor sich hin lächelnd atmete Madame Boisset zweimal tief ein, bevor sie in einem hellen, wohl akzentuierten Französisch zu erzählen begann: »Es ist seltsam, dass sie mich gerade heute nach Céline fragen. Erst vor ein paar Tagen haben sie ›Le Temps des Cerises‹ im Radio gespielt, und ich musste an Céline denken. Ich glaube, es war die Stimme von Yves Montand, die ich gehört habe. Ach, Céline«, seufzte sie. »Wenn wir allein waren oder zusammen spazieren gingen, summte sie die Melodie oft beschwingt vor sich hin. Céline hatte zu dem Lied eine besondere Beziehung. Aber das ist alles schon so lange her. Mein Mund ist so trocken. Wären Sie so freundlich, mir eine Tasse von dem Tee dort einzuschenken?«, wandte sie sich unvermittelt an mich. Als ich aufstand, um zur Anrichte zu gehen und die Teekanne zu holen, erklärte mir Fabienne im Flüsterton: »Le Temps des Cerises‹ ist eigentlich ein Liebeslied, aber wie die ›Internationale‹ war es sehr populär während der Pariser Kommune von 1871 und gehörte seither zum Liedgut der Kommunisten. Der linken Résistance diente das Chanson im Zweiten Weltkrieg als inoffizielle Hymne, als Erkennungsmelodie des Widerstands.«

»Vergessen Sie nicht zu erwähnen, dass sich auch François Mitterrand gewünscht hat, man möge bei seiner Bestattung ›Le Temps des Cerises‹ spielen«, schaltete sich Madame Boisset ein, um sich im gleichen Atemzug für ihren Zwischenruf zu entschuldigen. »Eigentlich wollten Sie ja von mir etwas über Céline und nicht über François Mitterrand erfahren.«

Madame Boisset räusperte sich, während wir sie erwartungsvoll anblickten, dann begann sie langsam zu erzählen, so als fiele es ihr schwer, die Bruchstücke ihrer Erinnerung in eine chronologische Ordnung zu bringen. »Wenn mich mein Gedächtnis nicht im Stich lässt, so ist Céline im Herbst 1939 zu uns nach Apt gekommen. Ich weiß noch genau, es war ein regnerischer Tag, als sie erstmals der Schule ihre Aufwartung machte. Ja, Aufwartung ist der richtige Ausdruck, denn an ihrem Auftreten und wie sie sich ausdrückte, erkannte man sofort, dass sie einer gutbürgerlichen Akademikerfamilie entstammte. Unverkennbar hatte ihre Kleidung einen gewissen Pariser Chic – wenn Sie verstehen, was ich meine. Sie hatte sogar einen gemusterten Regenschirm dabei! Für jemanden wie mich, die in einer Kleinstadt aufgewachsen ist, verkörperte Céline einen Zugang zur großen Welt. Dabei war sie keinesfalls arrogant; sie begegnete jedem freundlich und zuvorkommend. Ihre verbindliche Art wirkte vertrauenerweckend. Übrigens war unsere Schule die erste Stelle, die Céline antrat, nachdem sie das Lehrerseminar abgeschlossen hatte – doch im Umgang mit den Schülern war sie trotz ihrer Jugend sehr souverän. Da wir die beiden jüngsten Lehrerinnen an der Schule waren, freundeten wir uns schnell an. Obwohl sie es sich nicht anmerken ließ, fiel mir schnell auf, dass sie nicht gerade glücklich war, an eine Provinzschule beordert worden zu sein. Sie wäre lieber in Rouen geblieben, wo sie jetzt nur noch die Sommerferien verbringen konnte, und wenn sie schon versetzt werden musste, dann hatte sie gehofft, zumindest in Paris zu landen. Dennoch machte sie sich mit Elan und Entschlossenheit ans Werk. Die Schülerinnen liebten ihren Unterricht; sie besaß eine natürliche Autorität, die es ihr ermöglichte, für Ruhe und Disziplin zu sorgen, ohne dass sie irgendwelche Sanktionen androhen, geschweige denn verhängen musste. Schon nach wenigen Monaten stellte sie einen Versetzungsantrag, doch nachdem die Deutschen den ganzen Norden unseres Landes besetzt hatten, wollte sie nicht mehr zurück in die Normandie und gewann ihrem ›Verbannungsort‹ auch positive Seiten ab. Céline hatte bei einer Witwe – ich glaube, ihr Mann war Eisenwarenhändler gewesen – zwei gemütliche Zimmer gemietet und fühlte sich in ihrer Dachstube recht wohl. Einzig mit dem fehlenden Komfort haderte sie lange Zeit. Von ihrem Elternhaus her war sie an ein eigenes Badezimmer mit Bidet gewöhnt, und in Apt musste sie sich nicht nur mit Kanne und Waschschüssel begnügen: Ihre kleine Wohnung besaß statt einer Toilette nur einen Abtritt auf dem Hof. Derartige Verhältnisse irritierten sie, kam sie doch aus einer wohlhabenden Rouennaiser Familie, die die Sommermonate traditionell auf einem kleinen Landsitz in der Normandie verbrachte. Soweit ich mich erinnere, war ihr Vater Notar oder Richter gewesen. Ein stattlicher Mann, der sie zwei- oder dreimal besucht hatte. Sein gepflegtes Auftreten und seine guten Manieren sind mir genauso im Gedächtnis geblieben wie der Umstand, dass er sein rechtes Bein etwas nachzog – eine Verletzung aus dem Ersten Weltkrieg, in dem er als Offizier in Flandern gekämpft hatte. Über ihre Mutter hat Céline hingegen kaum etwas erzählt; sie muss schon recht früh gestorben sein. Céline hatte noch ein oder zwei Halbgeschwister, die wesentlich jünger waren, und aus ihren Andeutungen konnte ich entnehmen, dass sie zu ihrer Stiefmutter ein gespanntes Verhältnis gehabt hatte. Ich vermute, dies war auch der Grund, warum sie den Lehrerberuf gewählt hatte. Sie wollte ihren Eltern, vor allem aber sich selbst, beweisen, dass sie auf eigenen Füßen stehen kann. Und einer unverheirateten Frau aus gutem Hause standen damals nicht sehr viele Berufe offen. Haben Sie Kinder?«, fragte sie uns unverhofft. Wir verneinten mit einem stummen Kopfschütteln, wobei ich aus den Augenwinkeln vergeblich auf eine Reaktion von Fabienne wartete.

»Wissen Sie, wenn man keine Kinder hat, dann werden die Kontakte im Alter spärlich, vor allem, wenn einem die Gnade zuteilwird, die meisten seiner Freunde und Bekannten überleben zu dürfen. Nach dem Tod meines Mannes waren meine Schüler gewissermaßen eine Ersatzfamilie für mich. Ein paar von ihnen besuchen mich sogar noch gelegentlich, aber zumeist teile ich mein Leben mit der Einsamkeit und der Gewissheit, schon bald der Vergessenheit anheimzufallen. Doch …«, sie ließ eine kurze Pause verstreichen, dann richtete sie sich in ihrem Lehnstuhl auf und fuhr mit dem Hinweis, nicht abschweifen zu wollen, fort, »ein halbes Jahr, nachdem sie zu uns gekommen war, begann Céline die Provence systematisch zu erkunden. Sie hatte sich den ›Guide Bleu‹ sowie das ›Bulletin‹ gekauft und unternahm fortan fast jeden Sonntag ausgedehnte Streifzüge und Wanderungen, gerade so, als würde sie in der Einsamkeit der Landschaft eine Offenbarung suchen. Selbst am einzigen schulfreien Nachmittag blieb sie nicht in ihrer Mansarde, sondern holte ihr Fahrrad aus dem Schuppen und radelte los. Die Leute schüttelten manchmal den Kopf, wenn sie allein mit einem Rucksack aufbrach, und warnten sie davor, sie könne überfallen, vergewaltigt oder von einer Militärpatrouille aufgegriffen werden. Sogar per Anhalter soll sie gefahren sein! Doch Céline ließ sich nicht beirren. Mit ihrem Lodenrock, Proviantrucksack und den bei ihren Wanderungen obligatorischen Nagelschuhen ausgerüstet, brach sie oft schon im Morgengrauen mit dem Bus auf, um erst spätabends wieder erschöpft zurückzukehren. Als Kind der Normandie liebte sie vor allem die Berge. Wie in einem Rausch genoss Céline die körperlichen Herausforderungen: Sie bestieg den Mont Ventoux und wanderte durch die kantigen Schluchten des Luberon, die Ockerbrüche von Roussillon waren ihr genauso vertraut wie das steinige Ufer der Durance. Sie war sehr sportlich und bewältigte ihre Ausflüge ohne Probleme: Nur einmal, im Spätherbst, als sie sich im Nebel verirrt und den Knöchel verstaucht hatte, konnte sie dem Herrgott danken, dass ein Schäfer mit seiner Herde vorbeikam. Wer weiß, was sonst passiert wäre.

Wenn ich ehrlich bin, so neidete ich Céline ihre Ungebundenheit. Ich hatte schon jung geheiratet, und Vincent, mein Mann, war ein – wie man so schön sagt – häuslicher Typ. Um die Wahrheit zu sagen: Je länger wir verheiratet waren, desto bequemer wurde er. Nur am Samstagnachmittag ging er zum Bouleplatz, wobei ihn ein Schwätzchen und die Gesellschaft seiner Spielkameraden mehr als die Jagd nach dem Cochonnet interessierten, er beherrschte das Spiel hervorragend, und oft gelang es ihm, mit seinen eisernen Kugeln am nächsten an das Schweinchen heranzukommen. Gerade weil Céline so anders war, bemühte ich mich um ihre Freundschaft. Sie hatte eine erfrischende Art und das Talent, sich in allen Lebenslagen zurechtzufinden. Man kann es sich heute vielleicht schwer vorstellen, aber die finsteren Zeiten des Krieges und der Besatzung schweißten die Menschen zusammen. Soweit es ging, half man sich in jenen schwarzen Jahren gegenseitig. Ich unterstützte Céline beim Wäschewaschen und anderen Arbeiten, brachte ihr hier und da etwas zum Essen mit. Sie wiederum war eine geschickte Schneiderin, die es verstand, selbst aus wenigen Stoffresten noch etwas Schmuckes zu fabrizieren. Wir wollten uns nicht unterkriegen lassen, und so arrangierten wir uns mit den Verhältnissen. Es mangelte an vielen Dingen, und man lernte zu improvisieren. Selbst in der Schule hatten wir oft nicht genug Schreibpapier für die Kinder. Und im Winter, wenn der Mistral durch die Ritzen drang, zitterten die Schüler auf den Bänken, obwohl sie in dicke Pullover und Mäntel eingemummt waren. Wir hatten nicht genügend Holz zum Heizen; spätestens in der zweiten Schulstunde waren die Glieder steif gefroren. Und abends, wenn wieder mal der Strom ausgefallen war, musste man sich mit Kerzen behelfen, aber auch die waren schwer zu bekommen. Je länger der Krieg dauerte, desto mehr spitzte sich die Versorgungslage zu – auch wenn wir es in der Provinz nur in abgeschwächter Form mitbekamen, da viele im eigenen Garten Gemüse und Obst ernten konnten. Die Rationen wurden zum wiederholten Male gekürzt, und die Schlangen vor den Lebensmittelgeschäften und Metzgereien wollten nicht enden, nur der Schwarzmarkt blühte. Allzu oft musste ich auf meine geliebten Butterkekse verzichten. Das einzige Nahrungsmittel, dessen Vorrat unerschöpflich schien, waren Steckrüben, und man konnte sich glücklich schätzen, wenn jemand in der Verwandtschaft einen Bauernhof besaß. Mein Mann witzelte, die Devise des Regimes sei ›Tracas, famine, patrouille‹.«

»Sorgen, Hunger, Patrouillen – das ist eine Anspielung auf die offizielle Vichy-Parole ›Travail, famille, patrie‹, die das französische Volk auf die traditionellen Werte Arbeit, Familie, Vaterland einschwören sollte«, schaltete sich Fabienne ein, nachdem ich etwas verständnislos die Augenbrauen zusammengezogen hatte.

»Was Céline betraf«, erzählte Madame Boisset unbeirrt weiter, jede Silbe mit Sorgfalt betonend, »so hatte sie sich recht passabel in ihrem Provinzlehrerdasein eingerichtet. Sie ging ihrer Arbeit nach, wanderte und beschwerte sich auch sonst nicht. Sie schien glücklich, wenn sie abends in Decken eingeschlungen, die Füße an die warme Bettflasche gepresst, ein Buch lesen konnte. Einzig an ihrem Gesicht, das kantiger geworden war, konnte man erkennen, dass die Widrigkeiten des Lebens an ihr zehrten.« Madame Boisset hielt einen Augenblick inne, um einen Schluck Tee zu trinken, dann fixierte sie uns abwechselnd, so als wollte sie unsere Wissbegierde überprüfen, nicht gewillt, den geringsten Anflug von Unaufmerksamkeit zu dulden, und nahm mit einer für ihr Alter erstaunlich klaren Stimme den Faden wieder auf. »Als Céline nach Apt gekommen war, war sie wie so viele andere dem politischen Geschehen distanziert gegenübergestanden, so als handle es sich um eine fiebrige Erkältung, deren Ende absehbar sei. Hitlers Truppen marschierten gen Osten, und wir sahen dem Treiben entsetzt, aber tatenlos zu. Doch je länger weite Teile Frankreichs besetzt blieben und je mehr Pétains Regierung ihre Heilsbotschaften verkündete, desto mehr rieb sich Céline an dieser Situation. Sie sympathisierte mit den Idealen eines freien Frankreichs und trat mit Nachdruck für die Wiederherstellung demokratischer Verhältnisse ein. Für die Zeit danach wünschte sie sich nicht nur freie Wahlen, sondern hoffte, dass man endlich auch uns Frauen an die Urnen lassen würde, um nicht nur den Bürgermeister, sondern auch den Präsidenten zu wählen. Nach außen hin vollzog sich der Übergang scheinbar schleichend, aber wenn ich es richtig deute, so muss etwas vorgefallen sein, als Céline 1942 die Weihnachtstage bei ihrem Vater in der Normandie verbracht hatte. Sie hat mit mir nie ein Wort darüber gesprochen, aber in den ersten Tagen nach ihrer Rückkehr war sie merklich reserviert und niedergeschlagen; sie hielt sich von gemeinsamen Unternehmungen fern. Nachfragen wiegelte sie ab und wechselte das Thema. Nun, vielleicht habe ich mich ja auch getäuscht, schließlich herrschte Krieg, und es gab der Gründe genug, die auf das Gemüt drückten.

Die Kartoffelkäfer, wie wir die deutschen Soldaten wegen ihrer grünen Uniformen und ihrer Gefräßigkeit nannten, waren aus der Provence nicht mehr wegzudenken. Sie hatten sich in den vornehmsten Häusern einquartiert und in den Cafés breitgemacht. Die meisten versuchten, sich als Angehörige einer Kulturnation zu präsentieren, vor allem die Offiziere pflegten einen Standesdünkel, tranken Champagner und gebarten sich, als poche das Blut der preußischen Könige in ihren Adern – dennoch, ihre Präsenz hatte eine ähnliche Wirkung, als hätte man eine Handvoll Sand ins Getriebe gestreut. Die Menschen waren zutiefst verunsichert und reagierten verstört auf die Besatzungstruppen. Hätte man die Wirren des Krieges zuvor noch leugnen und sich einbilden können, in einer heilen Welt auf dem Land zu leben, so war dies jetzt nicht mehr möglich. Der dicke, schwungvolle Strich, der sich wie ein gewelltes Schutzschild von Südwesten nach Nordosten über die Frankreichkarte gezogen und die *Zone libre* vor dem Stechschritt der Eroberer bewahrt hatte, war verschwunden, so als hätte er niemals existiert. Allenthalben herrschten Verwirrung und Misstrauen. Einige sympathisierten mit den Deutschen, taten ihre Begeisterung unverhohlen kund, andere waren einem persönlichen Vorteil gegenüber nicht abgeneigt und lechzten nach einem guten Geschäft, und so manche Frau, die als Dolmetscherin eingesetzt war, öffnete sich den feindlichen Avancen wie einst unser Land im Wald von Compiègne: schnell und ohne großen Widerstand.

Wie die meisten Franzosen, so litt auch Céline unter der Besatzung. Doch ein paar Wochen später schien sie wieder Mut gefasst zu haben; ihre Kommentare zu den offiziellen Verlautbarungen wurden schnippischer. Gewillt, sich aktiv für ihre Interessen einzusetzen, begann sie vorsichtig, ihren Bekanntenkreis zu sondieren und Kontakte zu knüpfen. Mir gegenüber blieb sie längere Zeit zurückhaltend. Da mein Mann bei der Unterpräfektur angestellt war, hatte sie wahrscheinlich Angst, ich könnte sie durch eine unbedachte Äußerung verraten. Doch ihre Zweifel an meiner Loyalität zerstreuten sich. Eines Tages besuchte mich Céline auf eine Tasse Kaffee, um ein paar schulische Probleme zu besprechen. Wir verbrachten einen netten Nachmittag, und als ich damit beschäftigt war, das Geschirr zu spülen, legte sie die aktuellen Ausgaben von ›Combat‹ und ›Libération‹ auf den Tisch und verabschiedete sich. Am nächsten Morgen hauchte ich ihr im Treppenhaus ein Dankeschön entgegen, und sie antwortete mit einem Funkeln ihrer Augen. Fortan brachte sie mir ab und an ein paar illegale Zeitungen mit. Sie scheute keine Gefahren und identifizierte sich schließlich ganz mit dem Kampf der Résistance. Ehrlich gesagt versuchte ich ihren Eifer zu bremsen, da ich befürchtete, sie würde eine Dummheit begehen – doch Céline wollte nicht länger tatenlos zusehen. Durch die ständige Präsenz der Deutschen steigerte sich ihre ablehnende Haltung in einen kaum zu verbergenden Widerwillen. ›Wer sich beugt, wird geknechtet‹, raunte sie mir einmal mit bebender Stimme entgegen. Resolut schlug sie meine Warnungen in den Wind und bekundete selbstbewusst, wenn sie sterben müsse, so wisse sie wenigstens, wofür. Selbst an der Schule machte sie aus ihren politischen Ansichten keinen Hehl und eckte damit an. Ein Vorfall ist mir noch gut in Erinnerung geblieben. Es muss am 9. Mai 1943 gewesen sein, denn einen Tag später hatte meine Mutter ihren siebzigsten Geburtstag gefeiert. Der zuständige Minister hatte in der Woche zuvor alle Schulen per Rundschreiben aufgefordert, eine Lobrede auf Jeanne d'Arc zu halten und dabei explizit darauf hinzuweisen, dass der Marschall Pétain ihr ›würdiger Erbe‹ sei. Eine blödsinnige Verfügung, aber Monsieur Migaud, unser Schuldirektor, war dem Vichy-Regime treu ergeben und wachte daher persönlich darüber, dass der ministerialen Anweisung Folge geleistet wurde. Nun, an diesem Vormittag mussten sich alle Klassen zur Feier des Tages auf seine Anordnung hin auf dem Schulhof versammeln. Mit verschränkten Armen stand er breitbeinig auf der Treppe unter der wehenden Trikolore und verfolgte, wie sich die einzelnen Klassen aufstellten, wobei er sich gelegentlich mit Zeigefinger und Daumen den wulstigen Schnauzbart glatt strich. Er trug das Haar immer kurz geschoren und hatte einen durchdringenden Blick, der die Schüler einschüchterte. Zudem waren seine Wutausbrüche gefürchtet. Allzu gerne ließ er dann seinen Rohrstock oder ein Lineal auf dem Rücken eines Kindes tanzen. Direktor Migaud war nur von kleiner Statur, und so rollte er bei Ansprachen immer leicht wippend auf die Fußspitzen. Doch an diesem Morgen hätte er gar keine Drohkulisse aufbauen müssen. Ihm war die Zornesröte ins Gesicht geschrieben, die Adern an seinen Schläfen pulsierten gefährlich, da jemand in der Nacht ›Vive l'honneur‹ mit schwarzer Teerfarbe an die Schulhofmauer gepinselt hatte. Bei seiner Ansprache tobte er regelrecht, denn sie müssen wissen ›Vive l'honneur‹ war das Motto der zur Befreiung aufrufenden Exilfranzosen, und so erteilte er die Anweisung, ›l'honneur‹ zu übermalen und durch ›Pétain‹ zu ersetzen. Mit grimmiger Miene ließ er die angetretene Schüler- und Lehrerschaft wissen, er werde alles in seiner Macht Stehende tun, damit der oder die Übeltäter ihrer gerechten Strafe zugeführt werden könnten. Später besuchte Direktor Migaud die einzelnen Klassen, um zu überprüfen, in welcher Form sich die Lehrer des Themas angenommen hatten. Als er in Célines Klassenzimmer kam, war sie gerade damit beschäftigt, die Kinder nach Gemeinsamkeiten zwischen Jeanne d'Arc und Philippe Pétain suchen zu lassen. Zwischen ihm und Céline hatte es zwar schon mehrfach Meinungsverschiedenheiten gegeben, doch an diesem Tag gerieten sich die beiden erstmals richtig in die Haare. Sie hatte nämlich die Tafel mit einem dicken Kreidestrich in zwei Hälften geteilt und ihre Schülerinnen den beiden Personen verschiedene Eigenschaften wie Alter, Aussehen, Geschlecht, Mut und Treue sowie ein Tiersymbol zuordnen lassen, wobei der Marschall verständlicherweise nicht sonderlich gut wegkam. Migaud riss ihr die Kreide aus der Hand und warf sie wutschnaubend zu Boden. Dann stürzte er aus dem Zimmer und brüllte, er werde ihr Verhalten weitermelden, und sie müsse sich darüber im Klaren sein, dass sie dafür die Konsequenzen in vollem Umfang zu tragen habe, schließlich sei er als ihr Vorgesetzter weisungsbefugt. In den folgenden Monaten nutzte Migaud jede Gelegenheit, Céline zu drangsalieren; sie begegnete seinen Anfeindungen mit unterkühlter Freundlichkeit und ließ ihn auf diese Weise ihre Ablehnung spüren. Irgendwie hatte ich den Eindruck, sie hatte diese feindselige Atmosphäre genossen; in einer heute wahrscheinlich schwer nachvollziehbaren Weise nährte diese Spannung ihren Willen zum Widerstand. Entschuldigen Sie«, sagte Madame Boisset, nahm die Brille ab, rieb sich über die Augenlider und lehnte sich ein Stück zurück, »ich bin jetzt ein wenig erschöpft. Ich habe mich schon den ganzen Morgen nicht besonders wohlgefühlt, und die Erinnerung an die damalige Zeit hat mich doch sehr aufgewühlt. Würde es Ihnen etwas ausmachen, mich vielleicht morgen Nachmittag noch einmal zu besuchen? Dann erzähle ich Ihnen mehr über Céline.«

»Gerne, das wäre sehr nett. Einstweilen möchten wir Ihnen für Ihre Geduld danken und uns entschuldigen, falls wir Ihre Kräfte zu sehr strapaziert haben«, erwiderte Fabienne.

»Ach nein, im Gegenteil. Es ist mir eine Freude, wenn ich Ihnen weiterhelfen kann«, versicherte Madame Boisset. Sie stand auf und schüttelte unsere Hände, indem sie diese gleichzeitig von oben ergriff und langsam kreisend hin und her bewegte.

Als wir ihr von der Tür noch einmal kurz zuwinkten, schien sie von uns schon keine Notiz mehr zu nehmen. In ihre Gedankenwelt versunken lächelte sie vor sich hin.

Wie verabredet statteten wir Madame Boisset am nächsten Nachmittag einen erneuten Besuch ab. Sie empfing uns mit warmen Worten und nestelte sichtlich aufgeregt an ihrer Tischdecke herum. Anscheinend hatte sie schon seit geraumer Zeit auf uns gewartet. Nachdem wir uns gesetzt hatten, betrieb sie munter Konversation, wobei sie nicht nur den Bogen vom schönen Wetter bis zu der Frage, ob nach dem Terroranschlag von Madrid auch in Paris Bombenattentate möglich seien, spannte, sondern ganz nebenbei noch feststellte, was für ein schönes Paar wir seien, wofür sich Fabienne höflich mit einem Augenzwinkern in meine Richtung bedankte, doch dann verstand es Madame Boisset überraschend schnell, an unser gestriges Gespräch anzuknüpfen.

»Lange Zeit hatte ich gerätselt, ob und inwieweit Céline auch aktiv am Widerstand beteiligt war. Sie empfand für Pétain und seine Regierung keinerlei Sympathien – das stand außer Zweifel, doch musste sich ja aus ihren politischen Überzeugungen nicht zwingend eine Mitgliedschaft in der Résistance ableiten. Sie direkt darauf anzusprechen, wagte ich nicht, aber meine Vermutungen wurden durch einen Zufall bestätigt.«

Madame Boissets Worte gewannen an Farbe und Lebendigkeit. Sie stürzte sich in den Schlund der verlorenen Zeiten und berauschte sich an ihren Erinnerungen, denen es weder an Schärfe noch an Detailfreude mangelte.

»Es war an einem der Pfingstfeiertage des Jahres 1943. Ich plauderte mit Madame Piedmont, einer Nachbarin, auf der Rue des Marchands. Gerade als ich mich von ihr verabschiedete, sah ich zu meiner Überraschung Céline durch das Portal der Kathedrale schlüpfen. Ich wunderte mich ein wenig, denn mit frommen Messen und Gebeten hatte ich sie bislang nicht in Verbindung gebracht, und vermutete, dass sie sich die Zeit mit einer Kirchenbesichtigung vertreiben wollte. Da ich mit ihr noch etwas besprechen wollte, folgte ich ihr arglos. Zu meiner Überraschung ließ sie das Knarren der alten Holztür, die von dem Vorraum in die Kathedrale führt, erschrocken zusammenzucken. Über die Kirchenbänke gebeugt, drehte sie sich hektisch zur Seite, um ein Bündel Papiere unter ihre Jacke zu raffen. Die Erleichterung stand ihr ins Gesicht geschrieben, als sie mich erkannte. Mit einer beschwichtigenden, aber dennoch energischen Handbewegung gebot sie mir zu schweigen. Dann zischte sie mir zu, ich solle mich im Vorraum der Kirche postieren und mich bemerkbar machen, sobald jemand käme. Mir schlug das Herz bis zum Halse. Besonders mutig war ich nie, selbst wenn ich jetzt daran denke, bekomme ich noch weiche Knie. Wahrscheinlich dauerte es nur wenige Minuten, bis Céline herauskam, doch die Zeit schien sich schier endlos in die Länge zu dehnen. Vergeblich versuchte ich meine Aufmerksamkeit auf ein Plakat zu richten, das mit Reißzwecken an eine Holzwand geheftet war. Glücklicherweise musste ich nicht Alarm schlagen, aber als Céline endlich herauskam, war ich schweißgebadet. Zum Dank strich sie mir kurz über die Schulter, dann liefen wir nebeneinander durch die Stadt, ohne ein Wort über den Vorfall zu verlieren, und auch meinem Mann habe ich weder an diesem Tag noch später davon erzählt, obwohl es mir schwerfiel, nicht darüber reden zu können. Aus Angst, irgendjemand habe uns beobachtet, schlief ich noch wochenlang schlecht und erschrak jedes Mal, sobald sich jemand unserem Haus näherte. Nun, das mag Ihnen wahrscheinlich übertrieben vorkommen, vor allem, wenn ich eingestehen muss, dass ich nur eine unbestimmte Vermutung hatte, was Céline überhaupt in der Kathedrale getrieben haben könnte. Aber ich ahnte, dass ihre Aktion mit den Straßensperren und Hausdurchsuchungen der nächsten Tage irgendwie zusammenhing. Sicher – ich hätte sie fragen können, aber stattdessen ließ ich die Angelegenheit auf sich beruhen und wartete ab. Und siehe da: Tage danach erklärte sie mir geradezu beiläufig, sie habe aus sicherer Quelle erfahren, dass an jenem Abend in der Kathedrale ein Gottesdienst für deutsche Wehrmachtsangehörige stattfinden würde, und sie hatte sich daher entschlossen, einen Aufruf zur Desertion in die ausgelegten Gesangsbücher einzuschieben. Als ich den Einwand erhob, ob sie glaube, dass alle Boches gut Französisch lesen können, entgegnete sie, ich könne unbesorgt sein, der Aufruf sei in deutscher Sprache verfasst.«

Madame Boisset machte eine kurze Pause und zog ein kariertes Stofftaschentuch aus ihrer Weste. Nachdem sie sich zweimal kräftig geschnäuzt hatte, steckte sie es wieder in die Tasche und fuhr fort: »Célines aktives Engagement für die Résistance war nicht die einzige Veränderung, die mir auffiel. Ich hatte den Eindruck, dass sie sich inzwischen mit dem Provinzleben ausgesöhnt hatte. Monat für Monat wurde sie in der Provence heimischer. Sie scherzte mit den Marktfrauen und knüpfte Freundschaften, nur die Abende verbrachte sie weiterhin alleine in ihrer Dachmansarde. Zwar gab es durchaus Männer, die ihr Avancen machten – schließlich war sie eine junge, attraktive Frau –, doch Céline hielt sie mit ihrer höflichen, aber unverbindlichen Art auf Distanz. Anfangs hatten mein Mann und ich sie zwei- oder dreimal zu Festlichkeiten mitgenommen und bei dieser Gelegenheit den Versuch unternommen, sie dem einen oder anderen Junggesellen vorzustellen. Darunter gab es durchaus gute Partien, beispielsweise Etienne, der Sohn eines örtlichen

Fabrikbesitzers. Aber unsere Mühen waren auch in diesem Fall vergeblich, obwohl Etienne – ein schmucker Kerl mit schwarzen Locken – gebildet war und die väterliche Konfitürenfabrik in absehbarer Zeit übernehmen sollte. Später tuschelte man, der Apotheker habe ein Auge auf Céline geworfen, da sie einmal gesehen worden war, als sie seinem Auto entstieg. Doch konnte ich mir nur schwer vorstellen, dass Céline seinem Werben nachgeben würde. Monsieur Delarge war zu schwerfällig, zu sehr in seinem Traditionalismus erstarrt, und Céline war wohl keine Frau, die sich danach sehnte, einen Apothekerhaushalt und Kinder zu umsorgen.

Doch ohne dass ich es recht bemerkte, hatte sie ihre Herzenswahl bereits getroffen. Manchmal ist man geradezu blind und übersieht das Naheliegende. So hätte ich mir gleich denken können, dass sich hinter ihrer guten Laune und ihrer Zuversicht ein Mann verbirgt. Doch sie schwieg und behielt ihr Glück für sich. Im Laufe jenes Sommers, dessen lange Dürreperioden die Entbehrungen des Krieges noch verstärkten, sprudelte Céline geradezu vor Lebensfreude, und ich war noch immer ahnungslos.

Als die Ferien begannen und sie angesichts der politischen Lage nicht in die Normandie reisen konnte, wollte ich sie etwas aufheitern, doch sie schob meine Bedenken beiseite. Nein, es gehe ihr gut, versicherte sie mir mit Nachdruck, außerdem habe sie schon ein paar Pläne geschmiedet. Kaum hatte die Schule ihre Pforten geschlossen, unternahm Céline in gewohnter Manier Ausflüge und Wanderungen. Es kam mir so vor, als wäre sie ständig unterwegs. Manchmal blieb sie gar tagelang fern und erzählte dann, sie sei bei einer Studienkollegin in Avignon zu Besuch gewesen. All die Wochen hatten wir nur spärlich Kontakt, und wenn ich ehrlich bin, so konnte ich nicht verstehen, warum sie inmitten des Krieges mit solch unglaublicher Leichtigkeit durchs Leben schwebte.

Erst nach und nach lüftete sich ihr Geheimnis. Genau genommen hätte ich schon früher darauf kommen können, doch war ich zu sehr in meine eigenen Probleme verstrickt; Vincent hatte, als er seinen Bruder in Manosque besuchen wollte, einen schweren Unfall mit dem Motorrad gehabt. Er war in einen

Straßengraben gerutscht und hatte sich das Bein gebrochen, so dass ich mich um ihn kümmern musste. Sicher, Céline hatte ein paar Andeutungen gemacht, die sich im Rückblick zu einem Ganzen fügten. Nur habe ich mir nichts dabei gedacht, als sie mich fragte, ob ich wüsste, wo man eine Brille reparieren lassen könne – dabei trug Céline doch gar keine Brille. Genauso wenig habe ich mich gewundert, warum sie Stoff kaufte und mehrere Hemden nähte, ohne sie je zu tragen, und das eine oder andere Mal im Plural sprach, wenn sie von ihren Wanderungen schwärmte.

Irgendwann im Spätherbst zog sie mich ins Vertrauen. Das Honigbraun ihrer Augen glänzte, als sie mir erzählte, sie habe einen Mann auf einem Ausflug kennengelernt. Paul ging ebenfalls gerne wandern, sei charmant und gebildet; einzig über seine Identität schwieg sie sich hartnäckig aus. Es freute mich aufrichtig für Céline, dass sie nach den entbehrungsreichen Monaten endlich jemanden gefunden hatte, für den sie eine tiefe Zuneigung empfand, und hoffte, dass ihre Gefühle ebenso erwidert werden würden. Gleichwohl war es offensichtlich, dass es sich um keine normale Beziehung handelte. Eine Liebe im Verborgenen, eine Liebe im Widerstand, wie ich alsbald erfuhr. Es schien Céline zu imponieren, dass Paul mit beiden Beinen im Leben stand und ein Ziel vor Augen hatte, das ihn antrieb. Nun, das muss ich zugeben, er war ein stattlicher Mann …«

»Sie haben ihn gekannt?«, fielen wir ihr fast zeitgleich ins Wort.

»Ja, gewiss! Obwohl – gekannt ist wohl etwas übertrieben. Ich habe Paul nur wenige Male kurz gesehen.«

»Erzählen Sie uns von ihm«, forderte sie Fabienne auf.

»Nun, wo soll ich da beginnen?« Madame Boisset faltete ihre Hände und rieb die Handballen gleichmäßig aneinander, ihr Blick war starr auf den Boden gerichtet. Es schien, als würde sie die damaligen Ereignisse vor ihrem inneren Auge Revue passieren lassen, dann erhob sie ihre Stimme: »Erstmals begegnete ich Paul, als er zusammen mit Céline in einem Café an der Place de la Bouqerie saß. Sie müssen wissen, als unverheiratete Frau musste man sich damals den Konventionen beugen. Vor allem in einer Kleinstadt wie Apt, wo selbst die Hinterhöfe Ohren haben. Céline konnte nicht so ohne Weiteres einen Mann zu sich nach Hause einladen. Soweit ich weiß, trafen sie sich daher meist am Wochenende in einem der umliegenden Dörfer. Aber auch ein Café als Treffpunkt war halbwegs unverfänglich und zog keinen Klatsch nach sich – der Krieg hatte die Umgangsformen gelockert. Ich erkannte Céline schon von Weitem, und da ich ahnte, dass es sich bei dem Mann an ihrer Seite um Paul handelte, wollte ich gerade die Straßenseite wechseln, um die beiden nicht zu stören. Doch Céline hatte mich bereits gesehen und winkte mich heran. Céline stellte uns vor, und Paul erhob sich, um mich mit reservierter Höflichkeit zu begrüßen. Sie hätten ihre strahlenden Augen sehen müssen! Ich kam ihrer Aufforderung nach, an ihrem Tisch Platz zu nehmen. Anfangs war Paul ziemlich zurückhaltend, erst nach geraumer Zeit taute er auf. Er machte ein paar Scherze, wobei mir ein leichter Akzent auffiel. Und wenn er lachte, konnte man eine kleine Lücke zwischen seinen Schneidezähnen erkennen. Obwohl er eine Hose aus dickem grauen Flanell und ein Jackett aus grober Wolle mit leicht abgewetzten Nähten trug, konnte man an seinem ganzen Benehmen erkennen, dass er kein Kind vom Lande war – selbst seine Kaffeetasse wusste er mit Nonchalance zum Munde zu führen. Da bestand kein Zweifel: Er hatte schon in jungen Jahren Großstadtluft geschnuppert.

Fragen Sie mich jetzt nicht, warum, aber auch ohne dass mich Céline eingeweiht hatte, ahnte ich, dass Paul in die Aktionen der Résistance verstrickt sein musste. Es gab genug Anzeichen, und so machte ich mir meinen eigenen Reim. Einiges ließ sich auch an Célines Befinden ablesen, ihre Stimmung war im Laufe des Winters deutlichen Schwankungen unterworfen. Oft lief sie tagelang nervös und angespannt durch das Schulhaus, so als warte sie auf eine erlösende Botschaft, um dann, am nächsten Morgen, wie verwandelt zum Unterricht zu kommen. Geduldig widmete sie sich ihren Schülerinnen, nur ein wenig müde und überanstrengt sah sie aus, aber ihre Augen schienen von einem seltsamen Stolz erfüllt. Damals formierte und radikalisierte sich der Widerstand gegen die Besatzer, und Paul muss auf eine Art und Weise darin involviert gewesen sein. Die *Armée secrète* bündelte ihre Kräfte. Beschränkten sich die Aktionen der Résistance früher darauf, Flugblätter zu verteilen, Plakate abzureißen oder abzufackeln, so häuften sich jetzt gewalttätige Aktionen. Anfangs wurden Reifen von Militärfahrzeugen durchstochen, Vergaser gestohlen, dann Anschläge auf Polizeistationen und andere Einrichtungen geplant und ausgeführt. Die Presse schwieg, aber immer wieder gab es Gerüchte von kleineren Scharmützeln und Explosionen, und auch die an die Häuserwände gepinselten Lothringer Kreuze ließen sich nicht übersehen. Zwar waren die Deutschen noch Herr der Lage, doch zehrten die nicht enden wollenden Attacken an ihren Nerven. Sie verhängten Ausgangssperren, riegelten Straßen ab und antworteten mit Hausdurchsuchungen. Doch letztlich konnten sie gegen die im Verborgenen agierenden Widerstandsgruppen nur wenig ausrichten.«

»Wann haben Sie Paul zum letzten Mal gesehen?«, fragte ich.

»Tja«, sie kniff die Augen zusammen, »wenn ich mich recht entsinne, dann muss es Ende Februar oder Anfang März gewesen sein. Er und Céline standen an der Straße nach Bonnieux und unterhielten sich so angeregt, dass sie mich gar nicht bemerkten, als ich mit dem Fahrrad vorbeifuhr.«

»Und was geschah dann?«, wagte sich Fabienne vor.

»Erst einmal nicht viel, mein Kind«, bremste Madame Boisset unsere Ungeduld. »Wie es mit Paul weiterging, konnte ich mir einzig aus Célines Verhalten ableiten. Ihre Laune schwankte fürderhin, manchmal wirkte sie zerstreut, an anderen Tagen reagierte sie schnell gereizt; sie zog sich immer mehr zurück, verbrachte die Nachmittage und Abende alleine, Fragen wich sie aus und gab unverbindliche Antworten. Meiner feinen Nase entging zwar nicht, dass sie mit dem Rauchen angefangen hatte, doch ansonsten blieb sie mir gegenüber sehr verschlossen. Unser Umgang beschränkte sich fast ausschließlich auf die Schule; schon in den Wochen zuvor waren die Intervalle zwischen ihren Besuchen immer länger geworden, bis sie eines Tages gar nicht mehr auf eine Tasse Kaffee vorbeikam. Über die Gründe habe ich längere Zeit gerätselt, hatten wir uns doch in den mehr als vier

Jahren, in denen Céline in Apt lebte, immer gut verstanden und auch Vertrauliches ausgetauscht. Und dann kam jener Mittwoch, an dem der Lärm in ihrem Klassenzimmer überschwappte: Ohne sich entschuldigt zu haben, war sie nach der Pause nicht mehr zum Unterricht erschienen.

Der Frühling kroch über die Hügel der Provence und vertrieb die Kälte aus den feuchten Häusern, das Kondenswasser tropfte nur noch spärlich von den Fensterscheiben, und die Männer kletterten in die Platanen, um die Zweige des vergangenen Jahres aus den knorrigen Ästen zu schneiden. Mit dem aufgesammelten Holz konnte man wenigstens noch ein paarmal das Kaminfeuer entfachen. Der lange Winter hatte an unseren Nerven gezehrt, und Heizmaterial war rar, da die Deutschen einen Großteil der Holzvorräte beschlagnahmt hatten, um die Gasgeneratoren ihrer Autos zu befüttern. Langsam gewannen die Sonnenstrahlen an Kraft, und die ersten Knospen schimmerten klebrig an den Zweigen. Und dennoch – die Freude über den Frühlingsanfang war getrübt, man hätte glauben können, jemand habe saure Milch in den Kaffee gerührt. Ich kann mich nicht entsinnen, jemals einen tristeren Frühling erlebt zu haben. Noch heute bekomme ich Gänsehaut, wenn ich an jenen Tag zurückdenke, als Céline der Schule ohne Entschuldigung fernblieb. Und Sie können mir glauben, es gibt nur wenige Augenblicke, die sich so tief auf der Zeittafel des Lebens eingegraben haben. Ich machte mir Sorgen über ihr Fernbleiben und entschloss mich, Céline am Nachmittag zu besuchen. Vielleicht war sie krank und brauchte Hilfe. Für alle Fälle packte ich ein paar Äpfel ein und füllte ihr etwas Kohlsuppe in einen Blechnapf. Es war ein lichtloser, regnerischer Tag. Durchnässt stand ich vor ihrer Tür und klopfte, aber sie reagierte nicht. Ich schwankte, war mir unsicher, ob ich wieder die schmalen Stiegen hinuntergehen sollte, doch dann machte ich auf dem Absatz kehrt, klopfte ein weiteres Mal und drückte die Klinke vorsichtig hinunter. Ich rief ihren Namen, ein-, zweimal, betrat zögerlich die Wohnung und blickte mich um. Auf dem Küchentisch stand eine Emailleschüssel mit teils schon geschälten Kartoffeln. Dann sah ich Céline am Fenster sitzen. Starr schaute sie hinaus, wobei sie die Arme vor dem Oberkörper verschränkt hielt und rhythmisch vor und zurück wippte. Die Strickjacke war über ihre Schulter gerutscht und hing auf einer Seite fast bis auf den Boden hinab. Nochmals wiederholte ich ihren Namen, aber sie antwortete nicht. Sie saß nur stumm wippend da, und nichts deutete darauf hin, dass sie mich überhaupt wahrgenommen hatte, wahrnehmen wollte. ›Paul ist tot.‹ Dies waren die einzigen Worte, die Céline hervorbrachte, dann verstummte sie wieder. Aus ihrem Schweigen dröhnte der Schmerz. Ich wusste nicht, wie ich reagieren sollte, sie wirkte so unnahbar und verletzlich zugleich. Ich stammelte irgendetwas von wann, wie und warum, aber sie wiederholte nur mit tonloser Stimme: ›Paul ist tot. Paul ist tot.‹ Dann schickte sie mich weg, hinaus in den bleiernen Regen.«

Madame Boisset hielt kurz inne und griff zu einem Taschentuch, dann fuhr sie fort: »Eine Woche lang erschien Céline nicht zum Unterricht. Wenn ich sie besuchte, blieb sie wortkarg. Ich bot ihr Unterstützung und Hilfe an, doch sie lehnte ab und sagte, sie würde schon zurechtkommen. Weder damals noch später hat sie mir erzählt, wie sie von Pauls Tod erfahren hatte. Falls sie gewusst hat, wie und wo er gestorben ist, so behielt sie dies eisern für sich. Der Kummer nagte an ihr, grub sich ein und raubte ihr jede Lebenslust. Zu meiner Überraschung kam sie eines Morgens wieder in die Schule. Pünktlich mit dem Gongschlag begann sie zu unterrichten. Sie versuchte die Fassade aufrechtzuerhalten, Pflichtbewusstsein auszustrahlen, doch es war nicht zu übersehen, wie sehr Céline litt. Eine seltsame Leere war auf ihr sonst so ausdrucksstarkes Gesicht getreten. Sie war blass wie eine Märtyrerin, an Seele und Herz verwundet. Kein Lächeln kam über ihre Lippen. Selbst Direktor Migauds Kommentare ließ sie gleichgültig über sich ergehen. Ihr Unterricht verlor an Intensität, der Geräuschpegel in ihrem Klassenzimmer stieg zunehmend. Den Schülerinnen blieb ihre Wandlung nicht verborgen, obwohl sie sich darauf sicherlich keinen Reim machen konnten. Gerade Céline, die immer besonderen Wert darauf gelegt hatte, ihre Schülerinnen zu fordern, ließ jetzt seitenweise Texte abschreiben, während sie am Fenster stand und in Gedanken vertieft hinaussah. Sie war nur noch Gast in ihrem eigenen Leben.

Außerhalb der Schule sahen wir uns kaum noch. Céline verließ ihre Wohnung nur, um die nötigsten Besorgungen zu machen. Sie blieb reserviert – auch mir gegenüber, kein einziges Mal hat sie mich mehr besucht. Politik und Krieg schienen sie nicht mehr zu interessieren. Die Wochen vergingen, ohne dass sich ihre Gemütslage verbesserte, dann geschah das mir bis heute Unbegreifliche: Sie stand mitten im Unterricht auf, klemmte ihre Tasche unter den Arm und verließ wortlos das Klassenzimmer. Seither«, sagte sie, und ihre Worte hallten in die Stille hinein, »habe ich Céline weder gesehen, noch habe ich jemals wieder etwas von ihr gehört.«

»Haben Sie versucht, sie zu kontaktieren?«, fragte ich.

»Selbstverständlich, junger Mann, was denken Sie denn«, entgegnete Madame Boisset etwas entrüstet. »Ich habe mich oft gefragt, was mit ihr passiert ist. War sie in den Untergrund gegangen? Oder war sie direkt zurück in die Normandie gefahren? Zu Freunden? Viele Möglichkeiten standen einer jungen Frau in den letzten Kriegsmonaten nicht offen. Wenige Wochen nachdem Céline aus Apt verschwunden war, zog Charles de Gaulle im Triumphzug über die Champs-Élysées. Was hatte sie in jenen Wochen gemacht? Wie hatte sie das Ende des Krieges erlebt? Hatte sie mit einem neuen Mann ein neues Glück gefunden? Sämtliche Personen, die ich später kontaktiert hatte, konnten mir nicht weiterhelfen. Vergebens hoffte ich, dass Céline wenigstens in den Tiefen des französischen Bürokratismus Spuren hinterlassen habe. Sollte Céline wieder als Lehrerin gearbeitet haben, so müsste sie doch später eine Pension erhalten haben. Wir hatten einen Bekannten, der im Ministerium arbeitete und den ich dazu bewegen konnte, die Datenbank der staatlichen Pensionskasse abzufragen. Das Ergebnis war ernüchternd: Eine Frau namens Céline Perras hatte niemals einen einzigen Franc Pension erhalten.«

»Wollen wir es ihr sagen?«, fragte mich Fabienne auf Deutsch. Ich nickte.

Fabienne berichtete von Célines frühem Tod, woraufhin Madame Boisset immer tiefer in ihrem Lehnstuhl zusammenzusinken schien. Selbst als wir ihr von Célines und Pauls gemeinsamem Sohn erzählten, blieb ihre Stimmung gedrückt. Wir verständigten uns mit Blicken, dass es wohl besser sei, aufzubrechen.

»Warten Sie bitte noch einen Moment! Ich habe etwas vergessen.« Wir standen schon fast in der Tür, als uns Madame Boisset noch einmal zurückrief. Sie drückte sich aus ihrem Lehnstuhl empor, stand auf, dann ging sie zum Schrank und holte eine alte Zigarrenkiste aus einer Schublade. So vorsichtig, als hüte sie einen wertvollen Schatz, hielt sie die Holzschachtel in ihren knochigen Händen. Dann setzte sie sich wieder und öffnete die mit meist alten, vergilbten Bildern gefüllte Kiste.

»Ich müsste noch ein paar Fotos von Céline haben«, sagte sie, während sie ein wenig hektisch die mit einem Gummiband zusammengehaltenen Päckchen umherschichtete. »Wo sind sie nur?«

»Lassen Sie sich Zeit«, versuchte Fabienne beruhigend einzuwirken und bückte sich nach einem Kuvert, das heruntergefallen war.

»Es sind nur wenige, aber vielleicht interessieren Sie sich ja dafür.«

»Ja, ganz sicher!«

Vornübergebeugt blätterte Madame Boisset durch die verschiedenen Stapel. Sie zitterte fast vor Aufregung, als sie Päckchen um Päckchen öffnete, aber statt eines Bildes von Céline zeigte sie uns erst Bilder von Minette, ihrer Katze, dann von ihrem Mann Vincent – ein fröhlich-feister Geselle mit dickem Schnauzbart, der dem Klischee des genussorientierten Franzosen entsprach und jederzeit für Käse oder Wein hätte werben können –, dann arbeiteten sich ihre Hände durch eine kleine Pappschachtel, bis sie uns schließlich freudestrahlend anlächelte. »Hier sind sie!«

Sichtlich zufrieden über ihren Fund, löste sie das Gummiband und legte die Bilder sorgfältig nacheinander auf den Tisch. Bei jedem Bild versuchte sie uns zu erklären, was ihr noch zu den jeweiligen Aufnahmen und Begleitumständen einfiel. Wir hörten ihr aufmerksam zu, stellten ein paar Zwischenfragen und betrachteten die Schwarz-Weiß-Abzüge. Es waren ähnliche Aufnahmen, wie wir sie bereits kannten: Céline auf dem Schulhof, ein Fahrrad schiebend und neben verschiedenen Personen stehend. Die Perspektive eines Bildes war mir sehr vertraut: Es zeigte Céline mit zwei Frauen in der Altstadt von Apt. Zu meiner Verblüffung erfuhren wir von Madame Boisset, ihr Mann habe es aufgenommen, und sie sei die Frau mit dem Einkaufsnetz.

»Stimmt, das hätte uns eigentlich auffallen müssen. Und wenn man genau hinsieht, sind die Ähnlichkeiten eigentlich gar nicht zu übersehen, es liegen ja höchstens zwei oder drei Jahrzehnte dazwischen«, scherzte ich und entlockte Madame Boisset ein Schmunzeln.

»Habe ich Ihnen erzählt, dass Célines Fahrrad noch jahrzehntelang in einem Schuppen hinter unserem Haus stand, bevor es mein Neffe Claude auf einem Trödelmarkt verkauft hat?«, fragte Madame Boisset und setzte sich wieder in den Lehnstuhl.

»Nein, aber wie kam es denn dazu?«, fragte Fabienne.

»Nun, als Céline damals überstürzt aus Apt verschwunden war, hat sie nur das Nötigste mitgenommen. Einen Koffer und einen Rucksack – viel mehr konnte es nicht gewesen sein. Alles andere, was sich über die Jahre angesammelt hatte, ließ sie in ihrer Wohnung zurück. Madame Puigelier – jetzt fällt mir endlich der Name ihrer Vermieterin ein! – kam Wochen später auf mich zu und wollte wissen, was sie denn mit Célines Sachen machen solle. Sie war immer noch über Célines Verhalten entsetzt und schimpfte, nicht einmal eine Nachricht habe Céline ihr hinterlassen, und die Miete für den laufenden Monat stünde auch noch aus. Sie ließ sich kaum beruhigen und frotzelte: ›Was will man auch von einer Frau erwarten, die verbotenerweise nächtliche Herrenbesuche empfängt?‹ Um ihr den Wind aus den Segeln zu nehmen, habe ich ihr angeboten, dass ich das Fahrrad auslösen werde und bereit bin, den restlichen Hausrat bei mir unterzustellen. Es war nicht viel: zwei Kisten mit Büchern und anderen Schulsachen, ein Koffer mit Kleidern und Krimskrams sowie besagtes Fahrrad. Als Vincent dann die Sachen mit dem Leiterwagen abholte, gab Madame Puigelier meinem Mann noch ein paar an Céline adressierte Briefe mit, die nach ihrer Abreise eingetroffen waren, und bat uns, sie zu verwahren«, berichtete

Madame Boisset, dann stand sie auf, ging erneut zum Schrank und öffnete eine andere Schublade. »Sie werden es nicht glauben, aber ich habe die Briefe bis zum heutigen Tag aufgehoben.«

Wir sahen uns erstaunt an. »Sie besitzen noch Briefe an Céline?«

Madame Boisset sah uns etwas verunsichert an und spielte an ihrem Ohrläppchen. »Ja, die habe ich aufgehoben, weil ich damals davon ausging, sie käme wieder zurück.« Aus der geöffneten Schublade fischte sie nach kurzem Suchen ein mit Bast verschnürtes Bündel heraus. Nach einem Moment des Zauderns streckte sie Fabienne das Päckchen entgegen. »Hier, nehmen Sie die Briefe an sich. Ich habe sie bisher nicht geöffnet. Wenn Sie wollen, können Sie die Briefe gerne behalten.«

Höflich bedankte sich Fabienne, nahm die bräunlichen Kuverts in Empfang, um sich nach einem kurzen Zögern zu erkundigen: »Was ist eigentlich mit den restlichen Habseligkeiten von Frau Perras geschehen?«

»In der Hoffnung, dass Céline eines Tages zurückkommt, hatten wir diese ebenfalls im Schuppen eingelagert.«

»Sind die Sachen dort noch immer untergestellt?«

»Das kann ich Ihnen nicht sicher sagen, aber ich denke schon. Wenn Sie Genaueres wissen wollen, müssten Sie wohl Claude fragen. Er ist in unser altes Haus gezogen und hat sich nach der Renovierung im alten Schuppen eine Tischlerwerkstatt eingerichtet.«

DREIZEHN

»Mach sie schon auf!«, drängte ich Fabienne.

Es gab nur einen Stuhl in unserem Hotelzimmer, und so saßen wir beide auf dem Bett. Fabienne hielt die Briefe in ihren Händen; alle waren an Céline Perras in Apt adressiert. Der eine Brief stammte von einem Simon Perras aus Rouen, als Absender der anderen Briefe zeichnete B. Ribot aus einem Ort namens Yvetot verantwortlich. Obwohl Fabienne die Briefe schon mehrfach hin- und hergewendet hatte, schreckte sie vor der letzten Konsequenz zurück. Die Briefe an die Brust gedrückt, sah sie mich unschlüssig an.

»Du verletzt kein Briefgeheimnis«, sagte ich ungeduldig. »Willst du die Briefe etwa ungeöffnet in die Altpapiertonne werfen?«

»Nein, natürlich nicht, aber irgendwie habe ich Hemmungen.«

Ich stand auf, ging ins Badezimmer und reichte ihr meine Nagelschere. »Vielleicht fällt es dir damit leichter. Und wenn es dich beruhigt, so können wir ja behaupten, Célines Vermieterin habe die Briefe aufgemacht.«

Geschickt schlitzte Fabienne das erste Kuvert auf, indem sie mit der geöffneten Schere langsam am Falzknick entlangfuhr. Vorsichtig entfaltete sie den Brief, der von Célines Vater stammte und beidseitig mit einer gleichmäßig akkuraten Handschrift beschrieben war. Krieg und Politik waren die bestimmenden Themen. Simon Perras berichtete über die Situation in der besetzten Normandie, äußerte seine Sorgen, ob Célines Halbschwester unter diesen Voraussetzungen im Sommer auf das Gymnasium würde wechseln können, und schloss mit herzlichen Grüßen von der gesamten Familie. Der Inhalt des zweiten Briefes war ebenfalls privater Natur. Bei Brigitte Ribot schien es sich um eine langjährige und enge Freundin zu handeln. Jedenfalls offenbarte das Schreiben nicht nur Anspielungen auf eine gemeinsame Vergangenheit, sondern auch viel gegenseitige Anteilnahme.

Wir waren etwas enttäuscht, hatten wir uns doch etwas mehr erhofft. Auch die anderen Briefe kreisten hauptsächlich um private Themen, so dass sie uns leider nicht weiterbrachten.

Als ich an die Episode in der Kathedrale denken musste, die Madame Boisset erwähnt hatte, fielen mir auf einmal Pauls nicht abgeschickte Briefe ein. Ich stand auf, nahm die Kladde aus meinem Gepäck und blätterte in dem Heft zu der besagten Stelle. Fabienne hörte mir gespannt zu, als ich vorlas:

22. Juni 1943

Lieber Albert,

es ist lange her, daß ich das letzte Mal einen »Brief« an Dich verfaßt habe, und auch jetzt fällt es mir schwer, mich an Dich, meinen besten Freund, zu wenden, nachdem ich über drei Jahre nichts von Dir gehört habe, keine Nachricht, kein Lebenszeichen. Wahrscheinlich wird es Dir ähnlich gehen, wenn Du, was ich inständig hoffe, noch in Frankreich − oder gar in Amerika? − wohlbehalten dem Ende des Kriegs entgegenfieberst. Ich habe mich inzwischen in der Provinz wohl eingerichtet, habe Freunde gefunden und bin im Widerstand aktiv.

Erst über Pfingsten hatte ich eine ganze Nacht damit verbracht, ein paar Dutzend Flugblätter mit der Hand (!) zu verfassen, da sich auf die Schnelle kein Hektographiergerät auftreiben ließ. Die ganze Nacht saß ich bei Kerzenlicht am Tisch und schrieb Aufrufe an deutsche Soldaten, sich gegen Hitler und damit gegen den Krieg zu entscheiden. Wir hatten erfahren, daß sich in der Kathedrale von Apt eine Kompanie zum Gottesdienst versammeln würde, und wollten diese Gelegenheit nutzen. Die ersten Flugblätter hatte ich noch mit dem gleichen Text versehen, quasi abgeschrieben, doch dann dachte ich mir, die Verwirrung wäre größer, wenn ich verschiedene Losungen verfassen würde, und machte mich ans Werk: Ich rief zum Abzug aus Frankreich auf, appellierte an die christliche Gesinnung, warb um das Klassenbewußtsein, erinnerte an die ausweglose militärische Lage und forderte sie zur Fahnenflucht auf. Einmal in Fahrt gekommen,

schossen mir immer wieder andere Argumente gegen Hitler und
seine Nazischergen in den Kopf.
Darüber hinaus gibt es allerlei Annehmlichkeiten mein Privat-
leben betreffend zu vermelden. Nicht nur, daß ich unlängst
meinen Geburtstag das erste Mal mit Sekt gefeiert habe, seit ich
Deutschland verlassen habe. Ich habe auch nicht alleine gefeiert,
sondern zusammen mit Céline, einer reizenden Französin, die
ich vor ein paar Monaten kennengelernt habe. Du wirst mir
wahrscheinlich nicht glauben, aber es ist kein oberflächliches
Techtelmechtel, mehr als ein legeres Poussieren: Andere Zeiten
vorausgesetzt, hätte ich Céline sicher längst einen Heiratsantrag
gemacht! Nun, so übe ich mich in Geduld, und wer weiß,
vielleicht wirst Du ja nach Kriegsende mein Trauzeuge.

★★★

»Wir haben eine weitere Spur, die uns vielleicht unserem Ziel
näher bringen könnte«, verkündete Fabienne mit vor Aufregung
leicht zittriger Stimme.

Vor zwei Tagen hatte sie nochmals mit Georges Goudineau telefoniert. Er hatte noch einmal seine alten Kontakte aufleben lassen und diverse Unterlagen gewälzt, weil er der Frage nachgehen
wollte, ob Paul eventuell in den Überfall auf einen Geldtransport
verwickelt gewesen sein könnte, der sich im Frühsommer 1944
im Rhônetal in der Nähe von Piolenc ereignet hatte.

Fabienne erklärte mir, dass laut Unterlagen, die im Cen-
tre Jean Moulin in Bordeaux aufbewahrt werden, die Résistance versucht haben soll, einen nächtlichen Transport mit
Soldzahlungen für die in Marseille stationierten Truppen der
deutschen Wehrmacht abzufangen. Allerdings konnte der
Überfall teilweise abgewehrt werden, da ein Sprengsatz zu früh
explodiert war. Es soll dabei zu einem heftigen Schießgefecht
mit mehreren Toten gekommen sein. Die Widerstandsgruppe
musste sich überstürzt zurückziehen und konnte nur einen
Teil des Geldes und ein paar Kilo Gold erbeuten, da bereits
Verstärkung im Anmarsch war. Was Angaben über die Höhe
wie auch den Verbleib des Raubgutes betrifft, so tappt man

anscheinend bis heute im Dunkeln. Die Beute ist angeblich nicht wiederaufgetaucht.

Ich sah Fabienne fragend an, da sich mir die Zusammenhänge nicht auf Anhieb erschließen wollten. Doch sie sah aus dem Fenster und biss sich nachdenklich auf die Unterlippe.

Nach einem kurzen Moment unterbrach sie ihr Schweigen: »Dieser Vorfall erinnert mich an ein ähnliches, aber weit spektakuläreres Ereignis, das sich im Juni 1944 in der Dordogne zugetragen hat. Am Bahnhof von Neuvic-sur-l'Isle hatte die Résistance damals einen Zug überfallen und dabei mehr als zwei Milliarden Francs erbeutet.«

»Zwei Milliarden Francs?«

»Ja, eine unvorstellbare Summe, die auf heutige Verhältnisse umgerechnet wohl zweihundertfünfzig oder dreihundert Millionen Euro betragen haben dürfte«, erklärte mir Fabienne. »Es handelte sich dabei um die Reserven der Banque de France, die nach Bordeaux transportiert werden sollten. Gerüchte besagen, die Deutschen hätten geplant, das Geld vor den vorrückenden Alliierten in Sicherheit zu bringen, und wollten es anschließend mit U-Booten außer Landes schaffen.«

»Und was ist mit dem ganzen Geld geschehen?«

»Nun, offiziell wurde behauptet, man habe damit die Résistancekämpfer und ihre Familien unterstützt. Doch gab es immer wieder Gerüchte, dass das Geld zum größten Teil in dunklen Kanälen versickert sei – die ganze Angelegenheit konnte trotz mehrerer Versuche nie restlos aufgeklärt werden, da die erbeuteten Geldsäcke auf verschiedenen Wegen abtransportiert worden waren.«

»Korruption?«, mutmaßte ich.

»Eventuell – es ging in den Nachkriegsjahren aber auch um Parteienfinanzierung und politische Einflussnahme, dann wurde kolportiert, André Malraux hätte seine Finger mit im Spiel gehabt. Malraux, den man vor allem als späteren Kulturminister von de Gaulle kennt, hatte sich erst spät der Résistance angeschlossen und eine zwielichtige Rolle eingenommen. Recht viel mehr kann ich dir darüber momentan nicht berichten, aber ich habe unlängst zufällig in einer Fachzeitschrift gelesen, dass vor ein paar Monaten ein Buch mit dem Titel »Le partage des milliards de la Résistance« erschienen sein soll. Ich muss es mir unbedingt besorgen. Vielleicht präsentieren die beiden Autoren ja einen neuen Lösungsansatz. Der Überfall von Piolenc ist zwar ganz sicher ein paar Nummern kleiner gewesen. Aber um ein paar Millionen Francs dürfte es sich wohl auch gehandelt haben. Durch die Inflation und die Abwertung nach Kriegsende hat sich der Wert des Geldes deutlich minimiert, der der Goldbarren hingegen nicht.«

Während ich noch damit beschäftigt war, mir die ungeheure Geldsumme vorzustellen, die damals erbeutet worden war, strahlte mich Fabienne mit einem Lächeln an, als hätte sie gerade im Lotto gewonnen. »Aber jetzt kommt das Beste! – Monsieur Goudineau hat sich daran erinnert, dass wenige Tage nach dem Überfall ein paar Maquisards in die Hände der Deutschen gerieten und wenige Tage später hingerichtet worden waren. Er konnte sich zwar nicht mehr daran erinnern, wo diese Exekution stattgefunden hatte, aber er war sich ganz sicher, dass unter den Hingerichteten auch ein Mann namens Lucien Peltier gewesen war – vielleicht handelt es sich ja um den Bruder des etwas eigentümlichen Pierre Peltier, den wir unlängst aufgesucht hatten.«

★★★

Wir hatten das schmucke Steinhaus mit seinen hellblau gestrichenen hölzernen Fensterläden dank Madame Boissets Beschreibung schnell und ohne Probleme gefunden. Das Haus lag am Ende einer Sackgasse. Eine Glyzinie rankte sich über das Mauerwerk bis fast zum Dach empor.

Fabienne betätigte den Türklopfer, einen wuchtigen Messingklopfer mit stilisiertem Löwenkopf, und trat einen Schritt zurück.

Es dauerte ein paar Sekunden, dann waren Schritte zu hören, und die Tür wurde geöffnet.

»Monsieur Boisset?«

»Oui, c'est moi.« Vor uns stand ein Mann mittleren Alters im hellblauen Lacoste-Hemd und blickte uns abwartend über eine rahmenlose Lesebrille an.

Wir stellten uns kurz vor und richteten ihm wie versprochen herzliche Grüße von seiner Tante aus. Claude Boisset bedankte sich, blieb aber zurückhaltend und erkundigte sich skeptisch nach den Beweggründen unseres Besuchs. Wir berichteten ihm kurz von unseren bisherigen Recherchen und erläuterten ihm unser Anliegen. Seine Skepsis wich, er wurde lockerer und forderte uns auf, ihm zu dem Schuppen zu folgen. Zusammen gingen wir um das Haus herum und standen vor einem großen Holztor, das er aufschloss und schwungvoll öffnete. Mit einer weit ausholenden Geste deutete er in den Schuppen, der im Halbdunkeln lag. Der typische Geruch frischen Holzes stieg mir in die Nase. Monsieur Boisset schaltete das Licht ein: Wir blickten in eine aufgeräumte Werkstatt, die von einem großen Werktisch dominiert wurde. An den Wänden und auf den Regalen hingen und lagen diverse Sägen, Hobel, Schraubstöcke und andere Tischlerwerkzeuge.

»Voilà – dies ist gewissermaßen mein privates Reich. Nachdem ich in den Ruhestand gegangen bin, habe ich mir einen lang gehegten Traum erfüllt und hier meine Werkstatt eingerichtet. Seitdem säge, hoble und tischlere ich, wenn ich Zeit habe.« Er ging einen Schritt voraus. »Sehen Sie«, stolz zeigte er auf einen mächtigen, noch kaum bearbeiteten Holzblock. »Dies wird der neue Esstisch für meine Schwägerin.«

Dann erzählte Monsieur Boisset, er habe den Schuppen vor dem Umbau erst tagelang ausmisten müssen, dabei habe er nicht nur das Fahrrad, sondern auch ein paar alte Möbelstücke und anderen Krimskrams aussortiert. Wertvolle Sachen habe er an einen Trödler verkauft, anderes weggeworfen oder verschenkt. »Meine Tante konnte sich schwer von den Dingen trennen. Sie können sich gar nicht vorstellen, was sich hier im Laufe der Jahrzehnte angesammelt hatte. Verfaulte Obstkisten, Benzinkanister und kaputte Dachziegel. Sogar ein altes Militärzelt habe ich gefunden. Es war aber so verschimmelt und modrig, dass ich es kurzerhand entsorgt habe – keine Ahnung, wie das in den Schuppen gelangt ist.«

»Was ist aus den Büchern und anderen Hinterlassenschaften von Céline Perras geworden?«, fragte Fabienne.

»Nun, das ist mir jetzt wirklich etwas unangenehm, dass Sie danach fragen. Ich hatte längere Zeit überlegt, was ich damit machen sollte. Schließlich habe ich die Bücherkisten einem Antiquitätenhändler in L'Isle-sur-la-Sorgue geschenkt, von dem ich eine Kommode gekauft habe. Die Bücher wollte ich nicht wegwerfen, und so hoffte ich, dass sich auf diesem Wege vielleicht jemand findet, der sich dafür interessiert. Aber erzählen Sie dies nicht meiner Tante weiter«, bat er mit einem spitzbübischen Augenzwinkern.

»Was waren das denn für Bücher?«

»Das kann ich Ihnen nicht genau sagen. Ich habe nur kurz einen Blick darauf geworfen, da ich mich nicht besonders für Literatur interessiere. Das einzige Buch, an das ich mich erinnern kann, war ›Le Rouge et le Noir‹ von Stendhal.«

★★★

Schon früh am Morgen waren wir gemeinsam zurück nach Aix-en-Provence gefahren, da Fabienne einen Termin in der Universität wahrnehmen musste. Den restlichen Tag wollte sie in der Bibliothek verbringen, um Handschriften oder Dokumente von Léon Blum einzusehen, da sie für eine historische Fachzeitschrift einen Aufsatz über irgendwelche Aspekte der Sozialreformen Léon Blums schreiben sollte.

Während Fabienne in der Universität zu tun hatte, nutzte ich die Zeit, um zu Cézannes außerhalb der Stadt gelegenem Atelier zu spazieren. Das Haus mit seinem verwilderten Garten, den Malerutensilien und der Staffelei erinnerte mich an ein begehbares Stillleben, doch dann vertrieben mich zwei Busladungen mit aufgeregt herumgestikulierenden japanischen Touristen. Später zog ich noch mit einer selbst gebauten Lochkamera durch die Stadt. Diese archaische Form der Fotografie mit ihrer unbegrenzten Tiefenschärfe begeisterte mich zunehmend. Nur durch ein vergrößertes Loch aufgenommen, ließ sich die Aussagekraft der Bilder geradezu magisch verändern. Es gab weder Sucher noch Mattscheibe noch Belichtungsmesser und Objektiv; die Arbeit mit der Camera obscura führt zurück zu den Wurzeln der Fotografie, dem Schreiben mit Licht. Je nach Sonnenstand und Motiv veränderte ich die Belichtungszeiten, ließ dadurch bewegte Gegenstände und Menschen durchlässig erscheinen. Das Ergebnis: entpersonalisierte Szenerien, die den Blick auf das Wesentliche konzentrieren. Egal, ob der Cours Mirabeau oder die Kathedrale – alles wurde in zeitlose Monumente verwandelt. Stundenlang streifte ich durch die Stadt. Hatte ich ein geeignetes Motiv entdeckt, so bemühte ich mich um eine ungewöhnliche Perspektive, stellte die Kamera auf den Boden, um das Straßenpflaster hervorzuheben, oder platzierte den Apparat auf dem Tisch eines Straßencafés.

Zurück in Fabiennes Wohnung stöberte ich in ihren Bücherregalen und entdeckte noch ein paar Bücher zur regionalen Résistancegeschichte. Ich machte mir einen Kaffee und setzte mich mit meiner Lektüre an den Küchentisch.

Drei Stunden später hatte ich zahlreiche Hintergrundinformationen zusammengetragen: In den Dörfern rund um den Mont Ventoux hatte der Maquis eines seiner aktivsten Zentren in der Provence. Es gab damals mehrere freie Gruppen des *Combat*, eine davon war sogar von einer Frau namens Yvonne de Komornicka geleitet worden. Eine andere Résistancegruppe stand unter dem Befehl von Jean Garcin, der als Commandant Bayard nicht nur die legendäre Fallschirmlandung von Jean Moulin abgesichert hatte, als dieser über den provenzalischen Alpilles abgesprungen war, um im Auftrag von de Gaulle die verschiedenen Widerstandsgruppen in Frankreich zu vereinen, sondern auch an zahlreichen Sabotageaktionen gegen die deutschen Besatzer beteiligt gewesen war. Garcin gehörte zu den angesehensten Résistancekämpfern in Südfrankreich. Er stand überall ganz oben auf den Fahndungslisten, weil er die für die Zwangsarbeiterrekrutierung in der Provence zuständigen Chefs eigenhändig erschossen hatte, um damit ein Zeichen zu setzen. Kein Wunder, dass für Hinweise, die zu seiner Verhaftung führten, eine Belohnung ausgesetzt war.

Als Fabienne nach Hause kam, berichtete ich ihr stolz von meinen Erkenntnissen. Aufmerksam folgte sie meinen Ausführungen, stellte gelegentlich ein paar Zwischenfragen. »Wenn dein Interesse weiter anhält, dann solltest du vielleicht noch über ein Geschichtsstudium nachdenken«, sagte sie und knuffte mich kurz lächelnd in den Bauch.

»Ich habe dir noch eine weitere Lektüre mitgebracht.« Fabienne fischte aus ihrer ledernen Aktentasche ein schwarz eingebundenes Buch. »Diese Aufsatzsammlung habe ich mir heute im Institut ausgeliehen. Es geht um die zahlreichen Gräueltaten, die während des Krieges von den Nazis in Frankreich begangen worden sind. Ein Aufsatz beschäftigt sich auch mit den Verbrechen, die sich dereinst in der Provence ereignet haben.« Fabienne streckte mir das Buch entgegen. »Vielleicht interessiert es dich ja. Ich habe den Aufsatz schon einmal quergelesen. Er ist vielleicht ein bisschen dröge geschrieben und ist mehr eine chronologische Auflistung der damaligen Geschehnisse, aber er bietet einen guten Überblick. Doch jetzt lass uns erst mal etwas essen: Ich habe Baguette und eine Auswahl vom besten Käseladen der Stadt mitgebracht.«

Ich hatte Hunger und beugte mich über den Küchentisch, auf dem Fabienne ihre Einkäufe auszubreiten begann. Beim Anblick der verschiedenen Käsesorten lief mir das Wasser im Munde zusammen: Ich entdeckte einen mit Asche ummantelten Ziegenkäse, herrlich duftenden Brebis aus der Haute-Provence und einen Tomme d'Arles. Dazu gab es noch rohen Schinken und eine saftig-reife Melone, die aus Carpentras stammte. Gemeinsam deckten wir den Tisch, Fabienne holte eine Flasche Weißwein aus dem Kühlschrank und drückte mir den Korkenzieher in die Hand.

Später setzte ich mich mit meinem halb vollen Weinglas auf das Sofa und begann zu lesen: Der Autor hatte sich vor allem mit zwei spektakulären Kriegsverbrechen auseinandergesetzt, die Erschießungen von Estrillon wurden leider nur am Rande gestreift. Ausführlich wurden hingegen die Ereignisse behandelt, die am 22. Februar 1944 in der Nähe von Eygalayes stattgefunden hatten. Dort waren sechsunddreißig Widerstandskämpfer von den Deutschen auf einem einsamen Bauernhof überrascht worden. Es war ein kalter Wintertag, als die zur Division Brandenburg gehörenden Truppen mit Hilfe von Milizen des Vichy-Regimes angriffen. Die ahnungslosen Maquisards wehrten sich nach Kräften. Eine Handvoll fiel bei den Kämpfen rund um das abseits gelegene Gehöft, das als konspirativer Treffpunkt gedient hatte; unter den Toten befand sich auch Alfred Epstein, ein deutscher Jude aus Kenzingen, der sich schon früh der Résistance angeschlossen hatte. Den anderen, die gefangen genommen worden waren, erging es nicht besser: Sie wurden verhört und wenig später kurzerhand an die Wand gestellt und erschossen. Angeblich sollen sie auf ihrem letzten Marsch noch einmal »La Butte Rouge« und »Le Chant des Partisans« – zwei altbekannte Partisanenlieder – angestimmt haben. Nur einem einzigen jungen Mann gelang die Flucht; barfuß soll er durch den Schnee geflüchtet sein, als bereits die ersten Salven krachten. Noch schlimmer wütete die Wehrmacht mit Unterstützung der SS in Valréas. Dort wurden im Juni 1944 wenige Tage nach der Landung der Alliierten in der Normandie dreiundfünfzig Männer willkürlich ausgewählt und als Sühnegeiseln erschossen.

Wie so oft wurden die Täter nie zur Verantwortung gezogen – auch nach Kriegsende blieben die deutschen Soldaten und die französischen Milizionäre weitgehend ungeschoren.

»Hast du gelesen, mit wessen Hilfe es den Deutschen in Eygalayes gelungen war, das Widerstandsnest auszuheben?«, fragte ich Fabienne.

»Ja, sie hatten zwei Maquisards mit viel Geld bestochen. Angesichts der hohen Summe hatten die beiden anscheinend keine Skrupel, das Versteck ihrer Kameraden zu verraten.«

»Nun, glücklich sind die beiden damit aber nicht geworden. Aus Angst vor Racheakten sollen sie sich in die Fremdenlegion geflüchtet haben, wo sich ihre Spuren verlieren – aber wer weiß, vielleicht sind sie unter einem anderen Namen irgendwann wieder nach Frankreich zurückgekehrt.«

★★★

Es waren fast zwei Wochen vergangen, seit ich das letzte Mal in Raboux übernachtet hatte. Carla musste für ein neues Projekt nach Irland reisen, so dass wir uns noch einmal verabredet hatten. Gleich nach meiner Ankunft gingen wir hinunter ins Dorf, wo wir im Restaurant von Jacques herzlich begrüßt wurden.

»Darf ich euch einen Aperitif anbieten?«

Der Wirt hatte seine Hand auf Carlas Schulter gelegt und verharrte in einer leicht vorgebeugten Haltung.

»Was empfiehlst du denn?«

»Wie wäre es mit einem Orange Colombo?«

Unschlüssig blickte ich zu Carla, die bereitwillig Auskunft gab. »Das ist ein Roséwein, der mit Orangenschalen, kandierten Früchten, Honig und Mandeln geschmacklich abgerundet worden ist.«

Ich nickte zustimmend.

»Gut. Also zwei Orange Colombo«, memorierte Jacques und entfernte sich umgehend. Die Terrasse des Restaurants war bis auf den letzten Platz besetzt – Hochsaison. Jacques wuselte hektisch von einem Tisch zum anderen, selbst für ein kurzes Gespräch fehlte ihm die Muße. Wir blätterten flüchtig durch die Speisekarte und entschieden uns beide für die Empfehlung des Tages: gefüllte Wachtel auf einem Spinatbett.

»Offenbar verbringt ganz Paris seine Ferien in der Provence«, sagte ich mit einem Blick auf die Nachbartische.

»Ja, man hat die Gegend auch schon scherzhaft als XXI. Arrondissement bezeichnet. Bis Ende August wird man hier ohne Reservierung keinen Tisch mehr bekommen«, resümierte Carla mit einem resignierten Schulterzucken. »Ein Glück, dass ich morgen früh für ein paar Wochen verreise.«

Die letzten Wochen waren so turbulent verlaufen, dass wir kaum Zeit für ein längeres Gespräch gefunden hatten. Wir prosteten uns zu, und Carla berichtete von der großen Resonanz, die »Public Sleeping« in der internationalen Presse gefunden hatte. Erst heute hatte sie eine Kopie mit einer Besprechung aus der »Neuen Zürcher Zeitung« zugeschickt bekommen. Ich freute mich aufrichtig für Carla, ihr Renommee wuchs von Jahr zu Jahr. Während wir uns langsam von der Vorspeise zum

Hauptgericht vorarbeiteten, fasste ich die Ereignisse der letzten Tage zusammen. Was Fabienne betraf, so erging ich mich in ein paar Andeutungen. Als Carla sich anschickte, unser Verhältnis zu hinterfragen, unternahm ich einen ungeschickten Versuch, das Thema zu wechseln, was Carla mit einem süffisanten Lächeln quittierte.

»Vielleicht fällt es dir leichter, wenn du mir einfach vom Stand eurer Nachforschungen erzählst.«

»Tja«, sagte ich und kratzte mich etwas geziert am Kopf. »Da gibt es auch Fortschritte zu vermelden. Wir hatten Glück, sogar sehr großes Glück. Wir konnten vier Zeitzeugen ausfindig machen und wissen jetzt nicht nur, dass es sich bei der Frau auf den Bildern um eine Céline Perras handelt, die in Apt als Lehrerin gearbeitet hat, sondern wir kennen auch den Namen des deutschen Emigranten.«

»Wie? Ihr habt sogar seinen Namen herausgefunden?«

»Ja, und nicht nur das!«

Die Neuigkeiten sprudelten geradezu aus mir heraus. Ich kam gar nicht dazu, mich meiner Île flottante zu widmen. Das mit Pistazien bestreute Eiland aus Eischnee stand noch unberührt vor mir auf dem Tisch.

»Puh, das ist ja an Dramatik kaum zu überbieten.«

Carla hatte mir aufmerksam zugehört. Jetzt stocherte sie etwas lustlos in ihrem Dessert herum.

»Ja, so schön die Liebesgeschichte von Paul und Céline begonnen hatte, so traurig endete sie«, bestätigte ich ihre Überlegungen. »Das Einzige, was ich mir nicht erklären kann, ist das Verschwinden von Monsieur Perras. Wir sind zwar keinen Deut weitergekommen, aber ich vermute, dass es einen Zusammenhang mit den Vorfällen während des Krieges geben muss.«

»Zufall war es sicher nicht.«

»Hast du eigentlich etwas von Franca gehört?«, erkundigte ich mich.

»Ja, vor zwei Tagen haben wir miteinander telefoniert. Fast hätte ich vergessen, dir schöne Grüße auszurichten. Sie sagte, es sei nett gewesen, dich mal wieder getroffen zu haben.«

»Oh, danke, das ist gut zu hören«, sagte ich so beiläufig wie möglich, da ich mir nicht sicher war, ob Carla etwas mitbekommen hatte. »Grüße sie doch zurück.«

»Weißt du schon, wann du nach Deutschland zurückfährst?«

»Nein, aber allzu lange werde ich wohl nicht mehr in der Provence bleiben. Dann muss ich wieder nach München zurück.«

»Verstehe ich, aber Du kannst gerne noch in Raboux bleiben, so lange du willst.«

Jacques kam mit der Rechnung, die ich bezahlte, um mich für Carlas Gastfreundschaft zu bedanken, dann liefen wir gemächlich den Fußweg zum Haus hinauf.

VIERZEHN

»Wie weit ist eigentlich L'Isle-sur-la-Sorgue von Aix entfernt?«, erkundigte ich mich bei Fabienne, als wir uns am nächsten Tag trafen.

»Keine Ahnung, Geografie war nie meine Stärke, aber ich schätze mal, mit dem Auto dürfte es höchstens eine Stunde dauern.«

»Warst du schon einmal dort?«

»Klar, der sonntägliche Antiquitäten- und Trödelmarkt ist in der ganzen Provence bekannt. Da platzt das Städtchen geradezu aus allen Nähten. Rund um die Altstadt und entlang der gemauerten Flusskais haben dann Hunderte von Händlern ihre Stände aufgebaut. Und es wimmelt von Schnäppchensuchern, Neugierigen und Touristen, die sich an den Auslagen vorbeischieben. Aber das Angebot ist wirklich phantastisch: Meine Freundin Valérie erweitert hier nicht nur regelmäßig ihre Sammlung alter Vasen, sondern hat dort fast ihre gesamte Esszimmereinrichtung gekauft.«

Da uns Monsieur Boisset den Namen und die Adresse des Antiquitätenhändlers aufgeschrieben hatte, entschlossen wir uns am nächsten Morgen spontan, gleich nach dem Frühstück einen Ausflug nach L'Isle-sur-la-Sorgue zu unternehmen. Die Landstraßen waren wenig befahren, so dass wir schneller als gedacht unser Ziel erreichten. Wir stellten das Auto am Rande der Altstadt ab und schlenderten auf der Suche nach dem genannten Antiquitätengeschäft durch den Ort. Mir gefiel das Städtchen; die Altstadt war nahezu verkehrsberuhigt und von den glasklaren Wasserarmen des namensgebenden Flüsschens eingeschlossen – selbst mitten durch das von modernen Bauten verschont gebliebene Ortszentrum schlängelten sich die Flussarme der Sorgue, die sich mehrfach teilten und wieder vereinten. Mancherorts erinnerten ein paar bemooste Schaufelräder an die zahlreichen Mühlen, die hier einst gestanden haben mussten.

Wie mir Fabienne erklärte, gründete sich der Wohlstand von L'Isle-sur-la-Sorgue auf ebenjenen Wasserreichtum. Es waren aber nicht nur die rund siebzig Papier-, Getreide- und Ölmühlen, sondern auch das Weber- und Färberhandwerk, das hier ehedem florierte. Zudem lebten die Einheimischen von der Fischerei, vor allem vom Krebsfang, bis vor eineinhalb Jahrhunderten eine Epidemie die Krebse in der Sorgue dahinraffte. Wir waren so sehr in unser Gespräch vertieft, dass wir in dem Gewirr aus Gassen und Kanälen mehrmals die Orientierung verloren und uns schließlich zu unserem Ziel durchfragen mussten.

»Ich bin ja kein Antiquar, und wenn man sich nicht spezialisiert hat, so lässt sich heute mit dem Verkauf von alten Büchern nur schwer Geld verdienen. Man kann schon von Glück reden, wenn man mehr als einen Euro für ein Buch bekommt. Manchmal verkaufe ich Bücher aus Nachlässen sogar zum Kilopreis.«

Wir standen in einem etwas düsteren Ladengeschäft, das mir wie eine Mischung aus Lagerhalle und Räuberhöhle vorkam. Stühle und Tische waren zu wahren Pyramiden aufgestapelt, so dass manchmal kaum genug Platz für einen Gang blieb, an den Wänden hingen verrostete Emaille-Werbeschilder sowie alte landwirtschaftliche Geräte – ein schwer überschaubares Reich, dessen Herrscher ein wohlbeleibter Mann war. Fabienne hatte ihn anfangs in eine seltsame Diskussion über den unterschätzten Reiz von Gartenmöbeln aus Metall verstrickt, wobei seine Antworten von einem dröhnenden Bass begleitet wurden. Jetzt strich er sich nachdenklich mit Daumen und Zeigefinger über seinen dicken Schnauzbart.

»Doch, doch – ich erinnere mich noch ganz gut an die Bücherkisten dieses Herrn. Eigentlich mochte ich sie aus besagten Gründen ja gar nicht annehmen. Er interessierte sich auf dem Antiquitätenmarkt für eine meiner Kommoden, aber wir lagen mit unseren Preisvorstellungen noch zu weit auseinander. Nach einer halben Stunde kehrte er zurück, und wir feilschten noch ein wenig herum. Unsere Preisvorstellungen näherten sich an, zudem bot er mir an, er würde mir zwei Kisten mit alten Büchern mitbringen, die er beim Entrümpeln einer Scheune – oder war es ein Dachboden? – gefunden hatte. Da sich für diese Kommode schon länger niemand interessiert hatte und mir der Mann nicht unsympathisch war, ging ich schließlich auf sein Angebot ein. Er leistete eine Anzahlung und kam wie versprochen ein paar Tage später mit seinem Kastenwagen, holte die Kommode ab und ließ mir die Bücherkisten da.

Die Kisten standen dann eine Zeit lang unbeachtet im hinteren Teil meines Lagerraumes, erst nach ein paar Wochen kam ich dazu, mich mit ihrem Inhalt zu beschäftigen. Wie ich feststellte, handelte es sich um eine bunte Sammlung mit Büchern aus den 1920er- und 1930er-Jahren. Hauptsächlich Schulbücher und Romane, meist Klassiker, dazu historische Reiseberichte und Geschichtsbücher sowie eine Pappschachtel mit Briefen und Zeitungsausschnitten.«

Fabienne riss die Augen weit auf. »Besitzen Sie die Bücher und die Briefe noch?«

»Nur zum Teil – die interessanteren Sachen dürften wohl verkauft sein«, antwortete er und fügte scherzhaft hinzu, »den Rest können Sie zum Kilopreis erwerben.«

Wir hielten die Luft an und hingen ihm neugierig an den Lippen.

»Zu meiner Überraschung verbarg sich in der einen der beiden Bücherkisten ein Glückstreffer. Obwohl ich kein Antiquar bin, kenne ich mich mit Büchern ein wenig aus, und so entdeckte ich, dass sich unter den Bänden eine im Jahr 1937 erschienene Ausgabe von André Bretons ›L'Amour fou‹ befand, die sich – ich wollte es erst gar nicht glauben – nach kurzer Recherche zudem als wertvolle Erstausgabe entpuppte.«

Er lächelte vor sich hin, schwieg dann aber unvermittelt. Wir musterten ihn irritiert. Ich hatte den Eindruck, er überlegte sich, ob und was er uns erzählen sollte, doch dann setzte er seine Ausführungen fort: »Anschließend durchsuchte ich die Kisten ein zweites Mal, doch die restlichen Bücher waren weit weniger kostbar. Die besagte Erstausgabe von Breton war anscheinend ein Zufallsfund. Ich war mir sicher, dass ich dafür einen ansehnlichen Preis bekommen könnte. Ich musste nicht lange nachdenken, wer sich für das Buch interessieren könnte. Zu meinen Kunden gehört ein leidenschaftlicher Büchernarr, der zurückgezogen auf einem Landsitz am Fuße der Dentelles de Montmirail lebt. Ich kenne ihn, seit ich ihm vor ein paar Jahren einen Wandschrank nach Hause geliefert hatte. Nachdem er später noch hin und wieder bei mir Antiquitäten gekauft hatte, intensivierte sich unsere Geschäftsbeziehung. Im letzten Winter lieferte ich ihm dann einen alten Kartentisch, der für sein Arbeitszimmer bestimmt war. Als wir das Schmuckstück hinaufgetragen hatten, war ich kurz sprachlos, denn bei seinem Arbeitszimmer handelte es sich um eine respektable Bibliothek, größer als so manche Wohnung. Meine Bewunderung für seine Bücherschätze erfreute ihn sichtlich, so dass er langsam auftaute und mir mit stolzgeschwellter Brust erklärte, er sammle seit seiner Studienzeit Bücher wie andere Leute Briefmarken. Früher, so berichtete er, habe er sich vor allem auf moderne Klassiker wie Proust konzentriert. Dann ging er einen Schritt auf die bis zur Decke reichenden Bücherregale zu und streckte den Arm aus. So als wolle er seine Sammelleidenschaft unterstreichen, zog er vorsichtig ein antiquiertes Exemplar der berühmten ›Recherche du temps perdu‹ aus dem Regal und reichte es mir ehrfurchtsvoll, wobei er mir erzählte, er gehöre zum Vorstand einer literarischen Gesellschaft, deren Namen ich vergessen habe. Inzwischen, so erklärte er mir und deutete auf eine eigenartig geformte Skulptur, habe er aber auch ein Faible für surrealistische Bücher und Kunst. Dann lobte er René Char in den höchsten Tönen, bedauerte, dass der Dichter von seiner Heimatstadt noch immer nicht mit einem Museum gewürdigt worden sei, und zeigte mir zwei hektographierte Gedichte, die er in einer Schublade aufbewahrte: ›Le Marteau sans maître‹ sowie ›Dehors la nuit est gouvernée‹ – beide von René Char signiert und in speziellen Hüllen vor Beschädigung geschützt. Sollte ich jemals irgendwelche Char-Devotionalien angeboten bekommen, so möge ich mich doch bei ihm melden, trug er mir zum Abschied auf.«

Seine Augen blitzten vor Erzählfreude, dann hielt er kurz inne. »Jetzt habe ich Sie aber ganz schön vollgequatscht und mich ein wenig verzettelt. Wahrscheinlich interessieren Sie diese Details überhaupt nicht.«

»Doch, doch«, versicherten wir ihm.

»Da fällt mir ein: Sagt Ihnen der Name René Char überhaupt etwas?«, fragte er nach.

Ich blickte unauffällig zu Fabienne hinüber. Da sie die Frage mit einem energischen »Oui, bien sûr – wer kennt ihn nicht?« bejaht hatte, nickte ich ebenfalls zustimmend mit dem Kopf, obwohl ich den Namen noch nie zuvor in meinem Leben gehört hatte.

Zufrieden mit unserer Antwort fuhr der Antiquitätenhändler fort: »Ich rief also besagten Kunden an, um ihm das Buch von André Breton zum Kauf anzubieten. Er signalisierte mir umgehend sein Interesse und befragte mich zum Zustand des Buches. Dann bat er mich, das Buch für ihn zurückzulegen, und versprach, er wolle spätestens am Wochenende bei mir im Geschäft vorbeikommen. Gesagt, getan. Schon am nächsten Nachmittag stand er bei mir im Laden. Ich reichte ihm das Buch, das er geradezu andächtig musterte. Er hielt es sich vor die Nase und suchte den Einband nach Flecken ab, bevor er sorgsam zu blättern begann. Dann erkundigte er sich, ob noch weitere Bücher zu der Lieferung gehört hatten, woraufhin ich ihn zu den Kisten führte, in denen er längere Zeit stöberte. Sichtlich begeistert zückte er seinen Geldbeutel und bot mir einen ordentlichen Preis für eine Handvoll Bücher, die er sich ausgesucht hatte, zudem schien ihn auch die Schachtel mit den Dokumenten zu faszinieren. Für den Stendhal und eine schmucke Ausgabe des ›Glöckners von Notre-Dame‹ interessierte er sich hingegen nicht. Um ehrlich zu sein: Er hat mir deutlich mehr geboten, als ich erwartet hatte. Trotzdem versuchte ich mir meine Überraschung nicht anmerken zu lassen. Ich begann mich ein wenig gegen sein Angebot zu sträuben, aber er wusste meine Bedenken mit schlagkräftigen Argumenten zu zerstreuen …«

»Nun«, Fabienne druckste ein wenig herum, »wir würden Ihrem Bücherliebhaber gerne ein paar Fragen stellen. Meinen Sie, es wäre Ihnen möglich, uns seine Adresse oder Telefonnummer zu verraten?«

»Oh, Sie haben ein Interesse an der Erstausgabe von Breton? Da werden Sie aber sicher kein Glück haben. Ich kann mir nicht vorstellen, dass das Buch zum Verkauf steht.«

»Nein, nein«, versuchte Fabienne beruhigend einzuwirken. »Uns geht es nicht um das Buch, vielmehr geht es uns um die Briefe und Fotos, die ebenfalls in der Kiste waren.«

»Woher wissen Sie, dass da auch Fotos dabei waren – dies habe ich Ihnen gar nicht erzählt.« Er trat einen halben Schritt zurück und sah uns auf einmal so skeptisch an, als würden wir ihn übers Ohr hauen wollen.

»Das wissen wir von Monsieur Boisset, der Ihnen die Bücherkisten gegeben hat. Auf den Bildern ist der Vater eines Bekannten abgebildet. Dieser Bekannte ist jedoch seit Tagen verschwunden, aber wir hoffen, mehr über seinen Verbleib herauszufinden, wenn wir wissen, von wem und warum ihm die Bilder zugeschickt worden sind«, erklärte ich, um seine Bedenken zu beschwichtigen.

»Könnten Sie uns daher seine Adresse verraten? – Sie würden uns einen großen Gefallen erweisen«, sagte Fabienne und setzte ihr charmantestes Lächeln auf.

Er schüttelte den Kopf. »Das kann ich nicht machen. Ich glaube nicht, dass ihm das recht wäre.«

Wir insistierten noch einmal kurz, akzeptierten dann aber notgedrungen seine Entscheidung. »Vielleicht überlegen Sie es sich nochmals«, sagte Fabienne zum Abschied. »Ich lasse Ihnen meine Telefonnummer da. Sollten Sie Ihre Meinung geändert haben, so würde ich mich freuen, wenn Sie sich bei mir melden.«

»Da sind wir jetzt aber nicht richtig weitergekommen«, sagte ich, nachdem wir das Antiquitätengeschäft verlassen hatten.

»Wer weiß, zu was uns die Informationen noch nützen werden«, befand Fabienne.

»Nun, wir werden sehen.« Dann wechselte ich das Thema. »Und wer ist nun dieser René Char? Und sag jetzt nicht, er sei ein Dichter – so viel habe ich auch begriffen. Aber muss man ihn kennen?«

Sie lächelte mich verschmitzt an, legte ihre Hand um meine Taille, drückte mir einen zarten Kuss auf die Wange und sagte mit ihrem mir inzwischen wohlvertrauten dozierenden Unterton: »René Char gilt in L'Isle-sur-la-Sorgue als eine Art Nationalheiliger. Der surrealistische Dichter wurde nicht nur hier geboren, sondern er hielt stets enge Verbindungen zu seiner Heimatstadt – weshalb hier in der Region auch zahlreiche Straßen und Schulen nach ihm benannt sind. Char ist übrigens der erste und bisher einzige französische Autor gewesen, dessen Werke noch zu Lebzeiten in die berühmte Bibliothèque de la Pléiade aufgenommen wurden – was in Frankreich als besondere Ehre gilt. Im Zweiten Weltkrieg gehörte Char als Capitaine Alexandre zum Führungszirkel des Maquis. Er leitete zeitweise in der Vaucluse eine Widerstandsgruppe, zu der auch Samuel Beckett gehörte. Soweit ich weiß, verließ Char Frankreich im Frühjahr 1944, um sich dem interalliierten Generalstab in Nordafrika anzuschließen.«

»Bitte? Beckett auch? Manchmal habe ich den Eindruck, dass fast jeder, der damals in der Provence gelebt hat, irgendwie im Widerstand aktiv war.«

»Das täuscht sicherlich«, entgegnete Fabienne. »Es gab bekanntlich auch zahlreiche Mitläufer und Kollaborateure.«

»Beckett …«

»Samuel Beckett – wusstest du das nicht?«, setzte Fabienne nach, um sich sofort entschuldigend zu korrigieren. »Woher auch?«

»Nein – aber könnte es sein, dass –«

»›Warten auf Godot‹« – Fabienne fiel mir erneut ins Wort – »ist stark von Becketts Erfahrungen in der Résistance geprägt. Kennst du die Zeile ›Da leuchtet doch alles so rot‹?«

»Ja, vage – es ist lange her, dass ich das Stück mal im Theater gesehen habe.«

»Mit diesem Satz bezieht sich Beckett auf seine Erfahrungen während der Besatzungszeit, als er sich zusammen mit seiner Lebensgefährtin in einem Bauernhaus in Roussillon versteckt hatte. Beckett war größtenteils zur Untätigkeit verdammt, half hier und da einem Weinbauern für ein paar Flaschen Rotwein bei der Ernte. Am liebsten saß er aber an seinem Schreibtisch oder spazierte durch die Ockerbrüche von Roussillon. Seltsamerweise wissen heute nur wenige, dass Samuel Beckett in der Résistance aktiv war. Für seine Verdienste im Widerstand wurde ihm sogar von Charles de Gaulle das *Croix de Guerre* verliehen.«

»Beckett war doch Ire – oder?«, fragte ich, nachdem ich endlich zu Wort kam.

»Ja, warum?«

»Dann muss unser Paul Samuel Beckett gekannt haben!«

»Wie kommst du jetzt darauf?« Fabienne sah mich irritiert an.

»Weil er in seinen Briefen etwas von einem wortkargen, hageren Iren geschrieben hat, der an einem der konspirativen Treffen teilgenommen hatte.«

»Ich weiß nicht, ob du da nicht ein wenig über das Ziel hinausschießt: Beckett war sicherlich nicht der einzige Ire, der damals in der Résistance aktiv war.«

»Ich hätte Lust, einen Kaffee zu trinken.«

»Ja, das ist eine gute Idee«, stimmte mir Fabienne zu.

»Da drüben am Ufer sind ein paar Cafés«, sagte sie und ging einen Schritt voraus, um die Straße zu überqueren.

Wir setzten uns in ein nettes Café mit einer großen grünen Markise. Ein Teil der Tische und Stühle war direkt an einem Geländer platziert, zwei Meter tiefer floss die grünlich schillernde Sorgue dahin. Man konnte nicht nur die Fische, sondern sogar die Steine am Grund sehen, so klar war das Wasser. Der Schatten war angenehm, und der Fluss sorgte für einen kühlen Luftzug. Fabienne schob ihre Sonnenbrille hoch und lächelte mich an. Wir bestellten zwei Café crème, und schon beim ersten Schluck fiel mir wieder ein, dass dies ein Fehler war. Ich fragte mich, warum ein Land wie Frankreich, das sich so viel auf seine kulinarische Tradition einbildet, keine rechte Kaffeekultur entwickelt hat. Kein Vergleich zu Italien, und selbst in Deutschland verstand man sich inzwischen auf eine bessere Kaffeezubereitung. Ich beschloss, es das nächste Mal zur Abwechslung mit einer Tasse Tee zu versuchen.

Am Nebentisch saßen zwei ältere Männer und diskutieren angeregt miteinander. Als Fabienne zur Toilette ging, schnappte ich ein paar Wortfetzen auf, die mich neugierig machten. Ich lehnte mich ein wenig zur Seite, um die beiden besser verstehen zu können. Obwohl Fabienne inzwischen an unseren Tisch zurückgekehrt war, verfolgte ich das Gespräch am Nachbartisch mit einem Ohr weiter. Als ich auf eine Frage von Fabienne nicht reagierte, sah sie mich mit einem vorwurfsvollen Stirnrunzeln an, woraufhin ich ihr mit den Augen signalisierte, dass ich am Nebentisch lauschte. Das Gespräch drehte sich um einen mysteriösen Todesfall. Wenn ich es richtig verstanden hatte, so war am Oberlauf der Sorgue eine Leiche gefunden worden. Obwohl es sonst nicht meine Art war, mischte ich mich in die Unterhaltung ein.

»Entschuldigen Sie, dass ich Sie so einfach unterbreche – eine Leiche in der Sorgue? Was ist denn passiert?«

Die beiden sahen mich etwas überrascht an. »Nun, vor einer Woche haben Schulkinder eine männliche Leiche im Fluss entdeckt. Und zwar just an der Stelle, wo Etienne immer angelt«, sagte der Ältere der beiden.

Sein Gegenüber nickte zustimmend und griff nach seinem Pastisglas. »Einen Tag zuvor habe ich dort in der Nähe noch ein paar herrliche Forellen gefangen – wenn ich daran denke, schüttelt es mich ganz. Und für die Kinder war es auch ein Schock, die Enkeltochter von meinem Nachbarn war auch dabei.«

»Unglaublich«, stimmte ich ihm zu.

»Haben Sie denn darüber nichts in der Zeitung gelesen?«

Die beiden sahen uns so verwundert an, als hätten wir die Mondlandung versäumt. Wir verneinten.

»›La Provence‹ hat jedenfalls ausführlich davon berichtet. Schließlich kommt bei uns in L'Isle-sur-la-Sorgue ja nicht jeden Tag ein Mord vor«, erklärte der Angler.

»Wieso Mord?«, schaltete sich Fabienne ein.

»Nun, der Tote war wohl ziemlich übel zugerichtet und soll schon eine längere Zeit im Wasser gelegen haben.«

»Aber könnte es nicht auch ein Unfall gewesen sein?«, fragte Fabienne nach.

»Nein, nein – in der Zeitung war eindeutig von mehreren Schussverletzungen die Rede.«

»Stand dort auch, wer der Tote war?«

»Nein – soweit ich gehört habe, konnte die Leiche bisher nicht identifiziert werden. Die Gendarmerie ermittelt noch.«

»Irgendwie habe ich die Befürchtung, dass es sich bei dem Toten um Monsieur Perras handeln könnte.«

»Wie kommst du denn jetzt darauf?« – Fabienne sah mich erstaunt an und hielt ihren Kaffeelöffel fragend in die Höhe.

»Nun, das kann ich dir nicht so recht erklären. Vielleicht liege ich mit meiner Vermutung ja auch vollkommen falsch, aber irgendetwas nährt meinen Verdacht, es könnte da ein Zusammenhang mit seinem rätselhaften Verschwinden bestehen. Zeitlich passt das zusammen, und ungewöhnlich ist der Vorfall allemal. Deswegen habe ich mich ja auch in die Unterhaltung eingemischt.«

Fabienne blieb skeptisch. »Ist das nicht ein wenig viel Spekulation? Und wenn ja, wer sollte ihn ermordet haben? Und warum?«

»Ja, wahrscheinlich hast du recht. Vielleicht bilde ich mir da nur etwas ein, aber ich kann mir auf seine ominösen Andeutungen und sein seltsames Verschwinden keinen rechten Reim machen. Andererseits kann es sicher nicht schaden, wenn wir einen Blick auf die letzten Ausgaben von ›La Provence‹ werfen. Vielleicht lassen sich im Internet noch ein paar Hintergründe über den Vorfall herausfinden. Ich weiß, mein Vorschlag mag seltsam anmuten, aber ich würde mir gerne mal den Fundort an der Sorgue ansehen.«

»Ernsthaft?« – Fabienne sah mich mit großen fragenden Augen an.

»Ja, ich möchte dorthin, wo die Leiche angetrieben worden ist. Die beiden Herren haben uns die Stelle ja so gut beschrieben, dass wir sie finden müssten. Statt dorthin zu laufen, könnten wir vielleicht besser gleich mit dem Boot ein Stück auf dem Fluss fahren«, sagte ich. »Heiß genug wäre es ja auch.«

»Warum nicht?« Ihre hochgezogenen Augenbrauen signalisierten ihre Bedenken. »Finden werden wir zwar eh nichts, die Gendarmerie wird das gesamte Ufer der Sorgue wohl längst abgesucht haben.«

»Ist egal – ich wollte auch nicht der Spurensicherung Konkurrenz machen. Weißt du, ob es schwer ist, ein Boot aufzutreiben?«

»Nein, im Gegenteil«, erwiderte Fabienne. »Es gibt in

Fontaine-de-Vaucluse mehrere Kanuverleiher. Ein ehemaliger Schulfreund meines Vaters hatte dort früher einen Kanuverleih betrieben. Damals war ich ein paarmal hier und habe zusammen mit meinen Eltern eine Kanutour auf der Sorgue gemacht. Ist aber bestimmt zwei Jahrzehnte her. War 'ne lustige Angelegenheit, nur ins Wasser durfte man nicht fallen – das war eiskalt!«

»Wunderbar, dann lass uns doch einfach eine Kanutour unternehmen. Das verspricht bei diesen Temperaturen auf alle Fälle eine Abkühlung.«

Wir fuhren mit dem Auto ein Stück flussaufwärts, den sich auftürmenden Bergen entgegen. Kurz vor Fontaine-de-Vaucluse bogen wir ab. Ein plakativ aufgestelltes grünes Kanu und ein Schild mit der Aufschrift »Canoë Evasion« wiesen uns den Weg zu einem Parkplatz am Fluss. Die Modalitäten waren schnell geklärt, allerdings musste Fabienne den muskelbepackten Verleiher erst davon überzeugen, dass wir alleine und nicht in einer Gruppe fahren wollten. Nachdem er uns noch einmal eindringlich davor gewarnt hatte, dem Wehr zu nahe zu kommen, händigte er uns die Ausrüstung aus. Wir zogen unsere Badesachen an, die wir bei dem heißen Wetter praktischerweise dabeihatten, legten die obligatorischen Schwimmwesten an, verstauten Geldbeutel und Schlüssel in einer wasserdichten Box und ließen das Kanu zu Wasser. Fabienne nahm vorne Platz, während ich das Boot mit den Füßen im eisigen Wasser stehend noch ein Stück über den steinigen Untergrund schob und beim schwungvollen Hineinklettern fast ausgerutscht wäre.

Anfangs machten wir ein paar Paddelübungen, wobei wir uns versehentlich einmal fast um die eigene Achse drehten. Doch schnell hatten wir unseren Rhythmus gefunden, wobei wir gleich am Anfang durch die hohen Bögen eines Aquädukts schippern mussten. Später paddelten wir kaum noch, sondern ließen uns meist von der gemächlichen Strömung treiben. Andere Kanufahrer waren weit sportlicher unterwegs, aber es störte uns nicht, überholt zu werden.

Wir fuhren vorbei an tief hängenden Weiden und Pappeln, die uns in ein stetes Wechselspiel von Licht und Schatten tauchten. Hier und da grenzte der Garten eines Grundstücks bis an den

Fluss, zwei Angler saßen am Ufer und nickten uns freundlich zu. Manchmal mussten wir uns bücken und den Kopf einziehen, weil die Äste weit in den Fluss ragten. Die Wasseroberfläche war spiegelglatt. Nur wenn ein Fisch nach einer Mücke schnappte, bildeten sich kleine Wellenkreise. An den flacheren Stellen kräuselte sich das Wasser, wobei der Plastikboden unseres Kanus knirschend über die Steine schrappte. Die Sonne brannte inzwischen unerbittlich vom Himmel, so dass wir die Mitte des Flusses mieden und uns in Ufernähe hielten. Wir waren mittlerweile versierter und konnten das Boot mit leichten Paddelschlägen auf Kurs halten. In einer Biegung wurde die Strömung stärker. Schließlich erreichten wir die beschriebene Staustufe und steuerten rechtzeitig das Ufer an, um das Kanu samt Gepäck an dem Wehr vorbeizutragen.

»Er muss wohl irgendwo hinter der Staustufe ins Wasser geworfen worden sein«, sagte Fabienne und reichte mir ihre Wasserflasche.

»Ja, aber man kann sich schwer vorstellen, dass die Leiche wochenlang im Wasser getrieben hat, ohne dass jemand etwas bemerkt hat. Die Sorgue fließt zwar langsam, aber der Leichnam hatte sich wohl irgendwo im Ufergestrüpp verfangen«, mutmaßte ich.

Ein paarmal hielten wir kurz in einer Bucht an und sahen uns um. Doch je länger wir im Boot saßen, desto schweigsamer wurden wir. Von der anfänglichen heiteren Stimmung war nicht mehr viel zu spüren. Die Hitze schluckte alle Geräusche, nur ein paar Libellen schwirrten über das Wasser.

Schließlich erreichten wir den Fundort, der noch immer mit einem rot-weißen Plastikband abgegrenzt war. Selbst ins Wasser hatte man ein paar mit dem Absperrband verbundene Holzpflöcke getrieben, um ein Anlanden zu verhindern. Ich vermutete, dass die Kriminaltechniker auch Bodenproben genommen hatten.

Wir paddelten ein paar Minuten leicht gegen den träge fließenden Strom, so dass das Kanu auf der Stelle blieb und nicht abtrieb. Schweigend hingen wir unseren Gedanken nach.

Am Ziel unserer Kanufahrt warteten bereits der Verleiher

und eine Gruppe mit anderen Kanufahrern ungeduldig auf uns, da wir uns etwas verspätet hatten. Wir murmelten eine kurze Entschuldigung vor uns hin. Ich half dem Verleiher, unser Kanu auf dem Anhänger zu verstauen. Wir waren die Letzten, die in den Kleinbus stiegen, der uns in wenigen Minuten zurück zum Ausgangspunkt brachte.

Der Renault hatte in der Sonne gestanden und war brütend heiß. Wir öffneten Fenster und Türen und warteten ein paar Minuten, dann startete ich den Motor, wendete und fuhr vor zur Landstraße. Wir hatten noch gar nicht darüber gesprochen, wohin wir fahren wollten, als Fabienne auf ein Straßenschild deutete. »Was hältst du von einem kurzen Abstecher zur berühmten Quelle von Fontaine-de-Vaucluse? Sind nicht mehr als zwei Minuten mit dem Auto.«

»Ja, warum nicht? Ist das nicht jener Ort, wohin sich Petrarca nach dem Tod seiner geliebten Laura zurückgezogen und ihr zu Ehren unzählige Sonette geschrieben hat?«

»Ja. Und du? Würdest du auch nach meinem Tod in Trauer versinken und zum Einsiedler mutieren?«

»Selbstverständlich – und meine Sonette wären sicher so schmachtend wie nobelpreisverdächtig«, stichelte ich zurück.

Fontaine-de-Vaucluse war kleiner, als ich gedacht hatte, und schien hauptsächlich aus Ausflugsrestaurants, Imbissbuden und Souvenirshops zu bestehen. Es gab künstliche zirpende Zikaden sowie provenzalische Tischdecken und Stoffe in leuchtenden Farben zu kaufen. Wir reihten uns in die Menschenmassen ein, die talaufwärts strebten. Unser Ziel war der berühmte Quelltopf der Sorgue, der sich zu meiner Enttäuschung als trübes Wasserloch präsentierte. Im Frühjahr soll der Quelltopf überlaufen und das Wasser donnernd zu Tale rauschen, aber es war Hochsommer, und es war nicht einmal ein schwaches Rinnsal auszumachen. Hätte ich nicht vor ein paar Jahren eine Fernsehdokumentation gesehen, fiele mir die Vorstellung schwer, dass es sich um eines der weltweit größten unterirdischen Quellbecken handelt. Selbst der berühmte Tiefseeforscher Jacques Cousteau hatte einmal vergeblich versucht, bis auf den Grund vorzudringen.

Erst Jahrzehnte später setzte ein ferngesteuertes U-Boot in über dreihundert Metern Tiefe auf einer Sandbank auf.

»Die Quelle war ein wenig vorgeschoben, ich wollte mit dir noch aus einem anderen Grund nach Fontaine-de-Vaucluse fahren«, eröffnete mir Fabienne. »Du erinnerst dich sicher noch an Jean Garcin, der zu den führenden Résistancekämpfern im Vaucluse gehörte?«

»Ja, klar.«

»Nun – dieser Jean Garcin entstammte einer angesehenen Fabrikantenfamilie, die über mehrere Generationen an der Sorgue eine Papiermühle betrieben hatte. Nach Kriegsende machte Garcin als Politiker Karriere und war Vizepräsident des provenzalischen Regionalparlaments, zudem wurde er wiederholt zum Bürgermeister seiner Geburtsstadt Fontaine-de-Vaucluse gewählt. Um das Andenken der Résistance zu wahren, hatte er sich später für die Gründung eines Museums engagiert, das den Freiheitskampf der Franzosen während des Zweiten Weltkriegs dokumentiert. Dieses Museum ist gleich hier, direkt an der Straße zum Quelltopf«, sagte Fabienne und deutete auf den glasverzierten Eingang, neben dem ein großes Schild prangte: »Musée d'Histoire Jean Garcin: 1939–1945, L'appel de la liberté«.

Im Museum war es wohltuend kühl und ungewöhnlich ruhig. Abgesehen von einem älteren Ehepaar waren wir die einzigen Besucher, da sich die meisten Touristen nur für die Quelle interessieren und das Museum links liegen lassen. Ein Fehler, wie ich schnell bemerkte, denn mit Hilfe von Schaukästen und Schautafeln sowie zahlreichen Fotografien und Plakaten wurde hier das Alltagsleben unter der deutschen Besatzung ebenso wie die Geschichte der Résistance in der Vaucluse sehr anschaulich dargestellt. Eingehend besah ich mir die Rauminstallationen sowie die zahllosen original erhaltenen Gebrauchsgegenstände aus den Kriegsjahren, von denen das Museum einen reichen Fundus besaß. Bilder von Matisse und Miró galt es ebenso zu bewundern wie Manuskripte von André Breton, Georges Rouault und dem mir inzwischen vertrauten René Char.

»Meinst du, wir bekommen in Fontaine-de-Vaucluse noch ein paar alte Ausgaben von ›La Provence‹ oder einer anderen Lokalzeitung?«, fragte ich unvermittelt, da ich eine Idee hatte.

»Wahrscheinlich hätten wir besser in L'Isle-sur-la-Sorgue im dortigen Maison de la presse nachfragen sollen, da wären die Chancen größer gewesen, aber wir können es ja mal versuchen«, entgegnete Fabienne nüchtern.

Wir entdeckten ein kleines Geschäft, das neben Tabakwaren und Süßigkeiten auch Zeitschriften verkaufte, und fragten nach den letzten Ausgaben von »La Provence«. Zu unserem Glück fand die Besitzerin noch drei alte Exemplare in ihrem Lagerraum, die wir ihr zusammen mit zwei gekühlten Getränken abkauften.

Schon auf der Titelseite einer der Ausgaben sprang mir unter dem blau hinterlegten La-Provence-Logo die entsprechende Überschrift ins Auge: »L'Isle-sur-la-Sorgue: Keine heiße Spur im Mordfall«. Wir setzten uns auf eine nahe Bank, um die Zeitungen zu studieren. Die erhofften Hintergründe blieb der Artikel leider schuldig. Beim Lesen wurde schnell deutlich, dass die Fakten eher dürftig waren, aber mit einer spektakulären Überschrift lässt sich der Verkauf nun mal besser ankurbeln. Vielleicht hielt die Gendarmerie aber auch Informationen zurück. Immerhin war dem Bericht zu entnehmen, dass der Tote weder Ausweispapiere noch Schlüssel oder ein Telefon mit sich geführt hatte. Bis auf einen silbernen Ring trug er keinerlei Wertsachen bei sich. Die Angaben zur Schuhmarke und -größe brachten uns auch nicht weiter. Wahrscheinlich hat die Hälfte aller französischen Männer Größe zweiundvierzig, und von der genannten Schuhmarke hatte ich in meinem Leben noch nie gehört.

Jeder von uns hatte sich eine andere Ausgabe von »La Provence« geschnappt. Die Zeitung unterschied sich nicht allzu sehr von den mir bekannten deutschen Lokalblättern, nur das Layout war etwas farbiger und effekthaschender. Geboten wurde eine bunte Mischung aus Informationen über die regionalen Geschehnisse, dazu ein bisschen überregionale Politik und Sport. Angeregt blätterte ich das Lokalblatt durch: Es wurde von einem Waldbrand am Südhang des Luberons berichtet, weshalb dort ein Campingplatz und mehrere Häuser hatten evakuiert werden müssen, die Autobahn war nördlich von Orange über Stunden gesperrt, nachdem ein Viehtransporter auf einen niederländischen Campingwagen aufgefahren und ins Schleudern geraten war, das Klavierfestival von La Roque d'Anthéron meldete schon nach wenigen Tagen einen Besucherrekord, zudem konnten die Einnahmen durch den Tourismus im ersten Halbjahr um fünf Prozent gesteigert werden, was aber auch auf den milden Winter und die frühen Osterfeiertage zurückgeführt wurde. Der mysteriöse Todesfall in der Sorgue wurde nach der ersten Meldung nur noch auf den hinteren Seiten behandelt. Dafür weckte ein anderer Artikel mein Interesse: »David Dandine – Büchersammler und Mäzen«, stand in großen Lettern über einem einseitigen Porträt.

David Dandine war einer jener Männer, die auf der Sonnenseite des Lebens zu stehen schienen. Er war das zweite Kind eines Textilfabrikanten aus Lyon, der im Gegensatz zu seinem zehn Jahre älteren Bruder François nie ins operative Geschäft des Familienunternehmens eingestiegen war. Während sein Bruder einen steten Expansionskurs betrieb, den Umsatz ankurbelte und die Rendite verbesserte, indem er die Produktion weitgehend nach China verlagert hatte, begnügte sich David Dandine mit einem Sitz im Aufsichtsrat und den regelmäßigen Dividendenausschüttungen. Docteur Dandine, wie er in dem Artikel mehrfach genannt wurde, hatte mehrere Jahre im Ausland studiert und in Princeton promoviert. Anschließend war er kurzzeitig für ein Verlagskonsortium tätig. Nachdem er ein renommiertes Weingut in der Provence geerbt hatte, verbrachte er die Ferien und Sommermonate meist in Südfrankreich. Nach einem tragischen Unglücksfall, der nur vage angedeutet wurde, verlagerte Dandine dann seinen Lebensmittelpunkt endgültig in die Provence, wo er als Privatier meist ein weitgehend zurückgezogenes Leben führte und das Weingut eine Zeit lang sogar selbst bewirtschaftet hatte, bevor er sich auf seine bibliophilen Leidenschaften konzentrierte. Seine Literaturbegeisterung war auch der Motor für ein besonderes Engagement: Mehrere Gemeinden im Département Vaucluse hatte er mit Hilfe seiner Privatstiftung unterstützt, eine Bücherei zu eröffnen oder die vorhandene Einrichtung auszubauen.

Ich war nach der Lektüre wie elektrisiert, denn ich ahnte, dass dieser David Dandine der Schlüssel zu unserer Geschichte war. Keine Sekunde zweifelte ich daran, dass es sich bei David Dandine um jenen Mann handeln musste, dessen Name uns der Antiquar trotz seiner Auskunftsfreudigkeit nicht verraten wollte. Ungeduldig stupste ich Fabienne an, die neben mir auf der Bank saß, damit sie den Artikel las.

»Du meinst …?«

»Ja, keine Frage, vieles deutet darauf hin, dass es dieser David Dandine gewesen sein muss, der zusammen mit dem Breton-Buch auch jene Dokumente gekauft hat«, antwortete ich.

»Doch war es auch er, der Monsieur Perras die Unterlagen zugesandt hat, und wenn ja – warum? Und wie konnte er einen Bezug zwischen den Unterlagen und Monsieur Perras herstellen und dann dessen Adresse herausfinden?«

Es war schon spät geworden, als wir ins Auto stiegen, um zurück nach Aix zu fahren. Dafür blieben wir vom obligatorischen Feierabendstau verschont.

FÜNFZEHN

»Kannst du mir bitte die Butter reichen?«

Etwas irritiert schreckte ich auf und sah Fabienne an, die mir gegenüber am Frühstückstisch saß und mich anlächelte. »Träumst du noch?«

Ich schüttelte den Kopf, obwohl ich gerade an meine bevorstehende Rückkehr gedacht hatte. Schon mehrfach hatte ich in den letzten Tagen mehr oder weniger erfolgreich die Gedanken an meine Rückkehr zu verdrängen versucht, obwohl die damit verbundenen Fragen drohend näher rückten. Nicht nur der provenzalische Sommer strebte seinem Ende entgegen.

Mir blieb noch bis Ende des Monats Zeit, dann musste ich Lars die versprochenen Lavendelbilder zusenden. Nachdem er aus der Mongolei zurückgekehrt war, hatten wir miteinander telefoniert, und ich hatte ihm signalisiert, dass er sich keine Sorgen machen müsse. Die Bildausbeute sei, so versicherte ich ihm, hervorragend, man könne damit auch fast einen ganzen Bildband bestücken. Nun, das war nicht gelogen. Einzig über meiner beruflichen Zukunft stand ein Fragezeichen; sie war mehr als ungewiss, was mir einerseits als befreiend erschien, mich andererseits auch beunruhigte.

Obwohl ich Deutschland erst vor ein paar Wochen verlassen hatte, schien es mir, als sei mein Leben als Werbefotograf kaum mehr als eine dürftige Kulisse. In meinem Studio stapelte sich sicherlich inzwischen die Post auf dem Schreibtisch, der Anrufbeantworter dürfte hektisch blinken. Meine Lichttische, Reflektoren und Stative waren Teil einer anderen Welt. Eigentlich, so redete ich mir ein, sollte ich, nein, müsste ich zufrieden sein. Die Räumlichkeiten meines Studios, das ich vor mehreren Jahren in einer ehemaligen Pinselfabrik bezogen hatte, waren schön, halbwegs zentral gelegen und für Münchener Verhältnisse preislich annehmbar. Selbst einen breiten Balkon gab es, denn die meisten Etagen waren als Wohnungen konzipiert. Loft und Lifestyle – diese Verbindung sprach mich damals an. Jetzt fiel es mir aus vielerlei Gründen schwer, mir meine Rückkehr nach Deutschland vorzustellen. Richtig Spaß hatte mir nur noch das Experimentieren mit meiner Lochkamera gemacht.

Die Wochen mit Fabienne fühlten sich so leicht und ungezwungen an, so leicht wie eine Seifenblase, die irgendwann platzen musste. Es konnte nicht länger so weitergehen. Schon bald musste Fabienne wieder ihren Lehrverpflichtungen nachgehen und an der Universität unterrichten. Nicht nur meine Zukunft, auch unsere Beziehung stand auf tönernen Füßen.

Fabienne tunkte den Rest eines Croissants in ihren Milchkaffee, den sie aus einer großen weißen Porzellanschale trank. Das Küchenfenster war weit geöffnet, so dass die noch kühle Morgenluft begleitet von Vogelgezwitscher hereinströmte.

»Hast du eine Idee, wie wir es anstellen könnten, an diesen Docteur Dandine heranzukommen?«, fragte ich.

»Zuerst müssen wir seine Adresse herausfinden; dies dürfte aber so schwer nicht sein. Ganz so leicht ist es aber auch nicht: Im Internet habe ich bisher vergeblich nach seiner Telefonnummer gesucht«, sagte Fabienne und fügte entschuldigend hinzu, dass dies ohne genaue Kenntnis des Wohnorts bekanntlich schwierig sei.

»Wo liegen diese Dentelles de Montmirail, von denen der Antiquitätenhändler sprach?«, überlegte ich laut, während ich mir noch etwas Marmelade auf das Brot schmierte.

»Als Dentelles de Montmirail bezeichnet man einen markanten Bergkamm nördlich von Carpentras, dessen gezackte Gipfelpartie an Klöppelspitzen erinnert.«

»Wie viele Weingüter gibt es denn da?«, fragte ich nach.

»Puh«, stöhnte Fabienne, »das sind nicht wenige, denn die Weinlagen von Beaumes de Venise, Vacqueyras und Gigondas gehören zu den bekanntesten Appellationen in der Provence.«

»Der Name Gigondas kommt mir bekannt vor«, warf ich ein.

»Das wundert mich nicht. Gigondas ist nach Châteauneuf-du-Pape die wohl berühmteste Appellation der Provence, wenn nicht Südfrankreichs. Der Ort liegt ein paar Kilometer östlich der Rhône. Schon die Römer haben dort Reben kultiviert.

Manche Weinliebhaber ziehen die schweren, fruchtbetonten Weine sogar einem Bordeaux vor«, erklärte mir Fabienne.

»Dann sollten wir doch vielleicht bei Gelegenheit mal eine Flasche trinken. Spätestens dann, wenn wir diesen David Dandine gefunden haben«, schlug ich vor.

»Noch Kaffee?«

»Ja, bitte.«

»Wenn er das Weingut geerbt hat, spricht ja einiges dafür, dass er dort auch wohnt«, resümierte Fabienne.

Ich stimmte ihr zu, obwohl meine Konzentration sichtlich abgelenkt wurde, da ihr Morgenmantel einen Spalt zu weit geöffnet war und nicht nur den Blick auf ihren verführerischen Brustansatz freigab.

»Hast du eine Ahnung, was dieser Docteur Dandine eigentlich studiert hat? Arzt wird er wohl kaum sein?«, fragte mich Fabienne, doch ich gab ihr keine Antwort, sondern stand auf und trat hinter ihren Stuhl. Ich drückte ihr einen sanften Kuss auf die halb nackte Schulter, woraufhin ihr Morgenmantel noch ein Stück tiefer rutschte.

»So kommen wir aber nicht weiter«, lächelte mich Fabienne an.

★★★

Ich lag noch im Bett und döste vor mich hin, während Fabienne bereits seit einer halben Stunde am Schreibtisch saß und im Internet googelte.

»Hier steht, den Polizeiangaben zufolge wurde der Tote von vier Schüssen in den Kopf und Oberkörper getroffen«, fasste Fabienne die im Netz zu findenden Informationen zusammen. »Laut dem Obduktionsbericht muss er schon tot gewesen sein, bevor er in die Sorgue gefallen oder geworfen worden ist, da die Lunge nicht aufgebläht war und keinerlei Spuren von Wasser gefunden werden konnten. Ein endgültiges rechtsmedizinisches Gutachten stehe aber noch aus. Wie bei allen Wasserleichen ist es auch in diesem Fall schwierig, den Todeszeitpunkt genau zu bestimmen. Man vermutet, dass der Tote mehrere Wochen in der Sorgue gelegen haben könnte. Die Gendarmerie von L'Isle-sur-la-Sorgue bittet Zeugen, die irgendetwas zum Tathergang beitragen können, um ihre Mithilfe. Ebenso sei man für Hinweise zu vermissten Personen dankbar.«

»Gibt es denn keinerlei Angaben zu seiner Identität?«, erkundigte ich mich.

»Nein, darüber habe ich bisher nichts gelesen. Es ist nur von einer männlichen Leiche die Rede. Das Alter des Toten wird mit zwischen sechzig und siebzig Jahren angegeben.«

»Mmmh, nun, das könnte ungefähr hinkommen. Mehr lässt sich nicht herausfinden?«, drängelte ich.

»Immer mit der Ruhe.«

Fabienne saß vor ihrem Laptop, klickte, tippte und scrollte mit der Maus herum. Zwei-, dreimal fütterte sie mich mit ein paar Informationen. Es schien sich zu bestätigen, dass der Mann tatsächlich weder Papiere noch andere Dokumente bei sich getragen hatte.

»Schau mal hier!«, rief sie erfreut aus und drehte den Computer zu mir um. Auf dem Bildschirm war ein Schwarz-Weiß-Bild zu sehen, mit dessen Hilfe versucht wurde, das Aussehen des Toten zu rekonstruieren.

»Kein Zweifel – das ist Monsieur Perras!« Fassungslos sah ich auf das Bild, das Fabienne im Internet gefunden hatte. Seine Augen waren geschlossen, die Gesichtszüge seltsam entspannt und doch gleichzeitig verzerrt.

»Bist du dir sicher?«, fragte Fabienne.

»Vollkommen! Schließlich habe ich ihn in Avignon mehrmals gesehen.«

»Du täuschst dich wirklich nicht?«, hakte Fabienne nochmals nach.

Ich schüttelte den Kopf. »Nein, ausgeschlossen. Er ist es. Außerdem erinnere ich mich jetzt wieder an den auffälligen Leberfleck über seinem rechten Wangenknochen«, sagte ich und deutete auf den Bildschirm.

Meine Vorahnung hatte mich also nicht getäuscht. Monsieur Perras war tot. Ermordet. Ich befürchtete, dies geschah wenige Stunden nachdem er aus unserem Hotel in Avignon verschwunden war. Und so tragisch wie wahr: nur wenige Kilometer von dem Ort entfernt, an dem sein Vater gestorben war.

»Bleibt die Frage, ob wir uns gleich an die Polizei wenden sollten.«

»Wieso nicht gleich?«, warf Fabienne ein.

»Vielleicht sollten wir diesem Docteur Dandine vorher einen Besuch abstatten. Ich wüsste zu gern, was ihn mit der Geschichte verbindet.«

»Nein, ich finde, es ist an der Zeit, den offiziellen Weg zu beschreiten«, entschied Fabienne.

Mit einem zwiespältigen Gefühl näherten wir uns der Station der Gendarmerie nationale. Etwas verloren standen wir vor der Eingangspforte, da wir nicht genau wussten, auf was wir uns einlassen würden. Schließlich fragte Fabienne den erstbesten Uniformierten, der uns entgegenkam, wo wir unsere Aussage machen könnten.

»Kommen Sie doch bitte mit«, bat dieser und forderte uns auf, ihm an seinen Schreibtisch zu folgen, wo das Telefon klingelte. Während er sich einem Anrufer widmen musste, blickte ich mich im Raum um: Auf der Station herrschte ein reges Kommen und Gehen, laut wurde es aber erst, als sich zwei Frauen in der hinteren Ecke zu streiten begannen.

»So, jetzt bin ich wieder für Sie da. Es ist zwar nur ein schwacher Trost, aber lassen Sie sich sagen, das kommt im Sommer hier leider häufiger vor«, sagte er.

»Bitte?«

»Nun, fangen wir mal an: Wo und wann hatten Sie denn Ihr Auto abgestellt?«, fragte er mit einem leicht gestressten Unterton und rückte sich die Computertastatur zurecht.

»Wo wir unser Auto abgestellt hatten?« Ich sah ihn so verständnislos an, dass er vollkommen irritiert nachfragte: »Sind Sie denn nicht der Herr mit dem aufgebrochenen Auto?«

»Nein, da muss eine Verwechslung vorliegen«, schaltete sich Fabienne ein. »Wir haben eigentlich einen Termin mit einem Capitaine Malbec, denn wir wollen eine Aussage zu Protokoll geben.«

»Ach, einen Termin mit Capitaine Malbec. Aber das ist auch kein Problem, ich melde Sie kurz an, anschließend bringt Sie dann meine Kollegin zum Capitaine hinauf.«

★★★

»An der nächsten Kreuzung musst du rechts abbiegen«, dirigierte mich Fabienne vom Beifahrersitz aus, während sie sich anhand einer auf den Knien ausgebreiteten Landkarte zu orientieren versuchte.

Mit Hilfe eines ehemaligen Studienfreundes, der inzwischen in Aix-en-Provence eine gut sortierte Weinhandlung betrieb, hatte Fabienne überraschend unkompliziert die Adresse und Telefonnummer von David Dandine ausfindig machen können.

»Das Weingut, das Monsieur Dandine von seinem Onkel geerbt hat, soll übrigens eines der renommiertesten Weingüter von Gigondas sein«, berichtete mir Fabienne. »Alain hat mir erzählt, dass selbst die einfachsten Basisweine fast zwanzig Euro pro Flasche kosten, die edleren werden bis zu drei Jahre im Barriquefass ausgebaut und kosten weit mehr als das Doppelte.«

»Meinst du die Kreuzung da vorne?«, fragte ich sicherheitshalber nach.

»Warte noch kurz, bis ich das Schild entziffern kann. Ja, jetzt rechts, dann geht es auf eine Anhöhe und dann kurz nach einer kleinen Kapelle nochmals rechts, so hat es mir jedenfalls Monsieur Dandine am Telefon beschrieben.«

Ich folgte Fabiennes Anweisungen, und schon bald tauchte eine verfallene Kapelle am Wegesrand auf. Wir orientierten uns an dem Wegweiser »Château de Montfort«, doch statt zum Weingut zu fahren, bogen wir vorher nochmals linker Hand ab und steuerten auf eine kleine Hügelkuppe zu, die von einem herrschaftlichen Anwesen mit Türmchen gekrönt war. Ich pfiff anerkennend durch die Zähne. »Das ist aber ein schmucker Landsitz!«

Unverhofft musste ich bremsen und vor einem breiten Einfahrtstor halten, das von zwei Kameras überwacht und mit einem hohen Metallgitter verschlossen war. Fabienne drückte auf eine

Klingel, dann surrte es kurz, und das Tor begann sich langsam zu öffnen. Ein geschotterter Weg zog sich in einem leichten Bogen zum Haus hinauf, wobei mich die regelmäßig an einer Seite gepflanzten Zypressen an Italien erinnerten.

»Jetzt bin ich aber gespannt, was er uns erzählen wird«, sagte Fabienne, als ich den Motor ausschaltete.

Wir waren etwas aufgeregt, als wir aus dem Auto stiegen. Wir hatten etwas abseits zwischen einem Geländewagen und einem auf Hochglanz polierten Citroën DS geparkt – Letzterer war selbstverständlich in Schwarz lackiert wie die berühmten Vorbilder aus den Louis-de-Funès-Filmen. Neugierig blickten wir auf das mächtige Anwesen, das teilweise mit wildem Wein bewachsen war. Es war ein zweiflügeliges Gebäude, dessen Verbindungstrakt ein Turmgeschoss besaß, das im Stil des Historismus ausgeführt war. Etwas verunsichert standen wir herum und beobachteten zwei Katzen, die über den Hof schlichen. Dann öffnete sich eine Tür. Monsieur Dandine trat heraus und kam uns mit schnellen Schritten entgegen. Der Kies der Einfahrt knirschte unter seinen Schuhen.

»Haben Sie das Haus leicht gefunden, Madame Carsalade?«

»Ja, dank Ihrer Beschreibung war das kein Problem«, sagte Fabienne und schob sich die Sonnenbrille ins lockige Haar.

»Sehr erfreut, Sie kennenzulernen.«

Wir gaben uns die Hände, und ich stellte mich vor.

»Vielen Dank, dass Sie sich für uns Zeit nehmen.«

»Aber, das ist in diesem Fall doch selbstverständlich.«

Ich trat einen kleinen Schritt zurück und überließ Fabienne bereitwillig die Rolle der Kommunikatorin, die ihre Worte mit weit ausholenden Armbewegungen untermalte. Mit seiner altertümlichen Fliege schien mir Monsieur Dandine ein wenig aus der Zeit gefallen, doch irgendwie passte sein Outfit nicht nur zu seinem Citroën-Oldtimer, sondern auch zu seinem leicht exaltierten Habitus. Mit seiner tiefen sonoren Stimme bat er uns höflich, ihm ins Haus zu folgen. Dort führte er uns in den zwei Stufen tiefer gelegenen Raum, dessen Wände mit historischen Jagdwaffen und vergilbten Stichen dekoriert waren. Zudem stand in einer Ecke eine antiquierte Weinpresse.

Monsieur Dandine erklärte uns, dass es sich um den ehemaligen Verkaufsraum des Weinguts handelte, den er umbauen ließ, so dass man ihn als Empfangssalon nutzen konnte. Die alten, teilweise gesprungenen Fliesen und die Einbuchtungen an den Wänden, die jetzt mit modernen Skulpturen geschmückt waren, ließen die frühere Nutzung noch gut erahnen. Allerdings war es in dem Gemäuer so kühl, dass ich mit meinem kurzärmligen Hemd fast fröstelte.

Inzwischen, so erzählte Monsieur Dandine, seien die Kellerei und das Wohnhaus aus Platzgründen räumlich getrennt. Außerdem wurde dadurch die Zufahrt für die Traktoren und Lastwagen erheblich erleichtert. »Wie Sie vermutlich gesehen und gehört haben« – er verwies auf einen diffusen Geräuschpegel, der vom Tal heraufdrang –, »treffen wir bereits ein paar Vorbereitungen für die diesjährige Weinlese. Nun, mit etwas Glück dürfte dieser Jahrgang sogar noch besser werden als der letztjährige. Wenn Sie möchten, kann ich Sie später noch durch die Lagerräume führen, und wenn Sie wollen, können wir noch unseren unlängst von Robert Parker mit fünfundneunzig Punkten bewerteten ›Quintessence‹ verkosten. Sie würden es nicht bereuen«, sagte er mit einem Augenzwinkern.

»Ja, vielleicht später.«

Da Monsieur Dandine schmächtig und ein Stückchen kleiner als Fabienne war, wirkte er unter der mehr als drei Meter hohen Holzdecke fast verloren.

»So setzen Sie sich doch bitte«, sagte er und deutete auf einen wuchtigen Holztisch, der einen großen Teil des Raumes einnahm und leicht Platz für ein Dutzend Gäste geboten hätte. In der Mitte des Tisches stand eine Vase mit einer weißen Lilie, daneben lagen ein paar Deko-Magazine wie zufällig über den Tisch verstreut.

Mit einer höflichen Geste rückte Dandine einen Stuhl für Fabienne zurecht und nahm an der Stirnseite des Tisches Platz.

»Was möchten Sie trinken? Einen Kaffee, Tee – oder lieber ein Glas Wasser?«

»Ein Kaffee wäre nicht schlecht«, sagte Fabienne.

»Und für Sie?«

»Ja, da würde ich mich anschließen.«

»Marcel!«, rief Monsieur Dandine durch das Haus, woraufhin sich nach kurzer Zeit eine Tür öffnete und ein junger Mann heraustrat, der vollkommen schwarz gekleidet war.

»Marcel, wärst du so nett und servierst unserem Besuch doch bitte eine Tasse Kaffee.«

»Mit oder ohne Milch?«, wandte er sich fragend an uns.

»Ja, bitte mit warmer Milch.«

»Dann sei doch so lieb, Marcel, und bring uns bitte drei Tassen und schäume etwas Milch.«

»Mit Vergnügen«, antwortete dieser mit einem melodischen Tonfall und verschwand in dem Nebenraum, der als Küche mit offener Feuerstelle eingerichtet war.

»Wie Sie mich gefunden haben, davon haben Sie mir ja bereits am Telefon ausführlich berichtet – Chapeau! für Ihren detektivischen Eifer, aber jetzt wollen Sie sicherlich wissen, warum ich Monsieur Perras diese Unterlagen zugesandt habe?«

Wir nickten und blickten ihn wortlos an.

»Wo soll ich beginnen? Das ist gar nicht so einfach. Um die Wahrheit zu sagen: Ihr Anruf hatte mich ziemlich überrascht. Ich habe nicht damit gerechnet, dass mich noch jemals irgendjemand auf diese Dokumente ansprechen würde.«

Monsieur Dandine streichelte sich langsam über seinen sorgfältig gestutzten Dreitagebart und schloss ein paar Sekunden die Augen.

»Nun«, sagte er nachdenklich, »das ist eine längere Geschichte, deren Schatten weit in die Vergangenheit zurückreicht. – Mein Onkel Raymond, von dem ich dieses herrliche Weingut geerbt habe, gehörte während der Besatzung einer Résistancegruppe an, die in der Vaucluse und in der nördlich angrenzenden Drôme aktiv war. Das wusste ich von Berichten meiner Eltern, mit mir selbst hatte Raymond darüber nie gesprochen; es schien, dass dieses Kapitel seines Lebens für ihn abgeschlossen war. Doch dann hat er mich ein paar Monate vor seinem sich drohend ankündigenden Tod hierher auf das Weingut eingeladen. Als ich ihn damals besuchte, war Raymond schon schwer von seinem Bauchspeicheldrüsenkrebs gezeichnet, doch ging es ihm kurzzeitig besser, so dass wir noch ein schönes Wochenende miteinander verbringen konnten. Es war Spätherbst, und ich erinnere mich daran, dass der Gipfel des Mont Ventoux bereits mit einer Schneehaube bedeckt war. Am Vormittag hatten wir mit dem Auto einen Ausflug nach Nyons unternommen und dabei auch den Trüffelmarkt von Richerenches besucht. Waren Sie schon einmal da? Es ist ein munteres Spektakel oder besser: eine Art Schauspiel, bei dem die Händler den Preis für ihre Edelknollen geheimnisvoll ins Ohr flüstern, so als hätten sie Angst vor der Steuerfahndung. Wir feilschten ein wenig um den Preis und erwarben eine kleine Knolle, woraufhin sich mein Onkel an diesem Abend ausnahmsweise selbst in die Küche stellte, um für uns ein Trüffelomelette zuzubereiten. Mit geradezu religiöser Inbrunst hobelte er den Trüffel in hauchdünne Scheiben und rührte ihn vorsichtig unter ein halbes Dutzend frisch aufgeschlagene Eier, dann erhitzte er eine Pfanne mit wenig Öl und briet alles ganz kurz an. Ein verführerischer Duft breitete sich in der Küche aus. Dann öffnete er eine Flasche Gigondas des 1990er-Jahrgangs, dessen Qualität bis heute als legendär gilt. Wir aßen schweigend und tunkten das restliche Fett mit Brot auf, bevor er unvermittelt von seiner Résistance-Vergangenheit zu erzählen begann. Bis tief in die Nacht hinein schilderte er seine damaligen Erlebnisse und stieß für mich die Tür zu einer unbekannten Welt auf, die zuvor hinter einem mystischen Schleier verborgen war.«

Fast unbemerkt kam Marcel mit einem Silbertablett herein und servierte uns mit Nonchalance den gewünschten Kaffee sowie eine Schale mit Gebäck und anderen Süßigkeiten – ich musste schmunzeln, als ich ein paar goldgelbe Madeleines entdeckte.

»Raymond erzählte ausführlich, wie er durch einen Geschäftspartner die ersten Kontakte mit der Résistance geknüpft hatte, sich dann im Laufe der Zeit immer mehr am aktiven Widerstand beteiligt hatte. Als Ingenieur war er mit seinen technischen Kenntnissen ein gefragter Mann, er bastelte Sprengsätze, half aber auch bei der Materialbeschaffung. Bei einer geheimen Aktion hatte er einen deutschen Exilanten namens Paul Maier kennengelernt. Sie waren sich auf Anhieb sympathisch gewesen, zudem teilten sie mit der Fotografie die gleichen Interessen. Als Paul später in den Untergrund ging und sich eine Zeit lang in einem Versteck in den Bergen aufhielt – es war eine Scheune oder Schäferhütte –, hatte ihn mein Onkel hin und wieder mit Lebensmitteln versorgt. Später waren beide wiederholt gemeinsam für Widerstandsaktionen verantwortlich gewesen, so bei den Vorbereitungen zu dem dann vereitelten Anschlag von Estrillon, infolge dessen Paul Maier und vier weitere Mitstreiter exekutiert wurden. Mein Onkel Raymond, der in der Résistance unter dem Decknamen Charles Legrand agierte, hatte es einer glücklichen Fügung zu verdanken, dass er sich zwei Tage zuvor den Knöchel angebrochen hatte, so dass er damals nicht in Estrillon mit vor Ort war – unweigerlich hätte ihm sonst das gleiche Schicksal gedroht. Weil der Anschlag damals bereits in der Vorbereitungsphase entdeckt worden war, hegte mein Onkel den Verdacht, dass Verrat im Spiel gewesen sein könnte, da sie bereits am vereinbarten Treffpunkt erwartet und überrumpelt worden waren. Der Kreis der Eingeweihten war sehr klein, so dass nur wenige Personen als Verräter in Frage kamen. Längere Zeit hatte Raymond vergeblich herauszufinden versucht, wer die Operation verraten haben könnte. Es war schwierig für ihn, seine Verdächtigungen offen auszusprechen, da alle verdiente Mitglieder der Résistance waren. Über all die Jahre, so berichtete er mir, habe er immer wieder Nachforschungen angestellt, aber letztlich waren ihm die Hände gebunden; er konnte sich nicht durchringen, Anzeige zu erstatten, da ihm stichhaltige Beweise fehlten, denn das hätte bedeutet, die Staatsanwaltschaft auf einen – eventuell – Unschuldigen zu hetzen und sich mit dem Vorwurf der Verleumdung konfrontiert zu sehen.«

Bedächtig rührte er mit dem Löffel in seiner Kaffeetasse. »Seine Verdachtsmomente richteten sich vor allem gegen zwei Personen, denen er nicht über den Weg traute: Einer hieß Pierre Peltier, und der andere war ein gewisser Robert Bousquet. Letzterer spielte zudem bei einem Überfall auf einen Geldtransporter eine zwielichtige Rolle.«

»Sie sprechen vom Überfall bei Piolenc?«, fragte Fabienne.

»Ja«, Monsieur Dandine zog die Augenbrauen hoch, »Sie kennen sich aber sehr gut aus.«

Fabienne lächelte und sah mich verstohlen an.

»Da er seine Kräfte schwinden spürte, übergab mir mein Onkel an diesem Abend seine Notizen mit seinen Vermutungen zur Aufbewahrung. Tief in seinem Herzen hegte er noch immer die Hoffnung, dass sich die damaligen Ereignisse vielleicht aufklären lassen würden. Ich hatte Raymonds Bericht schon fast vergessen, doch dann hat mir der Zufall die besagten Dokumente in die Hände gespielt. Anfangs habe ich das Konvolut nur mit mäßigem Interesse durchgeblättert, einzig die Bilder ließen mich aufmerken, aber zu Hause hat mich die Lektüre immer mehr gefesselt. Zuerst wollte ich es gar nicht glauben, dass sich die beiden Geschichten wie ein Puzzle ergänzen, doch je mehr ich las, desto mehr gewannen die damaligen Ereignisse an Kontur«, erzählte Monsieur Dandine.

»Konnten Sie die Aufzeichnungen denn so einfach lesen?«, unterbrach ich ihn etwas ungestüm.

»Ja, ich hatte mal ein Jahr in Berlin gelebt«, entgegnete er in einem charmanten, aber holprigen Deutsch, dann wechselte er wieder ins Französische. »Deutsch beherrsche ich seither glücklicherweise so gut, dass ich die Texte halbwegs passabel lesen konnte. Allerdings bereitete mir die Handschrift anfangs erhebliche Schwierigkeiten. Doch als ich mit der altertümlichen Schreibweise vertraut war, wurde mir schnell klar, dass die tagebuchähnlichen Aufzeichnungen von jenem Paul Maier stammen mussten, mit dem mein Onkel befreundet war. Raymond hatte sogar Céline Perras gekannt, wie er mir berichtet hatte, und ihren Namen in seinem Dossier vermerkt. Ich stellte also weitere Nachforschungen an. Mit einigen Mühen gelang es mir, die letzte bekannte Adresse von Célines Familie in Rouen in Erfahrung zu bringen. Jedoch war das Haus im Bombenhagel der Alliierten, der den Seinebrücken galt, vollkommen zerstört worden. Der Versuch, den Deutschen den Rückzug über die Seine abzuschneiden, hatte Rouen in ein Trümmerfeld verwandelt und mehrere hundert Todesopfer gefordert – Kollateralschaden würde man heute despektierlich sagen. Was das Schicksal der Familie

Perras betraf, tappte ich im Dunkeln. Hatte sie sich rechtzeitig in Sicherheit bringen können? Gehörte Céline zu den Opfern? Oder hatte die Familie den Sommer auf einem Landsitz verbracht, fernab aller Kampfeshandlungen? Unter den Kriegsopfern gab es eine Jacqueline Perras – der Name Céline Perras tauchte hingegen nirgendwo auf, auch nicht in einem Einwohnermeldeverzeichnis aus dem Jahr 1951. Ich wollte die Suche schon fast einstellen, denn ich befürchtete, sie sei an einen unbekannten Ort verzogen. Doch schließlich gelang es mir, herauszufinden, dass Céline im Oktober 1944 in Rouen einen Sohn namens Michel zur Welt gebracht hatte. Im Gegensatz zu seiner Mutter war Michel Perras auch in dem besagten Einwohnermeldeverzeichnis aufgeführt. Mittels dieser Eckdaten war es dann relativ leicht, die aktuelle Adresse von Michel Perras herauszufinden.«

Wir waren überrascht, mit welcher Offenheit uns David Dandine begegnete. Man hatte geradezu den Eindruck, er freute sich darüber, sein Wissen mit jemandem teilen zu können.

»Mein Onkel hatte ja vor allem zwei Mitstreiter als Verräter in Verdacht. Während er Pierre Peltier für einen eher unzuverlässigen Gesellen hielt, der zu viel trank, konnte er Robert Bousquet nie sonderlich leiden und hielt ihn für einen Opportunisten. Ein paar Jahre nach Kriegsende sah er sich in seiner Meinung bestätigt, denn Bousquet, der eigentlich aus ärmlichen Verhältnissen stammte, hatte es schnell zu einem auffälligen Wohlstand gebracht. Später war er in undurchsichtige Immobiliengeschäfte verwickelt und betrieb einen regen Exporthandel mit Algerien und anderen französischen Kolonialstaaten. Nun, Sie können sich denken, auf was ich hinauswill …«

»Sie meinen, dass …«

David Dandine verschränkte die Arme, so dass man aus seinem Ärmel eine noble Patek Philippe hervorspitzen sah. »Inwieweit da Unterschlagung und Betrug im Spiel waren, überlasse ich Ihrer Phantasie. Mein Onkel war sich jedenfalls sicher, dass Bousquet seinen Reichtum nicht auf legale Weise erworben hatte. Keineswegs neidete er ihm seinen Erfolg, aber er war der festen Überzeugung, dass sich sein ›Startkapital‹ – wenn ich es mal so nennen darf – aus zwielichtigen Quellen speiste.«

Marcel kam noch einmal herein und stellte dezent zwei Flaschen Wasser und drei Gläser auf den Tisch. Fabienne hauchte ein Merci über den Tisch, was er mit einem dezenten Lächeln erwiderte. Er drehte sich um und strebte mit katzenartig eleganten Bewegungen der Küche entgegen.

»Ich überlegte mir, ob und wie ich mit Michel Perras Kontakt aufnehmen sollte, doch dann entschloss ich mich, ihm die Unterlagen, die ich zusammen mit Bretons ›L'Amour fou‹ gekauft hatte, anonym zuzusenden«, gestand David Dandine ein wenig verschämt.

»Ja, aber warum haben Sie ihn denn nicht einfach angerufen, er hätte sich doch sicher darüber gefreut«, fragte Fabienne etwas irritiert.

»Mein Verhalten mag Ihnen seltsam vorkommen, und sicher ist es auch moralisch durchaus zweifelhaft. Ich weiß, es ist nicht die feine Art, anonyme Briefe oder Päckchen zu versenden. Und in gewisser Weise habe ich Monsieur Perras instrumentalisiert, aber ich wollte ihm die Möglichkeit geben, sich selbst auf die Suche nach seiner Vergangenheit zu machen, in der Hoffnung, dass er auf gewisse Unstimmigkeiten stößt und die richtigen Fragen stellt. Daher habe ich dem Päckchen auch einen Brief beigelegt und die Namen der beiden Männer genannt, die eine Schuld am Tod seines Vaters gehabt haben könnten.«

»Haben Sie seither noch etwas von Monsieur Perras gehört?«, erkundigte sich Fabienne.

»Nein, ich habe nicht mehr versucht, ihn zu kontaktieren. Aber warum fragen Sie?«

»Weil wir befürchten, dass er ermordet worden ist«, sagte Fabienne.

»Wie bitte?« David Dandine holte tief Luft. »Ermordet?«

»Ja, ermordet. Wir sind fest davon überzeugt, dass es sich bei dem Toten, der unlängst in L'Isle-sur-la-Sorgue gefunden wurde, um Michel Perras handelt.«

Dandine schüttelte den Kopf und sah uns geradezu fassungslos an. »Der Tote in der Sorgue? Das habe ich zwar am Rande mitbekommen, aber …« Kreidebleich stotterte er vor sich hin, dies sei nicht seine Absicht gewesen, er hätte doch nur …

»Waren Sie denn schon bei der Polizei?«, fragte David Dandine sichtlich ergriffen, nachdem er sich wieder etwas gefangen hatte.

»Ja, wir haben dort bereits im Kommissariat von Aix bei einem Capitaine Malbec ausgesagt und unsere Verdachtsmomente detailliert geschildert«, bestätigte ich.

»Capitaine Malbec, sagten Sie?«

»Ja, Malbec.«

»Ein fähiger Mann. Ich kenne ihn zufällig über einen gemeinsamen Freund.«

»Wir wissen bisher allerdings noch nicht, ob wir mit unserer Vermutung recht haben und es sich bei dem Toten wirklich um Michel Perras handelt. Dies hat uns bisher noch niemand bestätigt, da die diesbezüglichen Ermittlungen wohl noch nicht abgeschlossen sind«, ergänzte Fabienne.

Dandine strich sich nachdenklich über seinen Dreitagebart.

»Sie müssen Capitaine Malbec umgehend anrufen«, forderte ihn Fabienne auf. »Mit Ihrer Aussage kann die Gendarmerie den Kreis der Verdächtigen ja erheblich einschränken. Es dürfte wohl kein Zweifel bestehen, dass Michel Perras entweder mit Peltier oder Bousquet gesprochen haben muss.«

Sichtlich getroffen verharrte David Dandine, dann griff er mit den Händen jeweils an eine Seite des Tisches, um sich aufzustützen. Er blickte langsam zwischen Fabienne und mir hin und her. »Robert Bousquet ist vor zwei Monaten an einem Herzinfarkt gestorben. Daran dürfte kein Zweifel bestehen: Es stand ein großer Nachruf in der Zeitung. Und sogar im lokalen Fernsehen wurde darüber berichtet. Somit …«

Entschlossen erhob er sich, holte sein Mobiltelefon aus der Hosentasche und wählte eine Nummer.

★★★

Die letzten Tage waren wie im Flug vergangen. Ich war noch einmal nach Raboux zurückgekehrt, um meine Sachen zusammenzupacken und mein Zimmer aufzuräumen. Um Carla eine Freude zu machen, jätete ich ihren Gemüsegarten und kümmerte mich um das verstopfte Abflussrohr der Spüle. Meine Kamera und die Filme hatte ich bereits in meinem Rucksack verstaut, den ich als Handgepäck vorgesehen hatte, dann setzte ich mich mit der Zeitung auf die Terrasse und wartete auf Fabienne.

Erst war ich skeptisch gewesen, als Fabienne mir angeboten hatte, mich zum Flughafen zu bringen. Ich hasse Abschiedsszenen, die zwischen Verlegenheit und Peinlichkeit oszillieren, und fürchtete, dass wir verstockt und Trübsal blasend in der Abflughalle stehen würden. Letztlich aber gab es keinen Grund, ihr Angebot abzulehnen, und so wischte ich meine Bedenken beiseite. Im Gegenteil: Je länger ich alleine auf der Terrasse saß und ins Tal blickte, desto mehr freute ich mich auf Fabienne. Ein kühler Wind fuhr in die Bäume; der Herbst scharrte mit den Füßen. Der Himmel hatte sich mit einem seidigen Schleier überzogen, der den Glanz des Sonnenlichts verwischte. Die mittägliche Stille breitete sich aus. Ich kämpfte ein wenig mit dem Schlaf, als die Hunde bellten, weil sich ein Auto näherte.

Ich konnte es kaum glauben: Deutlich früher als vorgesehen hatte sich Fabienne von ihren Verpflichtungen freimachen können, so dass wir noch den ganzen Nachmittag für uns hatten, bevor mich Fabienne nach Marseille zum Flughafen bringen würde.

Ralf Nestmeyer
111 ORTE IN DER PROVENCE,
DIE MAN GESEHEN HABEN MUSS
Broschur, 240 Seiten
ISBN 978-3-95451-094-8

Den Papstpalast kennt man. Aber wer vermutet schon ein Internierungslager oder Meilensteine der modernen Architektur in der Provence? Wussten Sie, dass eine der größten und schönsten Buchhandlungen Frankreichs in einem 1.000-Seelen-Dorf steht? Wer kennt das Haus, in dem Max Ernst vor seinem Exil gelebt hat? Wer weiß, wo es meterlange Salamis zu kaufen gibt und wo der tiefste Quelltopf der Welt zu finden ist? Jenseits der typischen Klischees zeigt dieses Buch die unbekannten Winkel der Provence. 111 große und kleine Überraschungen, die Geschichte erzählen und Ungewöhnliches entdecken lassen.

www.emons-verlag.de

Ralf Nestmeyer
111 ORTE AN DER CÔTE D'AZUR,
DIE MAN GESEHEN HABEN MUSS
Broschur, 240 Seiten
ISBN 978-3-95451-365-9

Welche Villa wurde von Jean Cocteau tätowiert? Wo stehen buddhistische Pagoden, tibetanische Dörfer und mittelalterliche Klosterburgen? Und wo kann man in Nizza Regenschirme kaufen? Das Buch weist den Weg zu 111 verborgenen Plätzen und sonderbaren Orten an der Côte d'Azur.

www.emons-verlag.de